胡應麟敘事理論及其批評與創作實踐
——以《少室山房筆叢》與《甲乙剩言》爲論

黃鈴棋　著

作者簡介

黃鈴棋，輔仁大學中國文學系學士班；中興大學中國文學系碩士班，目前於清華大學中國文學系博士班就讀。研究所期間發表過〈變形與再造——論舞劇《蛻變》的敘事結構與其旨趣〉、〈就蚩尤之死論其神話意涵〉、〈吳福助《臺灣文學「跨學科」研究隨想錄》讀記〉、〈論《尚書》中自然與人之間的關係〉等多篇創作與學術論文。

提　　要

　　中國文學中無論是對敘事文本的理解定義或敘事理論的建構，自有其發展脈絡，近年來亦逐漸被重視，許多學者接踵投入該領域進行研究。而胡應麟為明代重要的文人才士，精通史學、文獻學、詩學等各種文學領域。平生著作頗為豐富，學界研究成果亦豐碩斐然。然而，從敘事學角度檢視胡應麟創作，可發現其中蘊含大量對敘事文學的探討及理論建構。是以本文嘗試從《少室山房筆叢》及《甲乙剩言》進行考察，除探討兩書的敘事性質；另對《少室山房筆叢》中有關敘事文學之論述進行梳理研究，將其中所得敘事理論，與《甲乙剩言》的敘事文學創作進行理論與實踐的互證對比，希冀建立胡應麟的敘事理論專著，提供中國敘事理論建構過程的論述。亦期望經由本論能引起台灣學界對胡應麟研究更多的共鳴，並加強其文學史上的價值與地位。

　　全文分為六章進行：首章緒論，針對研究動機與目的、前人研究成果、研究對象與範疇、文獻版本相關問題，以及研究方法與架構進行探討及說明，勾勒本論文的大要。第二章論述筆記體的定義與《少室山房筆叢》的敘事結構。先定義中國筆記體流變、名義與文類特徵；其次，針對《少室山房筆叢》筆記體特徵的敘事結構加以分析，以此更加明確《少室山房筆叢》作為筆記體的文類特質，並進一步探討其敘事動機及敘事立場，觀看胡應麟以何種態度撰寫《少室山房筆叢》。第三章則將散落在《少室山房筆叢》各篇章中的敘事觀點與理論進行梳理，並將相關理論分史傳敘事、小說敘事、戲曲敘事系統化呈現，冀能建構胡應麟敘事理論與敘事批評。第四章對《甲乙剩言》進行敘事研究，分析創作者的敘事動機及敘事者立場；並通過對《甲乙剩言》中敘事視角的運用、取材原則及敘事風格等剖析，示現胡應麟小說敘事的獨特性。並將該書作為其敘事理論對照的實踐依據。第五章則對胡應麟敘事理論與實踐進行評隲。對比論述《少室山房筆叢》與《甲乙剩言》間的敘事觀念與手法運用的應合及乖違；並進一步探討胡應麟敘事理論文學史上的意義與價值及敘事理論中的限制與不足。第六章結論，綜合說明本論研究成果及未來可開發之研究。

目

次

第一章 緒 論

第一節 研究動機與目的

　　西方敘事學為近代新興的學科〔註1〕，引發目前學界的研究熱潮，其發展的進程值得關注。回顧西方敘事學理論的發展歷程，首先，索緒爾（Ferdinand de Saussure，1857～1913）的語言學理論對敘事學有啓發之作用。他將人類語言活動分爲「語言」（langue）及「言語」（parole）兩大類，並將語言界定爲能指（signifier）與所指（signified）所構成的任意性和差異性所形成的符號系統，提出共時語言和歷時語言的問題〔註2〕。強調共時性研究，將語言學的研究對象轉向整個語言系統，提供敘事學及結構主義思潮方法論的基礎。又譚君強指出敘述學「上承俄國形式主義，下開法國結構主義」〔註3〕。1928年俄

〔註1〕　胡亞敏揭櫫20世紀是一個充滿挑戰與變革的時代，文學批評也在此中出現空前的繁榮，各種批評流派此起彼伏，不斷翻新。俄國形式主義、英美新批評、結構主義、後結構主義……以帶有反叛性的文學宣言和標新立異的理論主張稱雄一時，敘事學正是在這高潮迭起的文學批評中湧現的一門新型科學。整理參閱自胡亞敏：《敘事學》，（武漢：華中師範大學出版社，2004年12月），頁1。

〔註2〕　索緒爾指出共時語言學研究同一個集體意識感覺到的各項同時存在並構成系統的要素間的邏輯關係和心理關係。歷時語言學則研究各項不是同一個集體意識所感覺到的相連續要素間的關係，這些要素一個代替一個，彼此間不構成系統。詳見：索緒爾著；高名凱譯：《普通語言學教程》（Cours de linguistique generale），（北京：商務印書館，1999年5月），頁143。

〔註3〕　米克‧巴爾著；譚君強譯：《敘述學：敘事理論導論》，（北京：中國社會科學，1995年11月），頁1。

國形式主義學者普羅普（Vladimir Propp，1895～1970）在《民間故事形態學》（*Morphology of Folk Tale*）將俄國民間故事逐一拆解爲數個片段，歸納出 31 種功能（function），形成組成故事的基本組合單位，刺激結構主義對敘事作品結構的分析和興趣，對敘事學的形成具奠基作用。法國結構主義敘事學者托多洛夫（Tzvetan Todorov，1939～2017）於 1969 年出版之《〈十日談〉語法》中提出敘事學（法文：narratologie）〔註4〕一詞，並在《詩學》中根據語言學的分類方式，將敘事文本分爲語意形態、語域、動詞形態和句法形態等四大部分；並對敘事話語、敘事時間、敘事視角、敘述者、敘事空間等敘事文本表現形式有所關注〔註5〕。其後熱奈特（Gérard Genette）將話語分故事（histoire）、敘事（discours）、敘述（narration）等三個層次，成爲系統論述敘事作品的專著〔註6〕。而普林斯（Gerald Prince 1930～）將「敘事」分爲「敘」（narrating）與「事」（narrated）：前者指敘述行爲，與敘述者、敘述本身及受述者有關；後者則指被講述的信號（內容）中所涉及人物、行爲及人物所置身的時空環境。〔註7〕總體形成涵蓋故事加敘事行爲的概念意涵，如今作爲一種研究方法被廣泛運用於中外的教育心理、藝術媒體、語言、文學等學術研究上，形成敘事學的研究熱潮。

　　有別於西方敘事學，在中國文學中無論是對敘事文本的理解定義或敘事理論的建構，自有其發展脈絡，近年來亦逐漸被重視，許多學者接踵投入此領域進行研究，並積極對中國敘事學的理論進行爬梳與建構，如：陳平原《中國小說敘事模式的轉變》〔註8〕以西方敘事學的角度探討中國小說中敘事結構、敘事時間及敘事角度的運用，但將中國敘事文學上溯自史傳，並討論到中國詩歌的敘事功能，體現中國敘事學的特點。浦安迪《中國敘事學》〔註9〕

〔註4〕　英美批評學家譯爲「narratology」。胡亞敏：《敘事學》，頁2。

〔註5〕　茨維坦・托多洛夫《詩學》，收入波利亞科夫編；佟景韓譯：《結構——符號學文藝學——方法論體系和論爭》，（北京：文化藝術出版社，1994年7月）。

〔註6〕　參閱熱奈特著：王文融譯：《敘事話語・新敘事話語》（*Narrative Discourse, Narrative Discourse Revisited*），（北京：中國社會科學出版社，1990年11月），頁6～10。

〔註7〕　詳參傑拉德・普林斯著；徐強譯：《敘事學：敘事的形式與功能》，（北京：中國人民大學出版社，2013年6月），頁7。

〔註8〕　陳平原：《中國小說敘事模式的轉變》，（上海：人民出版社，1988年3月）。

〔註9〕　浦安迪（Andrew H. Plaks）教授演講：《中國敘事學》，（北京：北京大學出版社，1995年11月）。

則從比較文學理論的角度，探討中國古典小說的敘事方式，明確中西方敘事傳統的差異；並進一步闡明與世界其他各國敘事文學的關聯，從中梳理出中國敘事文學史專論。楊義的《中國敘事學》〔註10〕對中國敘事文學的歷史跟現實進行深入研究，並佐以西方理論，展開對話；董乃斌《中國文學敘事傳統研究》〔註11〕從中國文學史研究的歷史和現狀出發，完整描述中國文學史的敘事傳統，揭示和論證敘事傳統與抒情傳統在文學史中相輔相成的關係等，此二者擴大中國敘事文學領域，將史傳、小說、戲曲、詩歌等文類均納入敘事範疇，並建構理論。以上前賢研究提供中國文學新的研究方法和視野，同時亦指出中國敘事文學發展的脈絡性及獨特性。又中國敘事學範圍廣大，甲骨卜辭、商鼎刻文、竹簡、壁畫等文物都可見敘事題材的存在。中國文言小說的發展又與史傳有密不可分的發展；話本小說和說書行業的興起，亦形成中國敘事文學表演特徵；而作為敘事文類的中國小說與戲曲，又有對此二者講故事的技巧進行評論意見的中國傳統敘事批評及評點理論文學的生發。且「敘事」術語早在劉勰《文心雕龍》即有此運用，其後歷代均有文學批評家闡釋運用。是以敘事學在中國文學研究上是不可忽略且蔚之興起的一環，內容豐富，亟待學者發掘。由是，開啓本論的研究視角。

　　胡應麟作為明代重要的文人才士，精通史學、文獻學、詩學等各種文學領域。平生著作頗為豐富，現存者有詩學理論《詩藪》與《皇明律範》、個人詩文集《少室山房集》、論學雜著《少室山房筆叢》、小說集《甲乙剩言》等五部著作〔註12〕，成果豐碩斐然。然其在文學史上的定位並不明確，常僅止於概述簡略帶過，或作為附論與他者合併論述，因此著實應給予更多的關注，以彰顯其對明代文學理論甚至對整個中國文學史的貢獻。加之當前台灣學術界研究胡應麟者尚在少數；且碩博士論文著作僅有三本，最新研究成果顯示

〔註10〕楊義：《中國敘事學》，（北京：人民出版社，1997年12月）。

〔註11〕董乃斌：《中國文學敘事傳統研究》，（北京：中華書局出版社，2012年3月）。

〔註12〕《少室山房集》即為《少室山房類稿》，乃《四庫全書》更名為之，詳見王嘉川：《布衣與學術——胡應麟與中國學術史研究》，（北京：商務印書館，2005年4月），頁23。《皇明律範》為明萬曆三十一年（1603）刊本，今為北京大學圖書館藏，詳見陳衛星：《胡應麟與中國小說理論史》，（北京：中國社會科學出版社，2011年3月），頁37。其他胡應麟著書內容及版本考述詳細可參閱謝鶯興：《胡應麟及其圖書目錄學研究》，（台中：東海大學中國文學研究所碩士論文，1991年）。

爲 1990 年謝鶯興《胡應麟及其圖書目錄學研究》〔註 13〕，可見於台灣學術界出現對胡應麟研究的關注甚少。

從敘事學角度考察胡應麟創作，發現其中蘊含大量對敘事學的探討及理論建構。而考究中國敘事理論始祖——劉勰《文心雕龍》，學界已針對該書文論進行敘事觀探討，如董乃斌〈《文心雕龍》與中國文學敘事傳統〉〔註 14〕、吳孟昌〈《文心雕龍》敘事觀點探析〉〔註 15〕等；其後劉知幾《史通》特設專篇論述「敘事」，學界亦有對此專論進行敘事探討，如周征《劉知幾《史通》敘事理論研究》〔註 16〕、馬駿〈《史通》敘事理論對中國古代敘事文學影響初探〉〔註 17〕等。然對中國敘事學給予深度闡述的胡應麟，卻尚未有專論爲其敘事理論作全面性統整及探討。

鑒於上述諸多原由，觸發本論以胡應麟爲研究對象，並對其有關敘事學之論述進行梳理，冀能建立胡應麟的敘事理論，補充中國敘事理論的建構過程。亦期望經由本論能引起台灣學界對胡應麟學術更多的共鳴，並加強其文學史上的價值與地位。

第二節　前賢研究成果檢視

西方敘事學作爲一種研究方法，在中國文學蔚爲研究風潮。然中國敘事理論建構尚有補足之處既成爲本論的研究動機，因而於第一節已概述說明學界對敘事學的研究與建樹。本節則專就學界對胡應麟的研究現況進行成果檢視，其數量不在少數，然多以單篇期刊論文爲主。且許多前賢在論著中已有

〔註 13〕 本爲 1991 年東海大學中國文學研究所碩士論文，後由花木蘭文化出版社出版。詳見謝鶯興：《胡應麟及其圖書目錄學研究》，（台北：花木蘭文化出版社，2007 年）。

〔註 14〕 董乃斌：〈《文心雕龍》與中國文學敘事傳統〉，《陝西師範大學學報》社會科學版第 40 卷第 3 期，2011 年 5 月，頁 83～96。另有〈古文論與文學敘事傳統（一）——劉勰《文心雕龍》的敘事觀〉，收錄於《中國文學敘事傳統研究》，頁 55～88。

〔註 15〕 吳孟昌：〈《文心雕龍》敘事觀點探析〉，《東海大學圖書館館訊》第 99 期，2009 年 12 月，頁 28～37。

〔註 16〕 周征：《劉知幾《史通》敘事理論研究》，山東大學文藝學碩士學位論文，2006 年。

〔註 17〕 馬駿：〈《史通》敘事理論對中國古代敘事文學影響初探〉，《工會論壇》第 15 卷第 5 期，2009 年 9 月，頁 141～142。

完善的成果回顧〔註 18〕，至今所蒐集到資料亦不出前賢論述範圍。爲突顯研究者的主題意識及切入視角，以下就研究主題分項，茲舉具代表性之研究數例進行討論，作爲本論文之立論基礎：

一、胡應麟生平行歷之研究

　　胡應麟生平研究以吳晗〈胡應麟年譜〉〔註 19〕最具代表性。年譜內容彙集《明史》、《蘭溪縣志》與王世貞著作等相關胡應麟之記載和評述；並整理融會胡應麟畢生著作，從而交代胡應麟生平背景，且以繫年方式記載其求學、交友、志趣、著述等事蹟，建構出胡應麟一生歷程。其後研究胡應麟之學者，在談論其生平志趣、著述成就時，均在吳晗的研究基礎上加以補充或修正，成爲胡應麟生平研究指標性的參考書目，有益本論文進行知人論世之探討。

二、與胡應麟相關之考據學研究

　　訪書、讀書與寫書爲胡應麟的生平志趣，王世貞曾言胡應麟「性嗜古書籍」，胡應麟亦自言生平無他好，所嗜獨書，「飢以當食，渴以當飲，誦之可以當韶護，覽之可以當夷施，憂藉以釋，忿藉以平，病藉以起。」〔註 20〕因其藏書眾多，並且對書的目錄、版本、辨僞有所研究及貢獻。早期顧頡剛對胡應麟《四部正譌》進行點校，開拓學術界對胡應麟辨僞學的重視〔註 21〕；劉咸炘《目錄學》對胡應麟目錄學、辨僞學亦有所關注〔註 22〕。其後以王嘉川《布衣與學術：胡應麟對中國學術史研究》爲代表，針對前賢研究的缺失和疏漏進行補強，並對胡應麟著作進行通盤考察，不局限於單篇文本，總結

〔註18〕 如陳衛星《胡應麟與中國小說理論史》於緒論中論述胡應麟小說思想研究現狀；附錄有《胡應麟研究論著目錄索引》。詳見陳衛星：《胡應麟與中國小說理論史》，（北京：中國社會科學出版社，2011 年）。另陳麗媛《胡應麟文藝思想研究》在緒論中亦有當代胡應麟研究之論述，時代上自明清，下迄 2007 年，對胡應麟生平、文獻、小說、戲曲、史學、詩學等研究領域均有關注。詳見陳麗媛：《胡應麟文藝思想研究》，（福建師範大學中國古代文學系博士論文，2007 年）。

〔註19〕 吳晗：〈胡應麟年譜〉，《清華學報》第 9 卷第 1 期，1934 年 1 月，頁 183～252。後收錄於《名人年譜》6 冊第 3 冊，（北京市：國家圖書館出版社，2010 年 12 月），頁 2016～2085。本書引用原版。

〔註20〕 引自〈二酉山房記〉，爲王世貞所撰，收錄於《弇州續稿》卷 63。今版本採用胡應麟：《少室山房筆叢》，（上海：上海書店出版社，2009 年 4 月），頁 26。

〔註21〕 〔明〕胡應麟撰；顧頡剛點校：《四部正譌》，（台北：華聯出版社，1968 年）。

〔註22〕 劉咸炘：《目錄學》，收錄於《推十書》，（成都：成都古籍書店，1996 年）。

胡應麟對中國目錄史、圖書事業史、文獻辨僞、考證學等目錄考據的成就。另，台灣方面，謝鶯興《胡應麟及其圖書目錄學研究》則針對胡應麟《少室山房筆叢》、《少室山房類稿》、《詩藪》三本著述進行版本考察，且其研究方法紮實精到：

> 佐以明人文集、方志、藏書志及近人論述，以歷史研究法，探討胡氏的生平傳略及其圖書目錄學的淵源；以比較分析法、歸納法，闡明胡氏的圖書目錄學理論、方法；并將他的說法，與前人及同一時代的目錄學家，作一比較，藉以明瞭他在圖書目錄史上的成就，以及他的著作在圖書目錄學的價值。〔註23〕

是總結前人研究成果並加以開發的創新力作，對確立胡應麟圖書目錄學地位及書目版本流傳有一定貢獻，對後來的學者在掌握胡應麟著作亦有簡易入門的助益，對本論進行《少室山房筆叢》版本再探時同樣有莫大幫助。而考據作爲胡應麟主要治學方法之一，是以此類研究有助於本論文進行胡應麟對敘事學的立場、行爲的探討。

三、胡應麟的史學研究

胡應麟自言「余少而好史，佔畢之暇有概於心，輒書片楮投篋中，曠日彌月，駸駸數十百條。」〔註24〕，可見其對史學亦有所用心，是爲史學評論家。對史著內容進行考證，並評論史家、史事及史著，著有《史書佔畢》、《史評》、《史蕝》等史評雜著。代繼華〈試析《史書佔畢》的史學思想與歷史思想〉一文，指出胡應麟在中國古代史學分期的成就，並論述胡應麟在史家素質及對史書繁簡、史注與論贊等撰寫體例的重視，同時指出其史評展現道學與反傳統觀點兼具的歷史思想。將《史書佔畢》譽爲《史通》與《文學通義》之間重要的一環。〔註25〕

王嘉川對胡應麟的史學長才亦有所關注，因而於《布衣與學術：胡應麟對中國學術史研究》中，以一章專論胡應麟與中國古代史學研究，在胡氏雜著中梳理出胡應麟史家修養、史有別才、史家多厄、論史注、論劉知幾、史學評論等史學觀，進而指出胡應麟史學觀受名教侷限的不足。

〔註23〕謝鶯興：《胡應麟及其圖書目錄學研究》，摘要。
〔註24〕胡應麟：《少室山房筆叢》，頁126。
〔註25〕代繼華：〈試析《史書佔畢》的史學思想與歷史思想〉，《重慶師院學報》1995年第2期，頁105～111。

另，耿杰就《史書佔畢》一書進行析論，深入剖析《史書佔畢》的成書過程，並對其中蘊含對史書形制、編纂體例與宗旨、版本的刊刻與流傳情況進行研究。同時比較胡應麟與劉知幾的史學理論，明確胡應麟在浙東史上的地位，此研究有助於後學對胡應麟史學理論及成就有更細部且全面的認識。〔註26〕

此類胡應麟史學研究的作品，有益本論進行胡應麟史傳敘事理論探討。

四、胡應麟的小說與戲曲研究

談到胡應麟小說研究，不得不與為魯迅《中國小說史略》聯繫，其小說史研究大量借鑒及援引胡應麟《少室山房筆叢》中的觀點、研究方法及考證資料〔註27〕。其後胡氏小說研究最具代表性者為陳衛星《胡應麟與中國小說理論史》〔註28〕。胡應麟小說思想研究雖於 20 世紀 80 年代開始，然主要以單篇論文的形式出現，可論述及建構的內容有限，如王先霈〈胡應麟的小說理論〉〔註29〕、劉曉峰〈在新舊小說觀念之間——胡應麟小說研究述評〉〔註30〕等。陳衛星作為胡應麟小說研究集大成者及專論的先行者，陳文新在序言中讚揚陳衛星對胡應麟小說理論進行歷史還原，給予公允評價，做到同情的了解〔註31〕。陳衛星以知人論世的角度，對胡應麟生平志趣；明代的學術風氣、小說觀念發展、小說創作與傳播情形等時代背景下進行考察，由此建構出胡應麟對小說觀念、分類思想、小說史研究等內容。且其編撰〈胡應麟年譜補正〉、〈胡應麟所論小說之提要〉、〈胡應麟研究論著目錄索引〉等諸篇置於附錄，無論是對後學在進行資料搜索或文獻回顧，以及進一步了解胡應麟的小說理論都有提綱挈領的效能。

隨著胡應麟小說研究受到學界的關注，其戲曲理論亦漸受到重視。溯其戲曲研究，王國維在《古劇腳色考》和《宋元戲曲史》中引用胡應麟戲曲考

〔註26〕耿杰：《胡應麟《史書佔畢》析論》，（安徽大學歷史文獻學碩士論文，2012年 5 月）。

〔註27〕魯迅：《中國小說史略》導讀，（上海：上海古籍出版社，2001 年 7 月）。

〔註28〕陳衛星：《胡應麟與中國小說理論史》，（北京：中國社會科學出版社，2011年）。

〔註29〕王先霈：〈胡應麟的小說理論〉，《華中師院學報》1981 年第 3 期，頁 14～19。

〔註30〕劉曉峰：〈在新舊小說觀念之間——胡應麟小說研究述評〉，《清華大學學報》1988 年第 3 期。

〔註31〕陳衛星：《胡應麟與中國小說理論史》，頁 2。

證資料，並指出其對角色考證的訛誤。且胡應麟的戲曲論多夾帶在戲曲史中做論述，如葉長海《中國戲劇學史稿》指出胡應麟對戲曲文體演變、作家作品考證、戲曲本色說、戲曲虛構論等理論貢獻，視其爲明萬曆年間重要的曲論家。〔註32〕李昌集《中國古代曲學史》中對胡氏曲論進行批評，指出其以「扮演」爲考察中國戲劇形態史的中心線索，使戲劇作爲獨立的藝術體式；承認戲劇形態發生流變的主源在民間，及將戲劇研究從「文統」爲經、「詞章」爲緯的文學評論轉化爲文化生態的綜合考察三點，對其戲曲史建構、史料考證等貢獻給予肯定〔註33〕，另對胡氏戲曲虛實觀也有論述。自盧勁波《胡應麟的小說與戲曲思想》將胡應麟小說與戲曲思想並論，作爲專論出現。「以個性研究爲主，彰顯胡應麟作爲小說史家、小說文獻學家和理論批評家的個性特質，並突顯胡應麟戲曲理論的貢獻及價值，塡補胡應麟戲曲思想專題研究的空白」〔註34〕。翌年，陳麗媛撰寫《胡應麟文藝思想研究》，對胡氏小說理論、詩歌理論、戲曲理論觀點精細解讀與分析，梳理其內在邏輯體系，突顯其強烈學理價值，並展現胡應麟文藝理論及思想。爲近年來以胡應麟爲專論及關注其戲曲理論的最新著作。

　　此類此類胡應麟小說與戲曲之研究，有益於本論進行胡應麟小說與戲曲敍事理論之建構。

五、胡應麟的詩學研究

　　提及胡應麟詩論研究，最著名的當屬香港學者陳國球。陳國球以研究胡應麟詩學起家，也是最早給予胡應麟詩論全面深入關注的學者。其論胡應麟詩學的單篇著作有〈悟與法——胡應麟的詩學實踐論〉〔註35〕、〈變中求不變：論胡應麟對詩史的詮釋〉〔註36〕、〈本色的探求與應用——胡應麟的詩體論〉

〔註32〕葉長海：《中國戲劇學史稿》，（北京：中國戲劇出版社，2003 年 10 月），頁 176～181。

〔註33〕李昌集：《中國古代曲學史》，（上海：華東師範大學出版社，1997 年），頁 447 ～452。

〔註34〕引用整理自盧勁波：《胡應麟的小說與戲曲思想》，（南京師範大學中國古代文學系碩士論文，2006 年），IX。

〔註35〕陳國球：〈悟與法——胡應麟的詩學實踐論〉，《故宮學術季刊》1983 年第 2 期，頁 41～70。

〔註36〕陳國球：〈變中求不變：論胡應麟對詩史的詮釋〉，《中外文學》1984 年第 1 期，頁 146～180。

〔註 37〕等諸論，其後《胡應麟詩學研究》作爲其碩士論文正式出版。全書總六章，以詩史論及詩體論作爲胡應麟詩論的兩大主體，進而詮釋胡氏「法、悟、化」、「本色」、「興象」、「風神」、「格調」等創作理論，並論述胡應麟詩論對復古詩派「體以代變」、「隔代以降」的繼承與創新，是爲學界第一部胡應麟詩學專書〔註 38〕。

　　台灣方面，對胡應麟的研究大致以其詩論爲主，單篇論文有簡錦松〈胡應麟《詩藪》的辨體論〉〔註 39〕、張健〈胡應麟的詩學〉〔註 40〕等；學位論文則有鄭亞薇《胡應麟《詩藪》研究》〔註 41〕、金鐘吾《胡應麟的詩史觀與詩論研究》〔註 42〕兩本。

　　另，陳麗媛指出王明輝《胡應麟詩論研究》對胡氏詩論觀點更加注重，並細緻梳理分析，透過各種觀點、範疇發展演變的源流考索，突顯胡應麟詩論觀點在詩論史中的地位與作用，是不可忽略的研究著作〔註 43〕。尚值得一論者爲金光《胡應麟詩學研究》，其以文質論、文體與觀念範疇之關係及詩歌創作中的敘事因素等三種視角切入胡應麟詩學作論述。重要的是，金光探討胡應麟詩歌創作中的敘事因素，從「詩史」與「記事」；漢樂府詩與感事詩兩方面展開，抽繹出胡應麟詩學中的敘事理論。是先於本論對胡應麟的敘事觀及敘事理論建構進行專論關注者，同時也完善本論未能論述到的詩歌敘事理論部分。

　　經研究後發現，胡應麟常借鏡詩學的審美角度對小說及戲曲進行批評與評價。因此，此類研究有助於本論探討胡應麟對敘事學批評與審美的探討研究。

　　以上爲學界對胡應麟研究成果進行的回顧與檢視，而在前賢的研究基礎上，無論是研究方法、視角，抑或在文本的詮解分析上，均給予本論實質上的助益。冀能站在巨人的肩膀上，有所創發。

〔註 37〕陳國球：〈本色的探求與應用──胡應麟的詩體論〉，《香港地區中國文學批評研究》（臺北：學生書局，1991 年），頁 391～459。

〔註 38〕陳國球：《胡應麟詩學研究》，（香港：華風書局，1986 年）。

〔註 39〕簡錦松：〈胡應麟《詩藪》的辨體論〉，《古典學報》1979 年第 12 期。

〔註 40〕張健：〈胡應麟的詩學〉，《中央日報》1983 年 4 月 9 日。

〔註 41〕鄭亞薇：《胡應麟《詩藪》研究》，（台北：政治大學中國文學研究所碩士學位論文，1977 年）。

〔註 42〕金鐘吾：《胡應麟的詩史觀與詩論研究》，（台中：東海大學中國文學研究所碩士學位論文，1991 年）。

〔註 43〕引自陳麗媛：《胡應麟文藝思想研究》，頁 12。

第三節　研究對象與範疇

　　本論文以胡應麟所著《少室山房筆叢》與《甲乙剩言》爲主要研究對象，並以敘事視角切入進行研究。有鑒於敘事學在中國文化與文學中自有其發展脈絡與意涵，因此本節先概述中國文學中的敘事發展並明確敘事在中國文學中的概念義界；再說明本論研究對象與範疇，且針對《少室山房筆叢》的版本問題加以探析，以對《少室山房筆叢》的版本流傳與敘事結構有初步的概念與認識：

一、中國文學敘事的溯源發展及敘事概念界定

　　中國敘事文學在歷史漫漫長河中悠遠緩慢的孕育發展，在尙未有敘事概念前已有敘事的產生，如文字發明前的結繩記事始有敘事意味蘊含其中。文字發明之後，以殷商卜辭爲開端，內容豐富，主要可分祭祀、天時、年成、征伐、王事、旬夕等六大類。以《菁華2》爲例：

　　　　癸巳卜殼貞，旬亡禍？王占曰：之殺。

　　　　其之來𪊨。乞至五日丁酉，允之來𪊨

　　　　自西，沚𠭯告曰：土方𠭯于我東啚。(《菁華》2)〔註44〕

據陳夢家指出此爲較完整的卜辭，包含「前辭」、「命辭」、「占辭」、「驗辭」四部分，並詳述所謂前辭，爲記卜之日及卜人名字；命辭，指命龜之辭；占辭，乃因兆而定吉凶；驗辭，則指既卜之後記錄應驗的事實〔註45〕。檢視此文，占卜者於癸巳日占卜，問後十天有無災禍發生。商王觀察卜兆判斷吉凶，言有殺伐將要來臨。而自占卜日起的第五天即丁酉日，果眞有禍事自西邊來。

沚國諸侯　𠭯　（其字學界目前未能判讀，但認爲是人名）向商王報告土方入侵沚國東部邊邑。可見其內文記事繫於時，具備完整人、事、時、地，已然蘊含敘事成分。然此時敘事尙處於散漫簡短的記敘方式。另鐘鼎彝文、竹簡壁畫等古文物亦可見不同成分的敘事痕跡。

　　而中國古代談及「敘事」一辭之淵遠流長，就《說文解字》從漢字語義

〔註44〕原文引自郭沫若：《卜辭通纂考釋》，收錄於《郭沫若全集‧考古編‧第二卷》，
　　　　（北京：科學出版社，1983 年），頁 438。

〔註45〕以上殷商卜辭分類及內容，參閱整理自陳夢家：《殷墟卜辭綜述》，（北京：中
　　　　華書局，1988 年 1 月），頁 42～43。

學觀之，「敘事」又常作「序事」。可知「敘」與「序」、「緒」相通，爲次第、次序之義，是具有時間、空間或有頭緒串聯或具某種秩序規律而構成的事由。〔註46〕且「敘」又有陳述、說明之義；而「事」指事情，泛指人類所作所爲、人情世故及自然界的一切現象與活動。〔註47〕故「敘事」在中國文化中使用層面廣大，具有豐富意涵；總體而言，可指敘事者按照一定次序陳述某種體驗經歷給予聽述者聽的話語活動。

此後中國古典文學中，「敘事」被視爲一種寫作手法並分布於各種文體中。以《文心雕龍》爲例，雖劉勰言：「史者，使也；執筆左右，使之記也。古者左史記言，右史書事。言經則《尚書》，事經則《春秋》也。」〔註48〕認爲敘事專用於記言書事的史傳文學，然其中提到的讖緯楚騷、民歌樂府、銘文碑誄、頌贊賦文、詔策書記、史傳雜文等文類均含有敘事的性質。至唐朝劉知幾《史通》特設「敘事」專篇，評論史傳文學在敘事方法上的優劣得失，如其言：「國史之美者，以敘事爲工；而敘事之工者，以簡要爲主。簡之時義大矣哉！」〔註49〕以尚簡作爲具體寫作原則。至南宋眞德秀《文章正宗》明列「敘事」，並於綱目爲敘事釋義：

> 按敘事起於古史官，其體有二：有紀一代之始終者，《書》之《堯典》、《舜典》，與《春秋》之經是也，後世本紀似之。有紀一事之始終者，《禹貢》、《武成》、《金縢》、《顧命》是也，後世志記之屬似之。又有記一人之始終者，則先秦蓋未之有，而昉於司馬氏，後之碑誌事

〔註46〕 詳參楊義：《中國敘事學》，頁 11。另據《說文解字》「敘」爲「次弟也。」段玉裁注言釋詁曰：「舒業順敘緒也，古或假序爲之。」可見敘有排序先後之義。其次，釋「序」言：「東西牆也。」段注云：「按堂上以東西牆爲介。禮經謂階上序端之南曰序南。謂正堂近序之處曰東序、西序。古假杼爲序。……次弟謂之敘。經傳多假序爲敘。周禮、儀禮序字注多釋爲次弟是也。又《周頌》：繼序思不忘。傳曰：序，緒也。此謂序爲緒之假借字。」於此，序本有區別空間的意涵，後多假借爲敘，而使空間轉換至順序次第的安排。又「緒」爲「絲耑也。」段注曰：「抽絲者得緒而可引。」指的是凡事有頭緒，而其中事件得以相互援引串聯。詳見〔漢〕許愼撰、〔清〕段玉裁注：《新添古音說文解字注》，（台北：洪葉文化，1999 年 11 月），頁 127、448、650。

〔註47〕 熊鈍生主編：《辭海》，（台北：台灣中華書局，1994 年），頁 194。

〔註48〕 〔南朝梁〕劉勰著；王利器校注：《文心雕龍校證》，（台北：明文書局出版社，1982 年 4 月），頁 106。

〔註49〕 〔唐〕劉知幾撰；〔清〕浦起龍釋：《史通通釋》，（台北：里仁書局，1993 年 6 月），頁 168。

狀之屬似之。今於《書》之諸篇與《史》之紀傳、皆不復錄，獨取
《左氏》、《史》、《漢》敘事之尤可喜者，與後世記序傳誌之典則簡
嚴者，以爲作文之式。若夫有志於史筆者，自當深求春秋大義而參
之以遷、固諸書，非此所能該也。〔註50〕

眞德秀亦將敘事推源於史官，且爲一種跨文類的文學體裁。楊義接觸過宋版
《文章正宗》，揭櫫歸於敘事類者，有從《左傳》錄出而變編年體爲紀事本末
者；有從《史記》、《漢書》的本紀截出完整的事件片段者，也有《史記》中
記人爲主的傳，以及韓愈、柳宗元等人的人物傳、紀事碑、墓志銘、山水遊
記、記述性敘和後敘，總之包羅記事和記人的歷史，以及記人、記事、記遊
的各種散文。〔註51〕由此可知，敘事在中國文論中既指一種文類概念，亦爲
文學表達的手法。

　　而中國古典小說溯源自先秦神話與寓言，中國古典神話以短小篇幅記錄
關於上古傳說的事蹟，如〈女媧補天〉、〈大禹治水〉等，齊裕焜揭示神話新
奇奔放的幻想和理想化的誇張，深刻影響後世作家的創作方法，啓發作家的
想像力，且開創神怪題材，是後世志怪傳奇小說豐富的題材寶庫。〔註52〕寓
言則出自《莊子》「寓言十九，藉外論之」，張默生爲其釋義爲「言在彼而意
在此。」〔註53〕強調寄託之意。中國寓言故事有以動物託寓，如《莊子》中
的〈井底之蛙〉、《戰國策》中的狐假虎威；亦有藉人物言行來說明道理，如
《孟子》中的〈揠苗助長〉、《韓非子》中的〈鄭人買履〉。李富軒、李燕以爲
「寓言一般由寓體（故事）和寓意組成，主要用於勸誡諷喻」〔註54〕，可見
寓言由事（故事）加理（寓意）所組成。由上所述，先秦神話與寓言都具有
記載故事的性質，敘事蘊含於其中。小說從神話寓言、史傳文學中不斷汲取
養分，發展至漢魏六朝生成志人、志怪小說，志人小說以記錄人物言行軼事
爲主；志怪小說則主記神鬼怪異之事，此時敘事尚在實錄階段。自唐人傳奇

〔註50〕〔宋〕眞德秀：《文章正宗》，《欽定四庫全書》，（影印古籍《欽定四庫全書》
　　　　集部八總集類），頁3～4。

〔註51〕引自楊義：《中國敘事學》，頁12。

〔註52〕整理參閱自齊裕焜著：《中國古代小說演變史》，（台北：萬卷樓，2015 年 1
　　　　月），頁28～29。

〔註53〕〔先秦〕莊子著；張默生著：《莊子新釋》，（台北：明文書局股份有限公司，
　　　　1994 年 1 月），頁15。

〔註54〕李富軒、李燕：《中國古代寓言史》，（台北：志一出版社，2001 年），頁 1。

則開啓中國虛構敘事的大門,「作意好奇,假小說以筆端」〔註55〕,隨著作者創作意識的抬頭,有意運用虛構「亦托諷以紓牢愁,談禍福以寓懲勸」〔註56〕,從而使敘事文學在中國文學史中明確發展出一虛(小說)一實(史傳)的創作手法。其後隨商業、印刷術的興起,小說作爲娛樂活動日益蓬勃發展,話本、擬話本、講史、章回小說等各種小說形式不斷出現,且「隨著小說不斷發展,藝術虛構在小說創作中的作用日益突出。至明清兩代,小說評點開始在理論上探求,總結藝術虛構的規律。」〔註57〕,小說敘事技巧逐漸被重視,出現大量敘事批評。

　　另外,戲曲也爲中國敘事文學中的主要枝幹。中國戲曲從唐傳奇、宋話本與明清章回等中國小說中汲取體材,編爲戲本作演出。董乃斌指出戲劇是種綜合藝術,就劇本而言,戲劇自然是敘事文學的一種,但由於劇本可供演出,超出一般敘事,且必須通過演員的表演和觀眾的欣賞才算最後的完成,故其還涉及代言體的敘事特徵〔註58〕。且曲詞、賓白、科介中都有敘事成分;不同的戲曲形制亦會影響戲曲表演形式與敘事方式。又戲曲評點亦隨戲劇發展而興盛,其中便涉及對戲曲敘事的關注,如金聖嘆評《西廂記》及李贄評《紅拂記》,均對戲曲的關目結構、人物形象、情境構設等不同敘事層面予以評論。可見,中國戲曲與敘事有著千絲萬縷的關係。

　　然而,中國敘事批評雖淵遠流長,卻未成系統。因其居於附庸,或附於史論贊語中;或錄於前後序跋;或以評點方式綴述於小說及戲曲文本旁,且主觀零散,使得評論更像是閱讀箚記。

　　總上所論,中國敘事文學的發展是由簡到繁的過程。其作爲一種文類概念,廣泛存在各種文學體裁中;同時也是一種敘事方法,在各文學中並行發展,形成中國文學悠遠豐厚、獨具特色的敘事傳統。故本論的「敘事」概念探寬泛意界,著重各文類如何敘述事情。並將其視爲中國文學史及文學批評史中的術語,用以探討各種依序紀錄發生某段時空的事件經過及結果的寫作手法及用此手法完成的文學作品類型。

〔註55〕胡應麟:《少室山房筆叢》,頁371。
〔註56〕魯迅:《中國小說史略》,頁45。
〔註57〕吳士余:《中國古典小說的文學敘事》,(上海:上海古籍出版社,2007年),頁4。
〔註58〕參閱整理自董乃斌:《中國文學敘事傳統研究》,頁354。

二、研究對象與範疇

明確中國文學中的敘事文學後，可知敘事廣泛滲透於各種文體中。然筆者學有不逮，未能全面顧及，故將敘事學的範圍限縮於史傳、小說、戲劇三大敘事主體進行研究。其中，中國小說之定義在歷代有不同認知與定義，因而造成古今觀念上的演變，故需在此作一爬梳與義界，以明確本論對小說之立場，亦方便於下開展對於小說敘事的相關論述。

中國文學典籍中，最早談論小說一詞者為《莊子‧外物篇》：「飾小說以干縣令，其于大達亦遠矣。」〔註59〕，此中的「小說」指的是「無關於大道，無益於經世治國」〔註60〕的瑣屑言談。班固《漢書‧藝文志》於諸子略中論小說家，言：「小說家者流，蓋出於稗官。街談巷語，道聽塗說者之所造也。孔子曰：『雖小道，必有可觀者焉，致遠恐泥，是以君子弗為也。』然亦弗滅也。閭里小知者之所及，亦使綴而不忘。如或一言可采，此亦芻蕘狂夫之議也。」〔註61〕認為小道亦有可觀之詞及教化之效，提高小說在中國典籍中的地位。至桓譚《新論》：「若其小說家，合叢殘小語，近取譬論，以作短書，治身理家，有可觀之辭。」〔註62〕承襲前人「小說家亦有可觀之辭」的說法外，體現出小說篇幅「短」、「小」，且文體隨意、內容紛雜及以言說為主的特性〔註63〕。以上小說定義與西方以指具有故事、人物、情節且重視虛構的創作文本之小說概念不同〔註64〕，形成先秦兩漢以「叢殘瑣語」為主的小說觀。

而中國小說經歷遠古至先秦兩漢神話傳說、寓言故事、史傳文學等敘事文學的醞釀，至魏晉南北朝志人志怪小說及唐代傳奇體小說的產生，藝術手法及小說的文體概念逐漸成熟，形成文言為主的短篇小說發展形式。至宋代

〔註59〕〔先秦〕莊子著；〔晉〕郭象注；〔清〕郭慶藩：《莊子集釋》，（台北：河洛圖書出版社，1974 年 3 月），頁 925。

〔註60〕羅寧：《漢唐小說觀念論稿》，（成都：巴蜀書社，2008 年 6 月），頁 14。

〔註61〕〔漢〕班固撰；楊家駱主編：《新校本漢書并附編二種‧二》，（台北：鼎文書局，1995 年），頁 1745。

〔註62〕李善注《昭明文選》卷 31，於江文通〈雜體詩三十首之二〉引桓譚此段言論，詳見〔南朝〕蕭統編；〔唐〕李善注：《昭明文選》，（鄭州：中州古籍出版社，1990 年 10 月），據一九三五年國學整理社影印本影印頁 439。

〔註63〕羅寧認為所謂叢殘小語是指一些篇幅短小的言語，匯集在一起的隻言片語。「叢」有繁雜眾多聚集之意，「殘」則指殘缺剩餘。詳見羅寧：《漢唐小說觀念論稿》，頁 49。

〔註64〕詳參〔英〕福斯特（Forster, Edward Morgan）著；朱乃長譯：《小說面面觀》（*Aspects of the Novel*），（北京：中國對外翻譯出版公司，2002 年 9 月）。

經濟繁榮，市民階層壯大，「說唱文學由唐代主要宣揚佛經的變文、俗講，發展至說話」〔註65〕。宋元話本的出現，使中國小說出現長篇白話的章回體小說形式，創作者從士大夫轉向民間藝人，故題材也發生變化，轉向對庶民生活的描寫。是以在明代形成兩種小說觀，一派採狹義的小說觀，承前人「叢殘小語」的小說觀，將小說限定於文言短篇小說，如胡應麟分小說為志怪、傳奇、雜錄、叢談、辨訂、箴規等六類。此種小說定義與分類上著重小說「篇幅短小」形式特色，除傳奇類篇幅較長外，其他五類多屬筆記體式的短篇小說；且此類小說重在補史闕及廣見聞的功用。另一派則出現較新穎的廣義小說觀，將通俗小說納入小說範圍，並重視小說娛樂的性質，如郎瑛《七修類稿》言「小說起宋仁宗，蓋時太平盛久，國家閑暇，日欲進一奇怪之事以娛之，故小說得勝頭回之後，即雲話說趙宋某年。」〔註66〕認為小說乃指宋代所興起的話本小說。又如馮夢龍於〈古今小說敘〉言「大抵唐人選言，入於文心；宋人通俗，諧於里耳。天下之文心少而里耳多，則小說之資於選言者少，而資於通俗者多」〔註67〕，可見馮氏同時注意到偏於文言小說的唐人小說及用語通俗的宋人小說等兩種不同小說種類。而天許齋書坊坊主作〈古今小說識語〉言「小說如《三國志》、《水滸傳》稱巨觀矣，其有一人一事可資談笑者，猶雜劇之於傳奇，不可偏廢也。」〔註68〕將《三國志》、《水滸傳》等講史章回視為小說。

可見明代之時已有將通俗小說視為小說的概念，是以今學界在論及中國小說時言其由「文言小說和白話小說互相影響、又自成體系的兩大系統」〔註69〕，將文言小說與通俗小說均納入中國小說的發展脈絡中進行論述。而觀胡應麟的小說六大分類僅限於文言小說，將《水滸傳》以「演義」稱之，排除於其定義的「小說」系統，忽略通俗小說在中國小說整體發展流變的重要性，可見其小說觀仍有其不備之處。又《水滸傳》是中國古代小說中無可忽視的傑出作品，今學界或將其視為「講史」〔註70〕、或將其視為由「民間故事、

〔註65〕 齊裕焜著：《中國古代小說演變史》，3。
〔註66〕 〔明〕郎瑛：《七修類稿》，卷22。
〔註67〕 丁錫根：《中國歷代小說序跋集》，（北京：人民出版社，1996年7月），頁774。
〔註68〕 丁錫根：《中國歷代小說序跋集》，頁774。
〔註69〕 齊裕焜著：《中國古代小說演變史》，頁1～2。
〔註70〕 魯迅將宋之平話、元明之演義視為中國小說發展史的一環。而《水滸傳》即於元明講史中論述。詳見魯迅：《中國小說史略》，頁36。

話本、戲曲的基礎上」發展而來的英雄傳奇小說〔註 71〕。因此本論採廣義的小說觀，將文言小說與通俗小說均納入小說敘事的範圍。在論述胡應麟小說敘事中的小說題材，尊重其分類法則，以突顯其個人的小說意識及小說觀，亦從其分類中可知古今小說觀念的流變與異同。同時將屬今學界所謂通俗小說範疇之《水滸傳》納入小說敘事的討論範圍，探討其對《水滸傳》的敘事批評。以此補充胡應麟小說敘事的不足之處，使其對中國小說的敘事理論與批評有更宏觀的論述。

本論以胡應麟爲主要研究對象，其文學理論多集中於《少室山房筆叢》，故以此爲主要研究文本。此書爲胡應麟畢生讀書心得總集，謝鶯興概括內容如下：

《經籍會通》四卷，專論歷代藏書，及其存亡聚散，爲明代目錄學史。

《史書占畢》六卷，專論史事，「內以辨體，外以辨時，冗以辨誣，雜以辨惑」。

《九流緒論》三卷，專論諸子百家之得失爲明代的子書總序。

《四部正譌》三卷，考證古書眞僞，爲明代辨僞學專書。

《三墳補逸》二卷，胡應麟認爲《竹書紀年》、《逸周書》、《穆天子傳》三書，皆爲三代典籍，而三墳久已不見，故以三書補其闕。上卷論辨汲冢出書之原委及《竹書紀年》，下卷則論辨《逸周書》和《穆天子傳》。

《二酉綴遺》三卷，採摭《山海經》、《太平廣記》、《酉陽雜俎》等志怪小說及《太平御覽》、《冊府元龜》等類書所收之小說、詩作，語之涉怪者，並論考諸書之眞僞，以及所記事之實虛。

《華陽博議》二卷，〈華陽博議引〉自云其著作因由，云：「古今大學術，概有數端。命世通儒，罕能備悉，輒略而言之：覈名實，劉浮夸；黜奇衺，獎閎鉅；掇遺逸，抉隱幽；權嚮方，樹懲勸」，故雜述古人博聞強記事。

《莊嶽委譚》二卷，係討論俗文學之事，卷上收有關民間傳說，古今戲具之不同；卷下則論詞曲之始，戲文之淵源，及唐宋雜劇經元院本到南戲之演變，各本之優劣。書中或引前人之說，或自作論證。

〔註71〕詳見齊裕焜著：《中國古代小說演變史》，235。

胡應麟因其交遊廣泛，因此已注意到，前人認爲不登大雅之堂的民間傳説及戲曲，並加以考訂。雖然論説有精粗、詳略，仍可視爲明代俗文學史。其中論戲曲部分，近人任訥已輯入《新曲苑》一書中。

《玉壺遐覽》四卷，與《雙樹幻鈔》三卷，分別論述釋、道二教，爲明代道、佛二家總序。

《丹鉛新錄》八卷與《藝林學山》八卷，則專駁楊慎丹鉛諸錄、《升庵詩話》、《詞品》、《楊子卮言》、《譚苑醍醐》、《升菴文集》等書之誤。〔註72〕

從上述可知，《少室山房筆叢》雖以筆記體方式撰寫，內容較爲駁雜零散，然其中蘊含大量敘事理論。且其本身即爲敘事文本，如《經籍會通》以歷代經典爲敘事題材，記述經典在各朝代的發展流變；《華陽博議》則敘述古人博聞強記之事；《莊嶽委譚》則以俗文學爲敘事題材，記敘其源流發展。而《丹鉛新錄》、《藝林學山》等考證性較重的篇章，雖其文本內容之敘事性質較弱，然其中有注經式的敘事痕跡，亦可作敘事討論。是以本論以敘事視角對胡應麟《少室山房筆叢》進行觀看，並對其敘事理論加以建構析論。又《甲乙剩言》〔註73〕作爲胡應麟至今唯一完整流傳之小説集〔註74〕，本論亦將此作品作爲主要研究文本，用以檢視胡應麟小説創作的敘事手法運用及對比其理論與實踐間的效度。

另除上述主要研究文本外，亦輔以胡應麟《少室山房集》中的詩文創作作爲剖析《少室山房筆叢》的敘事動機、立場等與敘事者相關的論述依據。

三、《少室山房筆叢》版本問題再探

（一）單篇寫作之收書內容排列順序

胡應麟《少室山房筆叢》的目錄編排並未有明顯排列根據，而胡應麟於每部文章序作中提到其寫作時間，將其加以排列，可見其寫作歷時年代，且

〔註72〕引用參閱自謝鶯興：《胡應麟及其圖書目錄學研究》，頁48～49。

〔註73〕版本採用胡應麟：《甲乙剩言》，（台北：藝文印書館，1965年，百部叢書集成據明萬曆繡水沈氏尚白齋刻寶顏堂秘笈本影印）。

〔註74〕胡應麟於《石羊生小傳》及王世貞爲其著《胡元瑞傳》中提及胡氏曾著有《明世說》、《兜玄國志》、《酉陽續俎》、《隆萬新聞》等雜記小説，然此些著作今已散佚，無從判定其內容。詳見王嘉川：《布衣與學術——胡應麟與中國學術史研究》，頁23。

可得知其編排順序並未依寫作先後順序而排列。茲將《少室山房筆叢》各篇排序及寫作年代一覽表臚列於下：

表 1-1：《少室山房筆叢》各篇排序及寫作年代一覽表

順序	胡應麟： （1550～1602 年） 《少室山房筆叢》〔註75〕	胡應麟《少室山房筆叢》 各篇自序所記時間	吳晗〈胡應麟年譜〉
1.	《經籍會通》四卷	《三墳補逸》： 甲申夏五 （萬曆 12 年：1584）	《華陽博議》：1565 年作
2.	《丹鉛新錄》八卷	《四部正譌》： 丙戌春仲月晦 （萬曆 14 年：1586）	《三墳補逸》：1584 年
3.	《史書佔畢》六卷	《九流緒論》： 清和既望。時不詳，然序 文提及己丑 （萬曆 17 年：1589）	《四部正譌》：1586 年
4.	《藝林學山》八卷	《經籍會通》： 萬曆己丑孟秋 （萬曆 17 年：1589； 孟秋：農曆 7 月）	《二酉綴遺》：1588 年
5.	《九流緒論》三卷	《史書佔畢》： 秋望。時不詳，然序文中 言己丑始作 （萬曆 17 年：1589； 秋天爲農曆 7 月始）	《九流緒論》：1589 年 4 月
6.	《四部正譌》三卷	《莊嶽委譚》： 己丑陽月朔日 （萬曆 17 年：1589； 陽月爲農曆 10 月）	《經籍會通》：1589 年 7 月

〔註75〕取清光緒二十二年（1896）廣雅書局刊本：少室山房筆叢四十八卷，詩藪十六卷——少室山房筆叢四集六十四卷本。今通行之《少室山房筆叢》，如 1958 年上海中華書局點校本、2009 年上海書店出版社之排版順序皆照廣雅本排序。

7.	《三墳補逸》二卷	《華陽博議》： 己丑仲冬 （萬曆 17 年：1589； 仲冬爲農曆 11 月）	《史書佔畢》：1589 年 7 月
8.	《二酉綴遺》三卷	《丹鉛新錄》： 庚寅人日 （萬曆 18 年：1590； 人日爲農曆正月初七）	《莊嶽委譚》：1589 年 11 月
9.	《華陽博議》二卷	《藝林學山》： 庚寅七夕 （萬曆 18 年：1590； 七夕爲農曆 7 月 7 日）	《丹鉛新錄》：1590 年正月
10.	《莊嶽委譚》二卷	《玉壺遐覽》： 壬辰仲冬芙蓉風客題 （萬曆 20 年：1592； 仲冬爲農曆 11 月）	《藝林學山》：1590 年 7 月
11.	《玉壺遐覽》四卷	《雙樹幻鈔》： 壬辰臘壁觀子題 （萬曆 20 年：1592）	《玉壺遐覽》：1592 年 11 月
12.	《雙樹幻鈔》三卷	《二酉綴遺》： 序文中無任何時間標示	《雙樹幻鈔》：1592 年 12 月

　　根據上表可推知《少室山房筆叢》各書成書時間，有兩種說法：

1. 從明萬曆十二年（1584）至二十年（1592）之間，前後有八年之久。
2. 從明嘉靖四十四（1565）年至萬曆二十年（1592）。

　　二說的成書時間相差甚遠，最大問題在《華陽博議》的成書時間，以下爲有待商榷之處：

1. 若從胡應麟《少室山房筆叢》自序中提到的時間做排序，除《二酉綴遺》外，其他篇章大致可排列出寫作順序。
2. 若依吳晗所整理的〈胡應麟年譜〉爲《少室山房筆叢》排序，除《華陽博議》與《二酉綴遺》外，順序大致與《少室山房筆叢》中胡應麟自序所書時間相同。然尚有幾點待討論：
   （1）吳晗〈胡應麟年譜〉中《少室山房筆叢》的成書年代，只註明在該年次下並附錄其序，所據爲何並未詳細交代。

（2）若是據胡應麟自序排列，又爲何能斷言《華陽博議》爲其少時（15歲）之作？因吳氏將《華陽博議》列於 15 歲下，然亦只引錄其序，未多作說明。不知是否因史料中多記載胡應麟少時聰慧，能屬詩文〔註76〕而將此作誤判爲其十五歲之年少之作。

（3）吳氏又將《二酉綴遺》列於 1588 年，不知其所據。

3. 謝鶯興〈胡應麟《少室山房筆叢》版本略述〉中則據《二酉綴遺・序》及〈二酉山房記〉考證《二酉綴遺》成書時間，云：

> 〈二酉綴遺引〉雖未署日期，僅云：「自余不佞之構山房，而二酉顏於室。……余之意尚猶有所未盡也，因以讀於其中而有得者係之，且並著其說焉。」明示《二酉綴遺》著於二酉山房之中，至遲成於萬曆十四年（1586）之前。〔註77〕

〈二酉山房記〉中提到「二酉山房」的構建最早在萬曆九年（1581）或十年（1582）之後，最遲在萬曆十一年（1583）下第還里後築成。又根據〈周公瑕書二酉山房記跋〉：「此記酒長公閉關修玄日，謝絕一切文債，獨爲余破例成者。余丙戌（十四年，1586）入都談及神王意，取前記點綴之，則後半盡易矣」爲佐證，斷定《二酉綴遺》成書最晚在萬曆十四年（1586）之前。

（二）《少室山房筆叢》蒐羅成書時間

由上述可知，《少室山房筆叢》收羅成書時間約從萬曆十二年（1584）至二十年（1592）之間，前後有八年之久。而陳文燭爲《少室山房筆叢》作序，云：

> 吾友胡元瑞，工詩善屬文，有《少室山房稿》，貫其餘勇，著書數百卷，如《經籍會通》、《史書佔畢》、《九流緒論》、《四部正譌》、《三墳補逸》、《二酉綴遺》、《華陽博議》、《莊嶽委譚》、《丹鉛新錄》、《藝林學山》，自題爲《筆叢》，海內爭傳，幾於紙貴。〔註78〕

〔註76〕 如《明史・胡應麟傳》曰：「胡應麟，幼能詩。萬曆四年舉於鄉，久不第，築室山中，搆書四萬餘卷，手自編次，多所撰著。」詳見〔清〕張廷玉等撰；楊家駱主編：《新校本明史并附編六種》，（台北：鼎文書局，1991 年），頁 7382。另陳衛星考其生平言其自幼好學且才華早顯，少有詩名且博學多才，詳細可參閱陳衛星：《胡應麟與中國小說理論史》，頁 22～30。

〔註77〕 謝興鶯：〈胡應麟《少室山房筆叢》版本略述〉，《東海大學圖書館館訊》66 期，2007 年 3 月，頁 12。

〔註78〕 （明）陳文燭〈少室山房筆叢序〉，收錄於〔明〕胡應麟：《少室山房筆叢》，

紀錄《少室山房筆叢》所收內容及命名由來，於序中得知胡應麟將此部作品自題爲「筆叢」，且此書於當時流傳情況甚廣。可完整書目應於胡氏過世後，遲至明萬曆 34 年（1606 年）才正式出版。

（三）《少室山房筆叢》版本流傳情形

《少室山房筆叢》流傳情形按國家圖書館古籍文獻中之中文古籍書目資料庫〔註 79〕、中國古籍善本書目〔註 80〕、日本所藏中文古籍數據庫〔註 81〕及謝鶯興《少室山房筆叢》版本考〔註 82〕與顧頡剛點校《四部正譌》的校記〔註 83〕依序搜查，共得 12 種版本。

其中，刊本以明代萬曆 34 年（1606 年）新安吳勉學校刊本爲最早刊本；至清代清光緒 22 年（1896 年）廣雅書局刊刻發行廣雅詩藪合刊本：少室山房筆叢四十八卷、詩藪十六卷——少室山房筆叢四集六十四卷本爲最晚發行版本，亦爲今之通行本。

而檢索自日本所藏中文古籍數據庫，得《筆叢十部》明末鈔本一種。其內容爲：《經籍會通》四卷、乙部《史書佔畢》六卷、丙部《九流緒論》三卷、丁部《四部正譌》三卷、戊部《三墳補逸》二卷、己部《二酉綴遺》三卷、庚部《華陽博疑》二卷、辛部《莊嶽委譚》二卷、壬部《玉壺遐覽》四卷、癸部《雙樹幻鈔》三卷。續二部內容爲：續筆叢甲部《丹鉛新錄》八卷、續筆叢乙部《藝林學山》八卷。因此鈔本年代不詳，僅標示爲明末鈔本，因此置於明代末冊。茲將所蒐集資料依出版時間順序羅列如下：

（上海：上海書店出版社，2009 年 4 月），頁 1。

〔註 79〕中國古籍書目資料庫網址：http://ppt.cc/D3-W。〔搜尋日期：2014 年 12 月 17 日〕

〔註 80〕《中國古籍善本書目叢部》卷三十六自著叢書：錄《少室山房全稿》一百八十九卷，明萬曆四十六年江湛然刊本，收少室山房類稿一百二十卷：詩藪內編六卷外編六卷續編二卷雜編六卷：筆叢十卷：續筆叢三卷（丹鉛新錄、藝林學山、甲乙剩言）。詳見《中國古籍善本書目叢部》，（上海：上海古籍出版社，1990 年），頁 606～607。

〔註 81〕日本所藏中文古籍數據庫：http://kanji.zinbun.kyoto-u.ac.jp/kanseki。〔搜尋日期：2014 年 12 月 17 日〕

〔註 82〕謝鶯興：《胡應麟及其圖書目錄學研究》，頁 48～57。

〔註 83〕〔明〕胡應麟撰；顧頡剛點校：《四部正譌》（台北：華聯出版社，1968 年）。

表 1－2：胡應麟《少室山房筆叢》版本一覽表

順序	出版年代	版本	責任者	卷數	註
1.	明萬曆 34 年（1606 年）	新安吳勉學校刊本	〔明〕胡應麟撰	3 種： 1. 十六卷 2. 三十二卷 3. 正集三十二卷〔註84〕，續集〔註85〕十六卷	
2.	明萬曆 42 年（1614 年）	良貴堂刊本〔註 86〕	〔明〕胡應麟撰；〔明〕趙世寵校勘，〔明〕趙三極刊行（趙三極爲胡應麟女婿）		
3.	明萬曆 46 年（1618 年）	新都江湛然刊本	〔明〕胡應麟撰；〔明〕江湛然、〔明〕趙鳳城輯	十部，續二部	
4.	明萬曆 46 年（1618 年）	汪湛然金華刊本	〔明〕胡應麟撰	四十九卷，附甲乙剩言，其他與原刻本無異	
5.	明天啓間（1621～1627）	明天啓間刊本	〔明〕胡應麟撰；〔明〕陳文燭序	三十二卷，續集十三卷，附甲乙剩言一卷	
6.	明崇禎 5 年（1632 年）	延陵吳國琦重刊本	〔明〕胡應麟撰；〔明〕陳文燭序	2 種： 1. 三十二卷，續集十六卷 2. 三十二卷，續集十六卷，甲乙剩言一卷，詩藪二十卷	
7.	明末	明末江戶鈔本	〔明〕胡應麟撰	筆叢十部，續二部	現藏於東大總

〔註84〕 經籍會通四卷，史書佔畢六卷，九流緒論三卷，四部正譌三卷，三墳補遺兩卷，二酉綴遺三卷，華陽博議二卷，莊嶽委譚二卷，玉壺遐覽四卷，雙樹幻鈔三卷。

〔註85〕 丹鉛新錄八卷，藝林學山八卷。

〔註86〕 顧頡剛稱此刊本爲「一切刻本的祖本」。詳見〔明〕胡應麟撰；顧頡剛點校：《四部正譌》，頁 3。另上海書店之出版說明亦稱良貴堂刊本爲作者去世後所出版最早的刻本。詳參〔明〕胡應麟：《少室山房筆叢》，出版說明，頁 2。

8.	清乾隆 40 年（1775 年）	文淵閣四庫全書校本	〔明〕胡應麟撰；〔清〕紀昀等纂校	2 種： 1. 正集三十二卷 2. 正集三十二卷，續集十六卷	
9.	清光緒 22 年（1896 年）	廣雅書局刊本	〔明〕胡應麟撰	2 種： 1. 廣雅詩藪合刊本：少室山房筆叢四十八卷、詩藪十六卷——少室山房筆叢四集六十四卷本 2. 少室山房筆叢四十八卷本	
10.	1922 年	上海掃葉山房石印本	〔明〕胡應麟撰	十部，四十八卷	
11.	1958 年	中華書局上海編輯所校點本	〔明〕胡應麟撰	四十八卷	據萬曆刊本排印
12.	2009 年	上海上海書店排印本	〔明〕胡應麟撰	四十八卷	

　　值得一提的是，上海書店出版社於〈出版說明〉指出 1958 年中華書局上海編輯所出版的《少室山房筆叢》為斷句排印本，「由於印數不多，至今流傳已經很少，取用極為不便」。而上海書店出版社的版本，以通行刻本為基礎，參考中華上編斷句排印與其他資料，施以新式標點，重新排印，有利識讀。〔註87〕

　　故本論所參照及引用之《少室山房筆叢》以 2009 年上海書店出版的版本為主要依據。而為版面整潔與閱讀方便，在徵引《少室山房筆叢》與《甲乙剩言》原文時，將於每章首次引用時以隨頁註標明詳細出版資訊；其後徵引原文即採隨文註釋之方式，於引文後直接以括弧標示篇名及頁碼。若將原文整理、翻譯為白話，或加入筆者詮解者，則採隨頁註方式標示原文頁碼，與直接徵引之原文作區隔。

（四）單行本之傳世版本

　　謝鶯興曾對《少室山房筆叢》單行本簡單考述言：

　　　《四部正譌》的單行本（或收入《辨偽叢刊》）最早出現於民國十九

〔註87〕 詳見胡應麟：《少室山房筆叢》，（上海：上海書店出版社，2009 年 4 月），出版說明。

年。民國二十年，上海商務印書館收入《國學基本叢書·古書辨僞
四種》；民國四十九年十二月，台北·世界書局收入《僞書考五種》；
台北華聯出版社與台灣開明書店於民國五十七與五十八年單行印
出。2002 年合肥·安徽教育出版社收入《中華漢語工具書書庫》。《莊
嶽委譚》論戲曲部份，則被任訥輯入《新曲苑》第八種「少室山房
曲考」。《王壺遐覽》則節錄於明·陶宗儀編，陶珽重編並并序的《說
郛一百二十卷續集四十六卷》的續卷八之一裏〔註88〕

可見其蒐集到的單行本有《四部正譌》、《莊嶽委譚》及《王壺遐覽》三部。
而筆者依據其所論加以搜尋，得到《少室山房筆叢》單行本有《四部正譌》、
《玉壺遐覽》、《九流緒論》三部，以下分別羅列之：

1. 《四部正譌》

檢索自日本所藏中文古籍數據庫，得《四部正譌》單行本兩種。兩者均
由顧頡剛校點，一爲一九二九年由北平樸社書局排版印刷；一爲一九六三年
由香港太平書局排版印刷，兩者今均藏於東京大學東洋文化研究所。所得資
訊羅列如下：

表 1−3：《四部正譌》單行版本一覽表

題名	責任者	版本	現藏者
四部正譌二卷	（明）胡應麟撰；顧頡剛校點	一九二九年，北平：樸社，排印本。	東京大學東洋文化研究所
四部正譌三卷	（明）胡應麟撰；顧頡剛校點	一九六三年，香港：太平書局，排印本。	東京大學東洋文化研究所

2. 《玉壺遐覽》

檢索自國家圖書館館藏書目及中文古籍書目資料庫，得《玉壺遐覽》一
種，爲清順治年間兩浙督學李際期刊本。經檢視此單行版本即爲陶宗儀輯；
陶珽重編并序《說郛一百二十卷續集四十六卷》〔註89〕中續卷第八所收錄之
版本。所得詳情羅列如下：

〔註88〕謝興鶯：〈胡應麟《少室山房筆叢》版本略述〉，頁 27。
〔註89〕元末明初陶宗儀選錄漢魏至宋元各種筆記編纂《說郛》100 卷，至明末清初陶
　　　　珽對其加以增補爲 120 卷，另有《續說郛》46 卷本。

表1－4：《玉壺遐覽》單行版本一覽表

題名	責任者	版本	現藏者
玉壺遐覽一卷	（明）胡應麟（撰）	清順治丁亥（4 年）兩浙督學李際期刊本。集叢附加款目爲《說郛》續卷第八。	國家圖書館

3. 《九流緒論》

　　檢索自日本所藏中文古籍數據庫，得《胡應麟筆叢三卷》兩種。經查核均爲岡崎信好所校，唐本屋吉左衛門刊本之《九流緒論》。相異處爲一乃天明四年初刊本；一爲昭和四十九年重印第二刷版。茲將所得訊息羅列如下：

表1－5：《九流緒論》單行版本一覽表

題名	責任者	版本	現藏者
胡元瑞筆叢三卷即少室山房筆叢九流緒論	（明）胡應麟撰（日本）岡崎信好校	天明四年京都唐本屋吉左衛門刊本	和刻本漢籍隨筆集第四集一橋大
胡元瑞筆叢三卷即少室山房筆叢九流諸論	（明）胡應麟撰（日本）岡崎信好校	昭和四十九年（一九七四）覆天明四年（一七八四）京都唐本屋吉左衛門刊本重印第二刷	和刻本漢籍隨筆集第四集千葉縣立中央

第四節　研究方法與架構

一、研究方法

　　本論擬以敘事作爲切入視角，並借用西方敘事學理論、術語，從敘事結構、敘事立場、敘事視角等諸多方面展開，觀看胡應麟對筆記及小說的創作，得出中國筆記文學及小說的敘事特徵；同時亦在胡應麟的閱讀心得中抽繹建構出中國敘事理論。董乃斌揭示敘事理論於中國文學的研究運用方式，言：

　　　　敘事學理論是操作工具，我們研究的對象則是中國文學。既然那工
　　　　具（從概念、範疇到各種方法和思路）有用、好用，我們當然要拿
　　　　來，耐心地學著使用；但又需時時不忘研究對象的獨特性。〔註90〕
可見中國文學有其敘事的獨特性，應以中國文學爲主，敘事學理論爲輔，嚴

〔註90〕董乃斌：《中國文學敘事傳統研究》，頁 18～19。

謹遵守理論使用的分際，方能對中國文學敘事有全面的了解。

　　而本論研究方法以知人論世法及文本分析法為主，進行探討胡應麟敘事者行為與立場，及其敘事理論的爬梳與詮釋研究；並以歸納法與演繹法、比較法為輔，對所得資訊詳加羅列分析比較，以建構胡應麟敘事學理論。研究方法細論如下：

（一）知人論世法

　　「知人論世」是傳統文學的主要批評模式，以客觀角度將作品、作者與社會背景相互聯繫考察，以掌握作品的深層意涵，並求得對作品的全面認識。本論運用此法，佐以吳晗〈胡應麟年譜〉等相關史料及其《少室山房集》、《少室山房筆叢》等創作與自述，了解胡應麟所處時代背景、生平志趣、著書時間、創作思想等。藉此明其敘事動機、立場，並探討知識背景對其敘事理論建構所帶來的侷限；同時，由此考察其文獻版本及《少室山房筆叢》的文本結構、創作旨趣等敘事相關問題。

（二）文本分析法

　　文本分析法是指對文本的分析與詮釋。首先，根據本論所界說的「敘事」觀念與範圍，對胡應麟《少室山房筆叢》內容進行爬梳檢閱，得出其中涉及敘事文本及敘事觀點之相關評述，並仔細研讀分析，釐清其敘事理論中的敘事概念、創作原則、技巧方法及其評論表述之方式與內容等。其次，對《甲乙剩言》小說創作中的內容意蘊、語言藝術、題材表達等敘事成分進行分析與詮釋。

（三）歸納法與演繹法

　　所謂的歸納法，是指把觀察到的現象及結果進行統整，從中找出定則，以解釋欲解釋的東西；演繹法則是指運用邏輯來推理，由已知的某項定理導出下個的定理，推演而下，來得到一個結論，兩者不一定截然獨立，時常相輔相成。《少室山房筆叢》屬筆記體，內容駁雜零散。因此本論使用此法將所抽繹出的敘事相關論述，先依史傳、小說與戲曲三種不同文體進行歸納，再按敘事體例、敘事原則、敘事取材等要點進行細分，歸結建構出胡應麟敘事理論的規範與價值。另，《少室山房筆叢》既屬筆記體行文較為精簡，是以其見解雖多精闢奧妙處，然缺乏例證推論而使論述不免單薄。故本論在其理論基礎上，予以相關事例實證，以增強其理論依據。

（四）比較法

比較法是指「當必須在兩個或多個事件間，建構出一種關係時，便需採取一種提綱挈領式的觀點進行研究。」〔註 91〕。小說敘事在史傳敘事中汲取養分而發展，因此本論運用此法將兩種敘事原則、技巧進行對比，呈顯出兩種不同的敘事規範。另，《少室山房筆叢》爲胡應麟的敘事理論，《甲乙剩言》則爲其小說創作，本論亦用比較法觀察此兩者間的敘事理論與創作實踐間的應和與乖違。

二、本文架構

本論文從敘事學角度檢視胡應麟創作，嘗試從《少室山房筆叢》及《甲乙剩言》進行考察，除探討兩書的敘事性質；另對《少室山房筆叢》中有關敘事之論述進行梳理研究，將其中所得敘事理論，與《甲乙剩言》的敘事創作進行理論與實踐的互證對比，希冀建立胡應麟的敘事理論，提供中國敘事理論建構過程的論述。

全文總分六章，首章緒論，針對研究動機與目的、前人研究成果、研究對象與範疇、文獻版本相關問題，以及研究方法與架構進行探討及說明，以此勾勒出論文的大要。

第二章論述筆記體的定義與《少室山房筆叢》的敘事結構、動機與立場。筆者認爲，欲分析敘事文本首先應明辨其敘事文體，才能準確掌握其敘事特徵，進而對其相關敘事問題能有初步的判定與了解。又本論運用的兩個主要文本《少室山房筆叢》是由筆記體方式著述而成的筆記文類；《甲乙剩言》則是筆記體小說。而「筆記體」與「筆記小說」在命名與定義上有不同概念，亟需釐清。因此本章欲先定義中國筆記體流變、名義與文類特徵；其次，針對《少室山房筆叢》筆記體特徵的敘事結構加以分析，以此更加明確《少室山房筆叢》作爲筆記體的文類特質。並探討敘事動機及敘事立場，觀看胡應麟以何種態度撰寫《少室山房筆叢》，有助理解其對各種文體的敘事概念。

第三章則建構胡應麟敘事理論與敘事批評。將散落在《少室山房筆叢》各篇章中的敘事觀點與理論進行梳理，並將相關理論分史傳敘事、小說敘事、戲曲敘事系統化呈現，希冀能建立胡應麟的敘事理論與批評。

〔註91〕 湯恩比（Arnold J. Toynbee，1889～1975）；陳曉林譯：《歷史研究》（*A Study of History*），（台北：遠流出版社，1993 年），頁 91。

第四章對《甲乙剩言》進行敘事研究，分析創作者的敘事動機及敘事者立場；並通過對《甲乙剩言》中敘事視角的運用、取材原則及敘事風格等剖析，展現出胡應麟小說敘事的獨特性。並將此作爲其敘事理論對照的實踐依據。

第五章則是對胡應麟敘事理論與創作實踐進行評隲。對比論述《少室山房筆叢》中的敘事理論與《甲乙剩言》小說創作間敘事觀念與手法運用的應合及乖違；並進一步探討胡應麟敘事理論文學史上的意義與價值及敘事理論中的限制與不足。

第六章結論，綜合說明本論研究所得成果及本研究未來可開發之處。

第二章　筆記體的定義與《少室山房筆叢》的敘事結構、動機、立場

　　筆記體在中國文學中為一賦有多義的詞彙，並作為一種貫串古今的敘事形態。正因其複雜的內涵，使其成為中國古典文學中備受關注的研究對象。筆記最初是與韻文相對的敘寫體式，其後於北宋作為書名出現，逐漸成為目錄分類中的文類。後世不察，混同筆記與小說間的界線，創造筆記小說一詞，遮蔽筆記體原有意涵及特點。而胡應麟《少室山房筆叢》與《甲乙剩言》皆以筆記體著成，陶東風揭示文體對於建構文學類型的重要性言：

> 文體就是文學作品的話語體式，是文體的結構方式。如果說，文體
> 是一種特殊的符號結構，那麼文體就是符號的編碼方式。體式一詞
> 在此意在突出這種結構和編碼方式具有模型、範型的意味。因此，
> 文體是一個揭示作品型式特徵的概念。〔註1〕

可見欲分析敘事文本首先應明辨其敘事文體，以便精準掌握其敘事特性，進而對相關敘事問題能有初步的判定與了解。因此，在進入胡應麟敘事理論與批評實踐的文學論題前，需對筆記體進行溯源，並釐清其概念與特徵。且作為一種敘事形態的表述，探討《少室山房筆叢》如何以筆記體敘事並架構文本，並進一步深究其敘事動機與立場。

〔註1〕　陶東風：《文體演變及文化意味》，（昆明：雲南人民出版社，1997 年 7 月），
　　　　頁 2。

第一節　中國筆記體流變、名義與文類特徵

一、筆記體定位流變的概述

（一）從書記到書名的運用與發展

　　綜觀筆記，其作爲一種著述體式，隨興而龐雜的特性，可將其釋義爲「隨筆記錄不拘體例之文」〔註2〕。追溯筆記起源，始於魏晉南北朝。其義有二，一爲指稱執掌文書紀錄之事者，如：《南齊書·丘巨源傳》言：「議者必云筆記賤伎，非殺活所待；開勸小說，非否盼所寄。」〔註3〕、劉勰《文心雕龍·才略》載：「路粹楊修，頗懷筆記之工；丁儀邯鄲，亦含論述之美，有足算焉。」〔註4〕皆指書記之事；一則泛指與辭賦等韻文相對的散文文體，古代將韻文與散文對舉，視兩者爲不同的著述方式，如：王僧儒《太常敬子任府君傳》稱：「辭賦極其精深，筆記尤盡典實。」〔註5〕劉勰《文心雕龍·總術》云：「今之常言，有文有筆，以無韻者筆也，有韻者文也。」〔註6〕可見韻文辭采華麗，散文筆記則質樸典重。

　　北宋宋祁《筆記》〔註7〕始將筆記作爲書名，此創舉標舉宋代對筆記的定義及運用。命名上，其後如宋采伯《密齋筆記》、錢時《兩漢筆記》；後世如元·郭翼《雪履齋筆記》、明·彭時《彭文憲公筆記》、清·陳其元《庸閑齋筆記》等皆廣泛運用筆記作書名，另有「筆談」、「筆錄」、「筆叢」、「隨筆」等相類書名應運而生。而宋祁《筆記》在形式上以隨筆札記爲記錄方式；內容則分釋俗、考古、雜說三卷。《四庫全書總目》評介此書言：「其書上卷曰釋俗。中卷曰考訂，多正名物音訓，裨於小學者爲多，亦間及文章史事。下卷曰雜說，則欲自爲子書，造語奇雋。」〔註8〕即指出此書內容駁雜的特色。

〔註2〕　熊鈍生主編：《辭海》，（台北：台灣中華書局，1994年），頁3345。

〔註3〕　〔梁朝〕蕭子顯：《南齊書》，（台北：漢聲出版社，1973年），頁894。

〔註4〕　〔南朝梁〕劉勰著；王利器校注：《文心雕龍校證》，（台北：明文書局出版社，1982年4月），頁283。

〔註5〕　引自〔唐〕歐陽詢撰；汪紹楹校：《藝文類聚》，（上海：上海古籍出版社，2007年8月），頁879。

〔註6〕　〔南朝梁〕劉勰著；王利器校注：《文心雕龍校證》，頁267。

〔註7〕　今爲《宋景文公筆記》。《郡齋讀書志》著錄爲《景文筆錄》；《直齋書錄解題》著錄作《景文筆記》；《宋史·藝文志》作《筆記五卷》，實附《契丹官儀》、《碧雲騢》各一卷。詳見朱易安、傅璇琮主編：《全宋筆記第一編五》，（鄭州：大象出版社，2003年10月），頁41。

〔註8〕　〔清〕永瑢等著：《欽定四庫全書總目》，（台北：台灣商務印書館，1983年），

（二）筆記雜著的文類概念生成

在傳統目錄學中，沒有明確的「筆記體」，此類筆記文學多歸於雜家或小說家。然「筆記」作爲雜著的文類概念，實可追索至魏晉南北朝，王慶華揭示：

> 後世稱爲「筆記」的文類之「實」卻於魏晉南北朝時期濫觴起源，《隋書‧經籍志》「雜家」已著錄了不少後世稱之爲「筆記」類的著作，如《雜記》、《子林》、《廣志》、《部略》、《古今注》、《政論》、《物始》、《典言》、《内訓》、《子抄》、《雜語》等一批新興的考證辨訂、雜議雜談、雜抄雜編等雜著。〔註9〕

而在《隋書‧經籍志》中，認爲雜家：

> 兼儒、墨之道，通眾家之意，以見王者之化，無所不冠者也。古者，司史歷記前言往行，禍福存亡之道。然則雜者，蓋出史官之職也。放者爲之，不求其本，材少而多學，言非而博，是以雜錯漫羨，而無所指歸。〔註10〕

可見於魏晉南北朝，將雜漫無章且記載博學軼史之書泛指爲雜著，視筆記爲文類的明確意識尚在醞釀中。

而此類雜著筆記歷代著作繁多，如唐代李濟翁《資暇集》、李涪《刊誤》，至宋代雜著筆記更是蔚爲大觀，在質和量上都取得一定成就，如沈括《夢溪筆談》〔註11〕、陸游《老學庵筆記》〔註12〕、洪邁《容齋隨筆》〔註13〕等皆

頁 3-602。

〔註9〕　王慶華：〈古代文類體系中「筆記」之内涵指稱──兼論近現代「筆記小說」概念的起源及推演〉，《華東師範大學學報》哲學社會科學版，2010 年第 5 期，頁 100。

〔註10〕　〔唐〕魏徵等撰；楊家駱主編：《新校本隋書附索引‧二》，（台北：鼎文書局，1957 年），頁 1010。

〔註11〕　《夢溪筆談》内容包括數學、天文曆法、氣象、地質、地理、物理、經學、文學、醫學等知識，被稱爲中國科學史上的座標，沈括也因此被譽爲中國整部科學史中最卓越的人物。詳參〔英〕李約瑟（Joseph Needham）著；王鈴協助；袁翰青等人譯：《中國科學技術史‧第一卷‧導論》(Science and Civilisation in China)，（科學出版社、上海古籍出版社，1990 年 7 月），頁 140～141。

〔註12〕　《四庫全書總目提要》評《老學庵筆記》則云：「軼聞舊典，往往足備考證」。詳見〔清〕永瑢等著：《欽定四庫全書總目》，頁 3-628。李慈銘亦稱：「雜述掌故，間考舊文，俱爲謹嚴；所論時事人物，亦多平允。」詳見〔清〕李慈銘：《越縵堂讀書記》，（台北：世界書局，1961 年），頁 962。

〔註13〕　〔宋〕何異作〈容齋隨筆總序〉評：「可以稽典故，可以廣聞見，可以證訛誤，可以膏筆端，實爲儒生進學之地。」明李瀚爲其序評：「聚天下之書而遍閱之，

爲知識豐富的代表性雜著。〔註 14〕因此宋代逐漸出現將筆記作爲文類概念的指稱，然其「使用並不廣泛，內涵指稱也較爲籠統模糊」〔註 15〕。直至清代《四庫全書總目提要》明確將筆記視爲文類，並在雜著筆記類下分雜考、雜說、雜品、雜纂、雜編等五類〔註 16〕，且於雜說之屬云：

> 雜說之源，出於《論衡》，其說或抒己意，或訂俗訛，或述近聞，或綜古義，後人沿波，筆記作焉。大抵隨意錄載，不限卷帙之多寡，不分次第之先後，興之所至，即可成編。〔註 17〕

將筆記作爲記錄軼聞、抒發議論與考據辯證的雜著文類。至此，「筆記」作爲「文類」的概念得以確立。

（三）「筆記小說」到「新筆記小說」的文體運用

中國古代的筆記除作知識札記一類的雜文外，與「小說」有盤根錯節的關係。在先秦兩漢中，小說的名稱及概念主要指向出於街談巷語且無關於大道的「叢殘瑣碎」之詞。其篇幅短小、文體隨意且內容博雜，與筆記的屬性極其類似（詳參本論頁 11～12）。由是，「小說」與「筆記」在文體發展的脈絡上逐漸被模糊，遂創生出「筆記小說」〔註 18〕一複合名詞。而「筆記小說」

搜悉異聞，考覈經史，捃拾典故，值言之最者必札之，遇事之奇者必摘之，雖詩詞文翰歷識卜醫，鈎纂不遺，從而評之。」詳見〔南宋〕洪邁撰；王雲五主編：《容齋隨筆》，（台北：台灣商務印書館，1968 年），總序、舊序。

〔註 14〕梅新林、俞樟華指出宋代學術高度繁榮直接影響筆記體的重要成果，認爲筆記體所論雖隨意雜亂，但也不乏眞知灼見。詳見梅新林、俞樟華：〈中國學術史研究的主要體式與成果〉，《浙江師範大學學報》社會科學版 2009 年第 1 期第 34 卷，頁 9～10。而上述舉例之三本書皆可見其知識豐厚，且隨興而著的雜著筆記特色。

〔註 15〕引自王慶華：〈古代文類體系中「筆記」之內涵指稱——兼論近現代「筆記小說」概念的起源及推演〉，頁 100。另宋、明將筆記視爲模糊概念的文類相關例證亦於該文中有所論述。

〔註 16〕《四庫全書總目提要》云：「以立說者謂之雜學，辨証者謂之雜考，議論而兼敘述者謂之雜說，旁究物理、臚陳纖瑣者謂之雜品，類輯舊文，塗兼眾軌者謂之雜纂，合刻諸書、不名一體者謂之雜編。」詳見〔清〕永瑢等著：《欽定四庫全書總目》，頁 3-539。

〔註 17〕原文詳參〔清〕永瑢等著：《欽定四庫全書總目》，頁 3-654。

〔註 18〕陶敏、劉在華揭示「筆記小說」一詞組難以考察其出現的確切時間，但作爲一種文體是二十世紀的事情。並指出 1903 年 9 月，梁啓超在《新小說》雜誌第八號上開始設立「雜記小說」專欄；二十年代，上海進步書局出版《筆記小說大觀》，隨後便普遍被廣泛應用。詳見陶敏、劉在華：〈筆記小說與筆記研究〉，《文學遺產》2003 年第 2 期，頁 109。

的定義與範圍，學界至今仍莫衷一是，甚至遮蔽「筆記體」原有意涵，造成對筆記體認知上的錯位及誤讀。此一問題，將在下節進行細部討論。

　　延續筆記小說的文體發展，至 20 世紀 80 年代在當代文學領域出現「新筆記小說」，顧名思義是繼承中國古代筆記小說的創造手法，並從中創新。〔註19〕如新筆記體小說先行者──汪曾祺自言其寫短小說，是受到《世說新語》以極簡筆墨摹寫人事及《夢溪筆談》、《容齋隨筆》記人事的傳統影響。對於歸有光《寒花葬志》、龔定庵《記王隱君》亦認為可作小說看。〔註20〕魏繼新則在閱讀大量筆記小說後，開始進行新筆記小說的創作。在繼承的基礎上創新發展，將新筆記小說視角定位為筆記小說，以平民的視角去闡釋社會及事物。〔註21〕而作為當代筆記體小說的泰斗──孫方友，對古代筆記小說繼承基礎上，將題材形式分為：反抗侵略、作坊風雲、民間絕藝、商海逐浪、反思教育……等十二方面；情節生動性分：奇特的傳奇性、尖銳的衝突性、巧妙的戲劇性三方面；語言風格則有字格、文言策略、方言俚語三種，在各方面對古典筆記小說有創新的開拓。〔註22〕可見中國古典筆記小說對不同作家，在汲取及運用上產生的不同影響。

　　由於新筆記小說為一新興書寫文體，尚處於發展階段，故其概念界定還未有定論，而袁曉斌針對新筆記小說作全面性觀照將其定義為以短篇為主，內容廣博，包羅社會歷史的時事變遷及不同地域的風情人物，或志人，或志怪。有作者審美觀照及表現，具獨立的文化與審美價值。不以繁複情節取勝，淡化故事的含量，表現出散文化與詩化的追求。〔註23〕體現出新筆記小說對傳統繼承與創新的文體特質。而新筆記小說的形成，使傳統筆記小說重獲新

〔註19〕　新筆記小說是一種新興文類，尚無固定的體式與定義。然學界對此名詞仍有一定共識，為其文體是對古代筆記體的繼承與發展，及其發展在 1980 年代初，孫犁、汪曾祺、林斤瀾、李慶西等都為新筆記小說的代表作家。參見祝一勇：《論新筆記小說的藝術特徵》，(華中師範大學中國現當代文學碩士論文，2006 年)，頁 2。

〔註20〕　詳見汪曾祺：〈《晚飯花集》自序〉，《汪曾祺文集·文論卷》，(江蘇：江蘇文藝出版社，1993 年 1 月)，頁 198～199。。

〔註21〕　整理參閱自魏繼新：〈關於新筆記小說〉，http://blog.sina.com.cn/s/blog_5845648 f0100hyq2.html，查詢時間：2014 年 10 月 27 日，23：11〕。

〔註22〕　整理參閱自周云青：〈孫方友新筆記小說研究綜述〉，《文學教育》（上）2014 年 04 期，頁 55。

〔註23〕　整理參閱袁曉斌：〈新筆記小說概念的界定〉，《青年文學家》2010 年 20 期，頁 176。

生並確立價值，是探討筆記體定位與流變不可缺失的一環。

二、「筆記體」與「筆記小說」的範圍界線

「筆記小說」此概念名詞的出現給中國古典小說研究上帶來方便，因爲筆記小說幾乎貫串中國小說史〔註 24〕，然其定義與範圍極其複雜紛亂，造成術語運用上的困擾。古人對筆記、小說實未嚴格區分，總體來說，筆記是古代目錄分類上小說中的一環，故在界說筆記體與筆記小說前，先考察小說與筆記在分類上的關係。

（一）古目錄學者對筆記體在小說中的認知歸屬

小說在古目錄學中的分類，在子、史中游移不定。班固《漢書‧藝文志》（以下簡稱漢志）是流傳至今最早的的圖書目錄，根據劉向、劉歆父子《七略》改編而成，分六藝、諸子、詩賦、兵書、數術、方技等六類，其中諸子略又分儒、道、陰陽、法、名、墨、縱橫、雜、農、小說等十家著作，並於《漢志》諸子略總論云：

> 諸子十家，其可觀者九家而已。皆起於王道既微，諸侯力政，時君世主，好惡殊方，是以九家之（說）〔術〕蠭出並作，各引一端，崇其所善，以此馳說，取合諸侯。……易曰：「天下同歸而殊塗，一致而百慮。」今異家者各推所長，窮知究慮，以明其指，雖有蔽短，合其要歸，亦六經之支與流裔。使其人遭明王聖主，得其所折中，皆股肱之材已。……若能修六藝之術，而觀此九家之言，舍短取長，則可以通萬方之略矣。〔註 25〕

班固雖於此處將小說家置於十家末流並屏除其重要性，指出「可觀者九家而已」。然此九家具爲「六經之支與流裔」的正統思想，班固將小說家與此九家並位，且認爲小說家亦有可採之言，實爲提高小說家價值與地位。細觀《漢志》小說略所收十五家：

> 伊尹說二十七篇。其語淺薄，似依託也。
>
> 鬻子說十九篇。後世所加。

〔註 24〕 苗壯、陳文新等中國筆記小說史研究者皆認爲筆記小說在《山海經》時已醞釀萌芽，至魏晉南北朝的志人、志怪小說即是中國筆記小說創作成熟與繁榮的第一個高峰，其後各代延續志人、人怪的脈絡下皆有發展。

〔註 25〕 〔漢〕班固撰：楊家駱主編：《新校本漢書并附編二種‧二》，（台北：鼎文書局，1995 年），頁 1746。

周考七十六篇。考周事也。

青史子五十七篇。古史官記事也。

師曠六篇。見春秋，其言淺薄，本與此同，似因託之。

務成子十一篇。稱堯問，非古語。

宋子十八篇。孫卿道宋子，其言黃老意。

天乙三篇。天乙謂湯，其言非殷時，皆依託也。

黃帝說四十篇。迂誕依託。

封禪方說十八篇。武帝時。

待詔臣饒心術二十五篇。武帝時。

待詔臣安成未央術一篇。

臣壽周紀七篇。項國圉人，宣帝時。

虞初周說九百四十三篇。河南人，武帝時以方士侍郎（隴）〔號〕黃車
使者。

百家百三十九卷。〔註26〕

作品多數現已不存，難加詳考。從其成書性質及內容來看，可見其作小說家
之意圖。其一，依班固所言，《伊尹》、《鬻子》、《師曠》、《務成子》、《天乙》、
《黃帝說》等六篇為不可信的依託之作，是後世所綴輯。正因其內容來源不
明確，故不能成大道之言。其二，收錄內容有道家雜言、朝代瑣事、帝王之
術、養生求仙、精言警句等題材，大多為叢殘小語，奇說軼聞，是淺薄雜亂
的言論，故以雜說叢談的方式成書。〔註27〕此種看似初無定質的小說觀，將
不能入九家之言者圈括，使小說家成為寬泛概念的「大雜燴」〔註28〕。從班
固對小說家的收錄書目，雖尚無法給小說家嚴格範圍定義，但可看出成為小
說的標準已和隨興著錄、內容紛雜的筆記有著體例上的密切關係。

其後唐代歷史學家劉知幾提出「偏記小說」之名，將小說列於史部言：

是知偏記小說，自成一家。而能與正史參行，其所由來尚矣。爰及
近古，斯道漸煩。史氏流別，殊途并騖。権而為論，其流有十焉：
一曰偏紀，二曰小錄，三曰逸事，四曰瑣言，五曰郡書，六曰家史，

〔註26〕　〔漢〕班固撰：楊家駱主編：《新校本漢書并附編二種‧二》，頁 1744～1745。
〔註27〕　整理參閱自張舜徽：《廣校讎略‧漢書藝文志通釋》，（武漢：華中師範大學出
　　　　版社，2004 年），頁 339～344。
〔註28〕　王枝忠認為小說這一類本來就有其他類所不能歸的大雜燴性質。王枝忠：《漢
　　　　魏六朝小說史》，（杭州：浙江古籍出版社，1997 年），頁 27。

七曰別傳，八曰雜記，九曰地理書，十曰都邑簿。〔註29〕

有別於班固僅列小說書目而造成界定上的寬泛模糊，劉知幾認爲小說具有補史功能，明確指出小說自成一家，並分十種類型，在各類下均有詳細的定義、舉例與評述。由其言小說「能與正史並行」，可見其以補史的功能看待小說，並指出子書與史書間的分際並不是不可逾越，《史通・雜述》云：「子之將史，本爲二說。然如《呂氏》、《淮南》、《玄晏》、《抱朴》，凡此諸子，多以敘事爲宗，舉而論之，抑亦史之雜也。」〔註30〕注意到兩者敘事手法上的相似性。「而言皆瑣碎，事必叢殘。固難以接光塵於《五傳》，並輝烈於《三史》。古人以比玉屑滿篋，良有旨哉！」將前人所謂「雖小道，亦有可觀之詞」的小說價值，進一步提升至「史遺」地位。同時明確標舉出小說篇幅短小，內容雜亂的特性。其中，「逸事」、「瑣言」與「雜記」類均成爲後世筆記小說的分類類型；而「小錄」編爲短部的特色，及「地理書」如：盛弘之《荊州記》、「都邑簿」如：潘岳《關中記》、陸機《洛陽記》等書，亦被收入近今人所編「中國筆記小說大觀」〔註31〕一類之書。

至胡應麟，提出小說範圍與分類，將小說分爲「志怪」、「傳奇」、「雜錄」、「叢談」、「辨訂」、「箴規」等六類，且認爲叢談、雜錄最易相混；志怪、傳奇亦不易分辨，一書中或並載二事，一事之內也可能存兩種題材，需仔細判別其中輕重〔註32〕。並進一步說明其小說觀，意識到小說的紛雜性，將小說與經、史、子、集分別作結合：

> 小說，子書流也。然談說理道或近於經，又有類注疏者；紀述事迹或通於史，又有類志傳者。他如孟棨《本事》，盧瓌《抒情》，例以詩話、文評，附見集類，究其體制，實小說者流也。至於子類雜家，尤相出入。

> 小說者流，或騷人墨客游戲筆端，或奇士洽人蒐羅宇外，紀述見聞

〔註29〕〔唐〕劉知幾撰；〔清〕浦起龍釋：《史通通釋》，（台北：里仁書局，1993年6月），頁273。

〔註30〕〔唐〕劉知幾撰；〔清〕浦起龍釋：《史通通釋》，頁276～277。

〔註31〕如周光培編：《歷代筆記小說集成・漢魏筆記小說》，（石家莊：河北教育出版社，1994年）上述三文皆錄之；新興書局編：《筆記小說大觀・三十八編》，（台北：新興書局，1984年）則收錄盛弘之《荊州記》、周處《風土記》、袁崧《宜都記》等多篇關於地理、都邑的筆記小說。

〔註32〕原文詳見胡應麟：《少室山房筆叢》，（上海：上海書店出版社，2009年4月），頁282～283。

> 無所迴忌，覃研理道務極幽深，其善者足以備經解之異同、存史官
> 之討覈，總之有補於世，無害於時。（《九流緒論》，頁 283）

胡應麟雖將小說明確劃分於子書類別，卻指出小說與經典相近，其中有談說
道理可採；又與史相通有敘事手法上的關聯性；亦把詩話文評以體制作判准，
歸入小說。並指出小說有娛樂、教化、補史等的功能。

　　從胡應麟的小說觀與分類可見其雖未標舉，但仍以「短小」篇幅為主要
採納對象，試圖將雜亂的小說依題材做分類並舉代表性的書目為例。依其所
分，除傳奇外，其他五類皆可納入今之筆記體。志怪與雜錄為今人所謂筆記
小說；叢談、辨訂、箴規則為學術考辨一類的筆記。這種將學術考辨一類筆
記納入小說範圍，與今人講求人物、情節、環境、虛構等的現代小說觀有很
大落差，然中國古典小說自有其定義與發展脈絡，不應以今律古看待。〔註33〕
又胡應麟此小說分類幾乎囊括筆記體，以致今人研究筆記體時多以「筆記小
說」作為總稱，使「筆記」與「筆記小說」分道揚鑣後，學術類型的筆記逐
漸被遮蔽，成為弱勢。而胡應麟此種小說分類法，清代紀昀將其精簡化，分
小說為三類：

> 跡其流別，凡有三派，其一敘述雜事，其一記錄異聞，其一綴輯瑣
> 語也。唐、宋而後，作者彌繁。中間誣謾失真，妖妄熒聽者固為不
> 少，然寓勸戒，廣見聞，資考証者亦錯出其中。班固稱小說家流蓋
> 出於稗官，如淳注謂王者欲知閭巷風俗，故立稗官，使稱說之。然
> 則博採旁蒐，是亦古制，固不必以冗雜廢矣。今甄錄其近雅馴者，
> 以廣見聞，惟猥鄙荒誕，徒亂耳目者則黜不載焉。〔註34〕

此分類以內容題材為主要依據，為「雜事」、「異聞」、「瑣語」三類：雜事以
記人言行及記敘經歷見聞為主，如《西京雜記》、《次柳氏舊聞》、《世說新語》、
《唐語林》等書；異聞則記神鬼怪異之事，如《山海經》、《穆天子傳》、《搜
神記》、《太平廣記》；瑣語則內容較龐雜，一書內可能雜錄人物、鬼神、器物

〔註33〕 羅寧指出學界在研究中國古典小說史，自引進西方小說理論，使得對中國小
　　　　說的發展時間及辨體等問題時，出現以今律古的現象使觀念更加模糊。幸而
　　　　其後多位學者，如劉勇強、譚帆、王齊洲等人注意到此弊病，極力推廣應回
　　　　到古人對小說理解和分類的根據，探究古人對小說文體的思想及分類表準，
　　　　才能了解中國古代小說的發展脈絡及以釐清中國古代小說文體的時代特徵和
　　　　民族特點。詳見羅寧：〈古小說之名義、界限及其文類特徵──兼談中國古代
　　　　小說研究中存在的問題〉，《社會科學研究》2012 年第 1 期，頁 174～175。
〔註34〕 〔清〕永瑢等著：《欽定四庫全書總目》，頁 3-938。

等內容，如《博物志》、《述異記》、《酉陽雜組》、《清異錄》等書。然瑣語類亦雜有雜事與異文之題材，因此以書寫形式作區分，「第析敘事有條貫」者爲雜事、異聞類；「鈔錄細碎者」爲瑣語類。〔註35〕且紀昀推崇「寓勸戒」、「廣見聞」、「資考証」等教育性質的小說，認爲虛構應該建立在此基礎上。由上可知，紀昀注意到小說的敘事及虛構性，以此將小說獨立於史部，劃歸子部。在此分類中，大量的筆記都歸入小說家類。值得注意的是，紀昀所謂「雜事」即胡應麟所謂「雜錄」、今之志人類小說；「異聞」、「瑣語」即胡應麟與今人所謂「志怪」小說。〔註36〕而胡應麟「叢談」、「辨訂」、「箴規」等三類知識考辨筆記，則爲紀昀劃入子部雜家類。職是，「筆記小說」成爲具故事性的筆記體，不再是「筆記」的總稱。然後世在「筆記小說」的名稱使用上，經常造成混淆誤用，是亟待括清內容定義的一大問題。

（二）「筆記」與「筆記小說」的概念與定義

總上所述，古代小說觀以叢殘小語、小道之詞爲小說判別的基準，故以「筆記小說」爲主體，將「筆記體」涵蓋入內。直至清代紀昀重視小說的敘述性與虛構性後，才將「筆記小說」與「筆記體」劃分。

近代學者，將古代筆記體作系統上的分類，可概括爲兩種：其一爲延續紀昀《四庫全書總目》的分類法則，如陳幼璞將筆記界說爲零片地發抒議論或記錄見聞，且爲一人之創作，故溯源筆記至《論衡》，認爲其乃一人撰作，談天說地、雅俗共賞，爲我國筆記之祖，並認爲四庫子部雜家類的「雜說」、「雜考」、「雜品」三類適與筆記的範圍相當，依此將筆記分爲「雜記」、「雜論」、「雜考」三類。〔註37〕此種界定以「筆記體」的短小篇幅、內容駁雜、隨筆紀錄的文體形式爲收錄標準，尚未強調「筆記小說」的概念。

其二則受西方散文、小說概念的影響，強調小說的故事性與虛構性，如姜亮夫將「篇章之短」作爲筆記的首要特色，並指出筆記本質鬆閒安雅，隨

〔註35〕引自魯迅：《中國小說史略》，（上海：上海古籍出版社，2001年7月），頁5。
〔註36〕在《四庫全書》中小說家瑣記類實收《博物志》、《述異記》、《酉陽雜組》、《酉陽雜組續集》、《清異錄》、《續博物志》等六書，其中《酉陽雜組》、《述異記》爲胡應麟列爲志怪類。故從大體上判別紀昀瑣記類等同胡應麟志怪類小說。
〔註37〕雜記、雜論、雜考主要以行文方式與內容題材做區分：雜記類記述有關文學藝術、史實及零瑣不一者；雜論則議論有關文學藝術、品行風化及政治者；雜考類收考證有關經籍、史實與訓詁。詳見陳幼璞：《古今名人筆記選》，（台北：台灣商務印書館，1971年9月），凡例。

筆而記。將其依內容分爲：一、論學的筆記，如《困學紀聞》、《日知錄》；二、修身養性的筆記，如《退庵筆記》；三、記事的筆記，如《淞漠記聞》等；四、閒話的筆記，屬於遊戲雋語小說等，如《世說新語》、《衍世說》這一派的書；五、記人的筆記，如《海岳志林》、《欒城遺言》；六、小說的筆記等六類。〔註38〕或如劉葉秋，指出從前所稱筆記或筆記小說，是魏晉至清代古人的隨筆雜錄及一些零星瑣屑的記載，今人將其零星雜著彙集成書。將「筆記」分小說故事類、歷史瑣文類及考據辯證類等三大類筆記型態，並標舉小說故事類的筆記篇幅短小、情節簡單，即今所謂「筆記小說」。〔註39〕姜氏的分類較爲細緻瑣碎，而劉氏的分類則較爲精簡，成爲今學界普遍沿用的分類法則。又兩人皆注意到筆記體內容上的混雜，明白道出此分類間的越界性，姜氏言「全書單純只有一類的，比較得少；多半都是六類混合不分的多。」〔註40〕；劉氏亦認爲歷史瑣文亦有小說成分；考據辯證亦雜有故事情節，只能概括區分，難以截然二分。〔註41〕兩人皆提出「筆記小說」的概念，由是「筆記體」涵蓋「筆記小說」；「筆記小說」卻不包含「筆記體」，反轉古代「筆記小說」的定義。

其後出現專門的中國筆記小說史研究，吳禮權《中國筆記小說史》將筆記小說圈定在記敘人物活動爲中心，包含故事發生之時代、人物、地點，且以必要的故事情節相貫穿，以隨筆雜錄的筆法與簡潔的文言、短小的篇幅爲主的文學作品。〔註42〕而後陳文新《中國筆記小說史》對中國筆記小說作文體歸屬上的溯源與釐清，認爲筆記小說脫胎於子、史，以篇幅短小與隨筆方式寫作，形成別於經、史的刻意著述；又有別於傳奇精心出奇的「簡淡數言」、「自由散漫」的審美品格。並將中國古代筆記小說分爲志怪與軼事兩大類型，前者又細分「搜神」、「博物」、「拾遺」三類；後者則爲「瑣言」、「逸事」、「排

〔註38〕姜亮夫：《姜亮夫全集·二十一》，（昆明：雲南人民出版社，2002年10月），頁625～626。（原載於《筆記選》：北新書局1934年8月版）

〔註39〕劉葉秋：《歷代筆記概述》，（北京：北京出版社，2003年1月），頁4。另劉葉秋將傳奇小說歸入小說故事類的筆記，認爲從發展上談，傳奇爲筆記小說的一支，是在唐代商業經濟和都市生活發達上的基礎上誕生的新的文學體裁。忽略唐傳奇有意構設而在鋪張、人物形象和故事結構上都有成熟的表現，與隨興而作的短小篇幅筆記小說仍有本質上的差異。如此將唐傳奇納入筆記小說中，拓寬筆記小說的涵蓋範圍，猶有商榷空間。

〔註40〕姜亮夫：《姜亮夫全集·二十一》，頁626。

〔註41〕劉葉秋：《歷代筆記概述》，頁5。

〔註42〕吳禮權：《中國筆記小說史》，（台灣商務印書館，1993年8月），頁3～4。

調」三體。〔註 43〕陳氏跳脫西方小說的觀點，梳理出屬於中國筆記小說史。又苗壯《筆記小說史》兼顧中、西方小說的概念，在中國小說自體發展脈絡下對筆記小說作界定，揭示筆記小說是文言小說的一大門類，是以筆記形式創作的小說；又以西方小說觀是否記敘人物、故事作分界，將單純記錄典章制度、風物習俗、醫藥技藝的著作及闡釋經史、考據文字、天文曆算等非小說的筆記從「筆記小說」中剔除。重視筆記小說「基於耳聞目睹的現實性」、內容駁雜豐富性及叢殘小語的形式靈活性，亦將其分志人與志怪兩大類。〔註 44〕藉由苗壯區分非小說的筆記與非筆記的小說，則更加清楚今人對「筆記體」與「筆記小說」界定上的區別。

然鑒於「筆記小說」一詞的複雜性，程毅中指出「筆記小說」連稱出於清末，於古於今都缺乏科學依據，在目錄學上會造成混淆，不應繼續推廣此名稱〔註 45〕。其後陶敏與劉在華提出「筆記體小說」一詞取代原本的「筆記小說」，專指以筆記形式創作的小說，或被編於筆記中的小說。〔註 46〕本論從陶、劉之說，於下在論及筆記小說時，統一用「筆記體小說」之名詞，既強調以筆記形式著述，亦標舉出具人物、故事等的小說性質。

三、筆記體的文體特徵與敘事關聯

總括上述，筆記作爲一種文體，有其自身特點。以下分爲四點作討論：

（一）無所不包的駁雜內容

筆記的取材範圍森羅萬象，觸及朝政軍事、風物習俗、醫藥科學、文學考據、軼事怪談、詞章細故等題材，無事不可入筆記體成爲其寫作對象。以《西京雜記》爲例，其所述以西漢軼聞傳說爲主，又西漢京都定於長安，故名爲「西京」。然其中內容採輯既富，有足資考證的漢代典章制度，如卷一的八月飲酎一條：

> 漢制：宗廟八月飲酎，用九醞太牢，皇帝侍祠。以正月旦作酒，八
> 月成，名曰酎，一曰九醞，一名醇酎。〔註47〕

〔註43〕整理參考自陳文新：《中國筆記小說史》，（台北：志一出版社，1995 年 3 月）。
〔註44〕整理參考自苗壯：《筆記小說史》，（杭州：浙江古籍出版社，1998 年 12 月）。
〔註45〕詳見程毅中：〈略談筆記小說的含義及範圍〉，《古籍整理研究學刊》1991 年第
　　　　2 期，頁 21～22。
〔註46〕陶敏、劉在華：〈筆記小說與筆記研究〉，頁 111。
〔註47〕〔東漢〕劉歆撰；〔西晉〕葛洪輯：《西京雜記》，（上海：上海商務印書館，

記載當時的宗廟祭祀禮儀，在研究古禮時，可與《後漢書・儀禮志》參照研究，有補正史之闕的效用。亦有風物習俗的內容題材，如卷三戚夫人侍兒言宮中樂事一條載：

> 九月九日，佩茱萸，食蓬餌，飲菊華酒，令人長壽。菊華舒時，并採莖葉，雜黍米釀之，至來年九月九日始熟，就飲焉，故謂之菊華酒。〔註48〕

為當時風物習俗的展現，亦為其後重陽節民俗之由來。考辨方面，如卷三辨《爾雅》一條，與友爭論《爾雅》為何人所作。博物之作，如卷一上林名果異木一條記載從各方進獻的梨、棗、栗、桃珍奇果木，有博物之功。亦有異聞傳說等內容，如卷二畫工棄市一條記載王昭君因毛延壽畫像之陷害，遠嫁匈奴之事；相如渴死一條則記載司馬相如與卓文君的愛情故事。可見《西京雜記》主述西漢京都之事，內容卻包羅萬象，「不拘類別，有聞即錄」〔註49〕，體現筆記體無所不包的駁雜內容。

（二）表現在篇幅短小與結構靈活的敘事形態

　　筆記體篇幅短小，少則幾十字至幾百字；多則數千字，甚而更多。少者如劉義慶《世說新語》以簡短篇幅記敘人物言行意態，以容止篇為例，以言語條列記錄人物外在形貌，第六條云：「裴令公目王安豐：『眼爛爛如巖下電。』」〔註50〕、第三十條云：「時人目王右軍：『飄如遊雲，矯若驚龍。』」〔註51〕短短數十字便將人物形象特點具象展現，同時亦可見時人審美觀。多者如清代法式善《陶廬雜錄》共分六卷，內容大致可分兩類，「一類是歷朝的典章制度，另一類是圖書目錄和學術的源流」〔註52〕。此書雖有分卷條列書寫，然並未有一定排列依據，故內容稍顯混雜。而圖書目錄和學術源流筆記類因著錄書目廣大，且涉及到文學史的概念，字數自然上千。

1965 年），頁 2。
〔註48〕　〔東漢〕劉歆撰；〔西晉〕葛洪輯：《西京雜記》，頁 10。
〔註49〕　劉葉秋：《歷代筆記概述》，頁 6。
〔註50〕　〔南朝宋〕劉義慶撰；〔梁〕劉孝標注；楊勇校箋：《世說新語校箋》，（北京：中華書局，2009 年 1 月），頁 554。
〔註51〕　〔南朝宋〕劉義慶撰；〔梁〕劉孝標注；楊勇校箋：《世說新語校箋》，頁 565。
〔註52〕　謝國楨：〈重版說明〉，《明清筆記談叢》，（上海：上海書店出版社，2004 年 1 月），頁 16。

由此觀之，筆記體字數可長可短，篇幅短小固然爲其文類特徵之一，然更重要的是筆記體在形式上的鬆散表現。顧名思義，筆記爲隨筆而記之義，故其書寫記敘隨宜，文章結構靈活，不拘一格，沒有固定體例，紀昀《閱微草堂筆記》論其體例言：「追錄見聞，憶及即書，都無體例。」即應證此特點。又因此隨意性，往往一事一記，各篇章間可各自獨立性，如毛晉〈西京雜記跋〉：「余喜其記書眞雜，一則一事，錯出別見，令閱者不厭其小碎重疊。」〔註53〕、李翱〈卓異記序〉：「自廣利隨所見聞，雜載其事，不以次第。」〔註54〕等都可見中國古代筆記體一事一則而不拘結構與體例的文體形式。如此便彰顯筆記體的「內部連結鬆散」〔註55〕，因此在敘事結構上顯得單一。

（三）紀實傳信的實錄精神

筆記作家強調文本的眞實與實錄性，「筆記」之「記」與「筆記體小說」中的「志人」、「志怪」之「志」皆揭示其紀實與傳信的目的。東晉干寶〈搜神記自序〉：

> 雖考先志於載籍，收遺逸於當時，蓋非一耳一目之所親聞睹也，又安敢謂無失實者哉。衛朔失國，二傳互其所聞，呂望事周，子長存其兩說，若此比類，往往有焉。從此觀之，聞見之難，由來尚矣。夫書赴告之定辭，據國史之方冊，猶尚若此；況仰述千載之前，記殊俗之表，綴片言於殘闕，訪行事於故老，將使事不二迹，言無異途，然後爲信者，……若使采訪近世之事，苟有虛錯，願與先賢前儒分其譏謗。及其著述，亦足以明神道之不誣也。群言百家，不可勝覽；耳目所受，不可勝載。今粗取足以演八略之旨，成其微說而已。幸將來好事之士錄其根體，有以遊心寓目而無尤焉。〔註56〕

足見干寶撰寫《搜神記》時已注意到所載史料的眞實性，在資料來源的擷取與篩選上勞心費力。並以傳信爲目的，期望通過採述前人著作及傳說故事，

〔註53〕 丁錫根：《中國歷代小說序跋集》，（北京：人民出版社，1996年7月），頁252。

〔註54〕 丁錫根：《中國歷代小說序跋集》，頁284。

〔註55〕 陶敏、劉再華認爲筆記各部分、各篇章間具有高度獨立性，其中或有某種外在或內在的聯繫，但這種聯繫是鬆散且非必要的。陶敏、劉在華：〈筆記小說與筆記研究〉，頁112。

〔註56〕 丁錫根：《中國歷代小說序跋集》，頁49～50。

證明鬼神的存在。其後如唐鄭棨《開天傳信記》標舉「搜求遺逸，傳於必信」〔註57〕而將書名命為「傳信」。清曲園居士為《右台仙館筆記》作序云：「筆記者，雜記平時所見所聞，蓋《搜神》、《述異》之類不足，則又徵之於人。」〔註58〕等皆能看出筆記作者重視故事資料來源，且求親歷見聞，以保證故事的真實性。

（四）質樸簡約的藝術風格

所謂「有韻為文，無韻為筆」，筆記體以散文方式寫作，且以文言為主，因而語言風格沖淡簡約，自然質樸。如魏晉時期郭澄之《郭子》、劉義慶《世說新語》等志人筆記以簡潔文字記敘人物言行，又受當時品評風氣與清談玄學的影響〔註59〕，故「語言簡約含蓄，文筆清新雋永」〔註60〕，以短小篇幅便可生動刻畫出人物形貌品格。又如宋代沈括《夢溪筆談》、明代周琦《東溪日談錄》等學術考辨類的筆記因講求知識、考據等紀實性內容，故以自然質樸的文字平鋪直敘，紀錄見聞。如此行文方式，形成筆記體質樸簡約的藝術風格。

由上述四點構成筆記體的文體特徵，從中亦可見筆記體與敘事間的關係。敘事既為一種寫作手法，以此檢視筆記體的文體特徵，其隨筆紀錄，沒有固定的書寫體式，因而形成結構鬆散的敘事形態。且其篇幅短小，形成語言質樸的敘事風格。而筆記體內容駁雜，故可敘寫的題材廣泛，然「敘事」作為批評術語，多指紀錄發生某段時空的事件經過及結果的寫作方式，故未必所有筆記體均含敘事成分，如有些筆記文學以考證辨訂的議論為主。因而在檢視筆記體內容時，需多詳加檢視敘事成分的有無，以有效檢視敘事與筆記間的關係。

〔註57〕　丁錫根：《中國歷代小說序跋集》，頁294～295。

〔註58〕　丁錫根：《中國歷代小說序跋集》，頁196。

〔註59〕　魯迅揭示《世說新語》及其前後的創作背景為：「漢末士流，已重品目，聲名成毀，決于片言，魏晉以來，乃彌以標格語言相尚，惟吐屬則流于玄虛，舉止則故為疏放，與漢之惟俊偉堅卓為重者，甚不侔矣。蓋其時釋教廣被，頗揚脫俗之風，而老庄之說亦大盛，其因佛而崇老為反動，而厭離于世間則一致，相拒而實相扇，終乃汗漫而為清談。渡江以后，此風彌甚，有違言者，惟一二梟雄而已。」可見當時語言簡約淡雅和品目、清談有關。詳見魯迅：《中國小說史略》，頁37。

〔註60〕　苗壯：《筆記小說史》，頁123。

第二節　《少室山房筆叢》筆記體特徵的敘事結構

　　《少室山房筆叢》爲明代胡應麟所撰，乃匯集十二種叢考雜辨與瑣聞軼事的著作，並以「筆叢」命名。此書以文言散行方式寫作，各篇卷數不一。采摭資料豐富，正史、軼聞、小說、詩詞等皆爲其參考文獻；思想方面，儒、釋、道均有論述；按四部分類而言，經、史、子、集無所不涉，可見駁雜內容。全書既以考據雜說等讀書筆記爲主要內容，其目的即在於以信實爲主的知識學術建構與傳遞，因此引證多有註明出處。從命名及文體特徵觀看，《少室山房筆叢》大致符合筆記體的文學類型，是「綜合性的明人筆記著作」〔註61〕。

　　而結構是指「文學作品各部分之間的組織與布局」〔註62〕，藉由研究對文章敘事結構的分析，有助於揭示文本內在的本質與功能，以下分三方面對《少室山房筆叢》的結構進行分析，以進一步了解其運用筆記體所展現的敘事形貌：

一、排序結構的深層意義

　　胡應麟所撰《少室山房筆叢》以筆記體式創作而成，明代陳文燭爲其作序（引文詳參本論頁 20），指出該書爲胡氏十種雜著彙輯而成。《筆叢》每篇文章可各自獨立，故本應分別著錄於適當部類。然其自題爲《筆叢》，《文淵閣四庫全書總目》便依此將之收於「子部・雜家類・雜編之屬」，以叢書視之。〔註63〕今通行《少室山房筆叢》據陳文燭序文中所錄論學雜著十種，外加《玉壺遐覽》與《雙樹幻鈔》，共 12 部 48 卷〔註64〕，《四庫全書總目》將此書內容概括爲胡應麟「生平考據雜說」〔註65〕。

〔註61〕詳細可參閱劉葉秋：《歷代筆記概述》，頁 188～189。

〔註62〕劉寧：《史記敘事學研究》，（北京：中國社會科學出版社，2008 年 11 月），頁173。

〔註63〕《少室山房筆叢》分部及版本考述等相關問題詳細可參見謝鶯興：〈胡應麟《少室山房筆叢》版本略述〉，《東海大學圖書館館訊》66 期（2007 年 3 月），頁11～27。

〔註64〕今通行《少室山房筆叢》如：1958 年上海中華書局點校本、2009 年上海書店出版社之排版順序皆取清光緒二十二年（1896）廣雅書局刊本：少室山房筆叢四十八卷，詩藪十六卷——少室山房筆叢四集六十四卷本。而本論使用版本採胡應麟：《少室山房筆叢》，（上海：上海書店出版社，2009 年 4 月）。

〔註65〕〔清〕永瑢等著：《欽定四庫全書總目》，頁 3-668。另謝國禎將胡應麟《少室山房筆叢》歸爲明代紀錄政治制度、朝章典故以及社會經濟土風民俗類的筆

（一）整體目錄的排列順序

順序上的編排可體現出文本的敘事謀略。然觀其目錄排序，並找不到編排依據。每部文章有各自論述主題，故可各自獨立而無連貫關係。而按其各篇自序文末所題識的寫作時間，各篇章原本排列順序與寫作時間如表2－1：

表2－1：《少室山房筆叢》排序與成作時間一覽表

順序	《少室山房筆叢》內容與卷數	《少室山房筆叢》各篇自序所記時間
1.	《經籍會通》四卷	《三墳補逸》：甲申夏五 （萬曆 12 年：1584）
2.	《丹鉛新錄》八卷	《四部正譌》：丙戌春仲月晦 （萬曆 14 年：1586）
3.	《史書佔畢》六卷	《九流緒論》： 清和既望。時不詳，然序文提及己丑 （萬曆 17 年：1589）
4.	《藝林學山》八卷	《經籍會通》：萬曆己丑孟秋 （萬曆 17 年：1589；孟秋：農曆 7 月）
5.	《九流緒論》三卷	《史書佔畢》： 秋望。時不詳，然序文中言己丑始作 （萬曆 17 年：1589；秋天為農曆 7 月始）
6.	《四部正譌》三卷	《莊嶽委譚》：己丑陽月朔日 （萬曆 17 年：1589；陽月為農曆 10 月）
7.	《三墳補逸》二卷	《華陽博議》：己丑仲冬 （萬曆 17 年：1589；仲冬為農曆 11 月）
8.	《二酉綴遺》三卷	《丹鉛新錄》：庚寅人日 （萬曆 18 年：1590；人日為農曆正月初七）
9.	《華陽博議》二卷	《藝林學山》：庚寅七夕 （萬曆 18 年：1590；七夕為農曆 7 月 7 日）
10.	《莊嶽委譚》二卷	《玉壺遐覽》：壬辰仲冬芙蓉風客題 （萬曆 20 年：1592；仲冬為農曆 11 月）

記叢談。按：依《少室山房筆叢》體例而言，為 12 部雜著散文輯錄而成，每篇章可各自獨立，故將其歸為筆記叢談之文類可從。然其內容通涉歷代典籍文獻及各類文學思想，謝氏將其放入政治典章為主之分類則猶待商榷。詳見謝國楨：〈重版說明〉，《明清筆記談叢》，頁 2。

| 11. | 《玉壺遐覽》四卷 | 《雙樹幻鈔》：壬辰臘壁觀子題
（萬曆 20 年：1592） |
| 12. | 《雙樹幻鈔》三卷 | 《二酉綴遺》：序文中無任何時間標示〔註66〕 |

可知其最早寫作篇章爲《三墳補逸》，作於「甲申夏五」即萬曆 12 年（1584年）；最晚寫作篇章則爲《雙樹幻鈔》，作於「壬辰臘壁」即萬曆 20 年（1592年），寫作其間前後歷經八年，而成篇最晚者至胡氏去世年僅十年，故此作可視爲胡應麟學術匯集之作。〔註67〕且由此觀之《少室山房筆叢》各部的編排順序，亦非依照寫作年代順序排列。

若依版本觀之，《少室山房筆叢》最早刊行版本爲明萬曆年間（1573～1620）胡應麟撰；黃吉士、孫居相、陳文燭等作序，共三十二卷之刊本，與今之通行本所收卷數不相同，故可推測今之排序並非胡應麟有意識地編排，乃後人重新彙集整理後隨意排定而成，並無可依循分類之排序。

（二）內部結構的篇章組織

然《少室山房筆叢》看似無意義的隨意排序關係，實則體現筆記體結構靈活、各篇章間可各自獨立的敘事特點。其各部有各自的論題，各部下又依序分卷次，而依照各部卷次的結構，隱藏了不同的敘事用意，以下分三種結構討論：

1. 架構理論之層次

在《少室山房筆叢》明確揭示其論述架構者有二，一爲《經籍會通》，一爲《史書佔畢》。甲部《經籍會通》四卷主要內容爲梳理歷代書籍存亡聚散之流變，在此部作品中胡應麟點明其撰寫次第爲「述源流第一」、「述類例第二」、「述遺軼第三」、「述見聞第四」〔註68〕。胡應麟將述源流視爲第一要旨，於卷一梳理歷代書籍的聚散興廢，以明書目概況；卷二談論經、史、子、集，九流、百家等古代書目分類；卷三將斷簡殘編、僞託訛誤的著作加以輯錄考

〔註66〕謝鶯興〈胡應麟《少室山房筆叢》版本略述〉中則據《二酉綴遺‧序》及〈二酉山房記〉等資料考證《二酉綴遺》成書時間，斷定《二酉綴遺》成書最晚在萬曆十四年（1586）之前。詳見謝鶯興：〈胡應麟《少室山房筆叢》版本略述〉，頁 12。

〔註67〕吳晗所整理的〈胡應麟年譜〉爲《少室山房筆叢》排序，認爲其寫作第一篇應爲《華陽博議》，作於 1565 年。然此時胡應麟年僅 15 歲，且並未於其他著作中得到證實，故不予採信。詳細論著見本論頁 16。

〔註68〕〔明〕胡應麟：《少室山房筆叢》，頁 2、17、29、40。

證，欲以「癖古者共之」（《經籍會通》，頁 28），可見其寫作對象為喜好古籍之文人雅士。卷四則記刊行印刷、私家藏書等各項所聽聞關於書籍的博雅故實之事。依此架構撰寫，為歷代古籍梳理源流體例，無疑為明代簡要的目錄學史。

而乙部《史書佔畢》六卷以評論史書、史事為主要內容，〈史書佔畢引〉云其架構曰：「內以辨體，外以辨時，冗以辨誣，雜以辨惑」（《史書佔畢》，頁 126），全部共分六卷，卷一為內篇，議論歷代史傳文學的體例優劣，為史學理論的闡發；卷二為外篇則談論史事，指出己之史學觀點，認為時代與個人、史事彼此交互影響。冗篇與雜篇篇幅較多，故分上下卷論述，卷三、卷四為冗篇，針對虛妄不實及記載有謬誤的史事進行論辯；卷五、卷六的雜篇則考辨易混雜、有疑義的史事，《史書佔畢六》言：「史籍所書有一事譌而二之者，有二事混而一之者，有一事傳而餘悉泯者，有一事實而餘皆虛者，有二事類而無一實者，即更僕未易悉數。」（《史書佔畢》，頁 174）胡應麟指出史籍中有許多疑慮處，並將其記綠考察，由此足見其治學方面的嚴謹態度。雖此篇為其讀書札記串聯而成，然經過其用心歸納及精心架構，從史學觀點的闡發到對史學的綴遺考辨，形成己史學理論。

由上述可知，胡應麟對開卷的重視，或先梳理源流或辨明體例，將所論先行定位，再進行開展論述，形成井然有序的架構。

2. 駁斥舊作之補正

《少室山房筆叢》中對前人著作進行考辨補正的作品有兩部，兩者皆為駁斥明代楊慎所著之書訛誤的內容。楊慎，字用修。以博學見稱於世，《明史》稱其：「明世記誦之博，著作之富，推慎為第一。詩文外，雜著至一百餘種，並行於世。」〔註 69〕續甲部《丹鉛新錄》八卷為專駁楊慎《丹鉛錄》中的考據訛誤。《丹鉛錄》為楊氏考訂雜著的博學之作，內容徵引賅博，為時人所重視。《丹鉛新錄》即以《丹鉛錄》為底本，依序摘錄出對原著內容有訛誤、疑慮的內容進行補正，並分八卷進行續論。

其次是續乙部《藝林學山》八卷乃對《藝林伐山》中所錄詩話文評等文學評論加以評議的內容。〈藝林學山引〉言：

> 用修生平纂述亡慮數十百種，《丹鉛》諸錄其一耳。余少癖用修書，

〔註69〕〔清〕張廷玉等撰；楊家駱主編：《新校本明史并附編六種》，（台北：鼎文書局，1991 年），頁 5083。

> 求之未盡獲，已稍稍獲，又病未能悉窺。其盛行於世而人尤誦習，
> 無若《藝林伐山》等數十篇，則不佞錄《丹鉛》外以次卒業焉。其
> 特見罔弗厭余衷，而微辭眇論亦間有未易懸解者，因更掇拾異同，
> 續爲錄，命之曰《藝林學山》。（《藝林學山》，頁190）

概括此篇創作意圖及內容。胡應麟少時便求藏楊愼書，且悉讀。當時世道盛行《藝林》、《伐山》等楊愼之著作，然其中有微詞妙論使胡應麟不能認同和有疑慮未解的部分，因而補充更正內容，爲其續作。故在卷帙排列上，亦依照原書排序，並摘選出有不同意見的內容依序評議考辨，無特殊用心。

而在《少室山房筆叢中》十二篇中有二篇爲胡應麟以楊愼著作加以續論，足見胡應麟對其喜愛，亦可知楊愼的博學考據著作在當時學界的重要性。

3. 綴輯叢殘的論述

《少室山房筆叢》被歸爲綜合性的筆記體著作，因此其篇章排序跟內部結構大部分爲鬆散無章的呈現型。如丙部《九流緒論》三卷意在治子書，論諸子百家之源流得失。然在此部編排順序上，胡應麟未指出其編排結構或撰寫順序，然〈九流緒論引〉指出其取材標準：

> 余少閱諸子書，輒思有所撰述以自附，而恒苦於二家之弗能合，則
> 於誦讀之暇遍取前人銓擇辯難之舊……輒捃拾其中諸家見解所遺百
> 數十則，捐諸剞氏，備一家言。凡前人業有定論者，不復贅入。（《九
> 流緒論》，頁259）

前人已有定論的諸子之學不加以贅述，在「前人銓擇辯難之舊」的基礎上加以思考，並提出新見解，如重定九流〔註70〕；將小說爲志怪、傳奇、雜錄、叢談、辨訂、規箴等六類〔註71〕，皆爲對後世影響盛大的文學主張。而所謂「輒捃拾其中諸家見解所遺百數十則」則可見叢殘綴輯的方式，反應在此書的編排順序上，則體現筆記體隨性而記的敘寫特色。全文雖內容繁雜但論述精簡扼要，可視爲明代的子書總序。其他如丁部《四部正譌》三卷、戌部《三墳補逸》二卷、己部《二酉綴遺》三卷、庚部《華陽博議》二卷，庚部《華陽博議》二卷，辛部《莊嶽委譚》二卷，壬部《玉壺遐覽》四卷，癸部《雙樹幻鈔》三卷等卷帙，都以輯掇文學史料、軼聞叢談的方式隨意排定雜述，無結構可循。

〔註70〕原文詳參胡應麟：《少室山房筆叢》，頁261。
〔註71〕原文詳參胡應麟：《少室山房筆叢》，頁282。

二、以序揭旨的內部破譯

　　作者的創作意圖以文本的主題、旨趣、使用材料與謀篇布局之架構呈現，因此讀者可藉由閱讀文本以逆溯作者的創作意圖。如劉勰《文心雕龍・神思》云：「神居胸臆，而志氣統其關鍵……夫神思方運，萬塗競萌；規矩虛位，刻鏤無形。」〔註72〕認爲文章的寫作手法、篇章結構要靠思緒意念來構想安排，而這種意想精神又靠情志氣質來支配；又於〈附會〉篇談文章條理時云：「必以情志爲神明，事義爲骨髓，辭采爲肌膚，宮商爲聲氣。」〔註73〕認爲文章結構是作者思想情感表現的主體，讀者從其論述中可感受到創作意圖對文章氣韻謀篇的重要性。因此每部文學作品或多或少均存在創作意圖，而創作意圖或明顯表現於文本之中，又或潛藏在文本中，藉由作者、文本及讀者三者交互作用而闡發。作者可在創作文本時明白揭示己創作意圖；有些則未多加說明，由讀者從閱讀中逆回，對文本進行體會及詮釋。然讀者解讀文本有時會造成意圖謬誤（intentional fallacy），因此讀者在理解作品時，應「兼顧作者對作品的影響，參考作家所發表對自我作品的評論及其相關生活經歷；並按己意願理解作品，將讀者詮釋力求符合作品之原意」〔註74〕。如此，作者、文本與讀者方能有良好的互動。

　　胡應麟《少室山房筆叢》於每部作品前均有序言，宋代王應麟《辭學指南》云：「序者，序典籍之所以作也。」〔註75〕故序爲依附於著作正文前的短篇文章，其作用在於作爲全書導引，說明文本主旨或與之內容相關的論題，或闡釋文本創作者的意圖，因此「序」又有序言、前言、導言、弁言、敍、考、引、題詞等稱呼〔註76〕。由此可知，深入解析胡應麟在各篇章前所著之序，有助於理解其敍事建構的過程與用心。在陳文燭〈少室山房筆叢序〉就提到過《少室山房筆叢》的敍事內容與敍事方法，云：「索諸九丘之遠，論于

〔註72〕〔南朝梁〕劉勰著；王利器校注：《文心雕龍校證》，頁187。
〔註73〕〔南朝梁〕劉勰著；王利器校注：《文心雕龍校證》，頁262。
〔註74〕整理引用自張奎志：〈文本・作者・讀者——文學批評在三者間的合理游走〉，《學習與探索》2008年第4期，頁191。另接受美學理論研究可參閱Wolfgang Iser, *The Act of Reading: A Theory of Aesthetic Response.*（Baltimore：Johns Hopkins University Press, 1978）；張廷琛編：《接受理論》，（四川文藝出版社，1989年）等書。
〔註75〕〔宋〕王應麟：《辭學指南》，《玉海》，（台北：華文書局，1964年），頁3837。
〔註76〕序文別名參閱自石建初：《中國古代序跋史論》，（長沙：湖南人民出版社，2008年10月），頁21、22。

六合之外。稱文小而旨極大，舉類邇而見義遠。辨往哲之屈筆，聞者頤解；反先代之成案，令人心服。」〔註77〕概括指出《少室山房筆叢》內容廣博的特點，並以考辨前人學識見解及翻案爲主要內容，內部敘事則以小見大，以舉例方式引證串聯，使文章得以鋪陳，所論得以見議。是以廣見聞爲敘事目的的考據筆記。以下就胡應麟自提十二篇序來解讀其各篇章的命意旨趣及創作內涵：

（一）〈經籍會通引〉：

> 凡前代校綜墳典之書，漢有略，晉有部，唐有錄，宋有目，元有考，志則諸史共之，肇自西京，迄於勝國，紀列纂修，彬彬備矣。夫其淵源六籍，藪澤九流，紬繹百家，溯洄千古，固文明之盛集、鴻碩之大觀也。昭代纂隆，鉅儒輩出，諸所撰造，比迹黃、虞，惟是經籍一塗編摩尚缺，概以義非要切，體實迂繁，筆研靡資，歲月徒曠耳。夫以霸閏之朝、草莽之士，猶或拮據墳素，忝竊雌黃，矧大明日揭，萬象維新，豈其獨盛述鴻裁，彪炳宇宙，而胜談冗輯，闕略曩時哉？輒不自揆，掇拾補苴，間以管窺，加之梲藻，稍銓梗概，命曰「會通」。匪直寄大方之噱笑，抑以爲博雅之前驅云。萬曆己丑孟秋朔應麟識。（《經籍會通》，頁1）

胡應麟於序中先概述漢代至元朝歷代書志情形，並揭示其創作意圖在感嘆歷代皆有書志，獨明代尚缺，且慨古籍眾多散亂無人整理；言談雜編又爲人所省略，因而自發創作古籍目錄。如內文言：「大率史氏精神全寓紀傳，論序次之，表、志之流便落二義，至於經籍尤匪所先，且人靡博極，業謝專門，聊具故事而已」（《經籍會通》，頁2～3）指出史家不重視表、志的目錄編纂，不能眞實反應中國圖書歷代發展的興衰歷史。因此胡應麟在序中揭櫫其編纂方式爲「紬繹百家，溯洄千古」，不囿限於史志編排，採取各方資料加以補綴說明，並從中觀察、加以修飾。經詳細考證，列出兩漢迄宋代十多個歷史朝代所記錄保存的典籍數量〔註78〕；且除史志外，亦對其他官修、私家藏書等圖書目錄有所關注，從宏觀角度，對歷史、歷時圖書目錄的發展情況，梳理源流脈絡並加以歸納總結。其內文「述源流，述類例，述遺軼，述見聞」，品評

〔註77〕 （明）陳文燭〈少室山房筆叢序〉，收錄於〔明〕胡應麟：《少室山房筆叢》。
〔註78〕 原文詳參胡應麟：《少室山房筆叢》，頁7～8。

歷代書志優劣盛衰；考辨卷帙內文中的疑義訛誤，故命名為會通，由此欲達到資談笑、廣見聞的研究目的與價值。是以建構出古今書籍的目錄學。

（二）〈丹鉛新錄引〉：

> 楊子用修拮据墳典，摘抉隱微，白首丹鉛，厥功偉矣！今所撰諸書盛行海內，大而穹宇，細入肖翹，耳目八埏，靡不該綜，即惠施、黃繚之辯未足侈也。然而世之學士咸有異同，若以得失瑜瑕，僅足相補，何以故哉？余嘗竊窺楊子之癖，大概有二，一曰命意太高，一曰持論太果。太高則迂怪之情合，故有於前人之說，淺也鑿而深之，明也汩而晦之；太果則滅裂之釁開，故有於前人之說，疑也驟而信之，是也驟而非之。至剽敓陳言，盾矛故帙。世人率以訾楊子，則又非也。楊子早歲戍滇，罕攜載籍，紬諸腹笥，千慮而一，勢則宜然。以余讀楊子遺文，即前修往哲隻字中窾，咸極表章而屑屑是也。晦伯曰：「楊子之言間多蕪舛，當由傳錄偶乏蘉臣。」鄙人於楊子，業忻慕為執鞭，輒於佔畢之暇稍為是正，竊天蠡海，亡當大方，異日者求忠臣於楊子之門，或為余屈其一指也夫。庚寅人日識。（《丹鉛新錄》，頁 53）

胡應麟首先讚揚楊慎博識多聞、闡發深奧、考證詳盡的考據之功；然亦指出楊慎文章命意太高與持論太果的兩大缺失。從其論述可知，胡應麟對楊慎學問未持盡信態度，有推崇亦有疑慮；既指出其學問缺失，亦為其平反世俗對其抄襲、訛誤的評價，由此得見胡應麟對楊慎學問的重視。由是其創作動機為景仰楊慎的文章學問，並欲追隨。以楊慎為創作對象，於誦讀其著作之餘，自謙言己「不自量力」的修改其作品中的訛誤，欲與之論學。知其創作旨趣及命意後，反映在其內文中，以《丹鉛錄》為底本，依序將己有所意見之內容條錄於《丹鉛新錄》，先抄錄原文，其下再論述己之看法和補充說明。胡應麟對楊慎《丹鉛錄》的考證內容有就楊慎對考證字、人物、時間等訛誤；引用詩文、引證史料的抄錄錯誤，亦或評論記載內容的錯誤加以指證補述，論據有理，成為專駁楊慎《丹鉛》的考據訛誤之作。

（三）〈史書佔畢引〉：

> 余少而好史，佔畢之暇有概於心，輒書片楮投篋中，曠日彌月，駸駸數十百條。己丑北還，養疴溪上，稍以餘日檢括諸故書，顧向篋

中塵塩滿焉，亟取拽試之，積楮宛然，而強半蠹嚙鼠侵，不可句矣。
因念昔之好事有什襲碔砆、千金敝帚者，而竊慨余之有類乎是也，
輒稍銓擇，離爲四篇，內以辨體、外以辨時、冗以辨誣、雜以辨惑，
於前人弗求異也，亦弗能同也。或曰，子輿氏之辯，弗得已也。子
是之辯，其得已與，其弗得已與，毋亦得已而弗已與？余無以答，
因題曰《史書佔畢》而藏之。秋望，應麟識。（《史書佔畢》，頁 126）

胡應麟開首便交代其創作意圖乃源其自幼好史，並將讀書心得記錄。其後養
病時得空整理藏書，發現所藏之書與著作多半毀壞，加上有敝帚自珍的珍藏
心態，故將筆記按類分成四篇。從「輒書片楮」、「駸駸數十百條」可知其爲
卡片條列式讀書札記，再以類相從作區分，將零散的心得匯集成其史學研究
成果，形成有效的史料研究方法。行文結構上「內以辨體、外以辨時、冗以
辨誣、雜以辨惑」，從文體談起，接續時代流變，再論奇聞軼事及考辨雜談，
從理論的建構到史料的辯證，有其結構編排上的用心。其創作目的在於不與
前人同，亦不與前人異，乃欲成己一家之言。並認爲這是自己的讀書札記，
不能與孟子之辯相提並論，因此命名爲史書佔畢。

（四）〈藝林學山引〉：

用修生平纂述亡慮數十百種，《丹鉛》諸錄其一耳。余少癖用修書，
求之未盡獲，已稍稍獲，又病未能悉窺。其盛行於世而人尤誦習，
無若《藝林伐山》等數十篇，則不佞錄《丹鉛》外以次卒業焉。其
特見罔弗厭余衷，而微辭眇論亦間有未易懸解者，因更掇拾異同，
續爲錄，命之曰《藝林學山》。客規不佞：「子之說則誠辯矣，獨不
聞之蒙莊之言乎？『天地一指也，萬物一馬也。』昔河東氏非《國
語》而《非〈非國語〉》傳，成都氏反《離騷》而《反〈反離騷〉》
作。用修之言，世方杜而稷之，而且嘵嘵焉數以辯譁其後，後起者
藉焉，子其窮矣。夫丘陵學山而弗至於山，幾子之謂也。」余曰：
唯唯。竊聞之，孔魚詰墨，司馬疑孟，方之削荀，晦伯正楊，古今
共然，亡取苟合。不佞于用修，盡心焉耳矣。千慮而得，間有異同
即就正大方，方茲藉手而奚容目睫諉也？夫用修之可，柳下也；不
佞之不可，繄魯人也。師魯人以師柳下，世或以不佞善學用修，用
修無亦逌然聽哉。庚寅七夕麟識。（《藝林學山》，頁 190）

序文交代其創作意旨及命名緣由在於胡應麟少年喜楊愼之書，因得之不易又鮮少時間細讀，故而特別珍惜。並針對《藝林》、《伐山》等篇章中的微詞妙論，有不能認同和有疑慮未解的部分，進行補充及更正內容，爲其續作。反映在其篇章，各卷分別針對楊愼及他人指正其考證的訛誤進行摘錄論述，各卷帙評論對象如下：卷一、卷二以楊愼《升庵詩話》爲主；卷三以楊愼《詞品》爲主；卷四爲楊愼《巵言》；卷五爲楊愼《譚苑醍醐》；卷六則爲楊愼《升庵文集》，收錄於《升庵詩話》中；卷七、卷八之考證內容則爲陳耀光因對楊愼博學頗感不服而作之《正楊》。陳氏《正楊》指出《丹鉛》等諸錄中一百五十條錯誤，然胡應麟發掘其所指證之錯誤中仍有錯漏，故加以指證，因而末二卷體例有楊愼原文、陳氏考證及胡應麟再證等三種考證內容。考證內容乃對史料出處、作者年代、用字及詩人生平等訛誤加以論述，又從其序中顯露出其治學態度在於「盡心而已」，針對有意見不同的地方大膽的指出，並加以討論，不取苟合。而《藝林伐山》爲楊愼博引舊籍考證其中的生僻典故，胡應麟與之校正，既是文學考證，亦是文學批評的一種。

（五）〈九流緒論引〉：

> 子書盛於秦、漢，而治子書者錯出於六朝、唐、宋之間，其大要二焉，獵華者纂其言、覈實者綜其指。纂其言者沈休文、庾仲容各有鈔，并軼弗傳，僅馬氏《意林》行世，略亦甚矣。柳河東之辯，高渤海之略，宋太史、王長公之論，則皆序次其源流而參伍其得失者也。余少閱諸子書，輒思有所撰述以自附，而恒苦於二家之弗能合，則於誦讀之暇遍取前人銓擇辯難之舊，以及洪氏《隨筆》、晁氏《書志》、黃氏《日鈔》、陳氏《解題》、馬氏《通考》、王氏《玉海》之評諸子者，及近粵黎氏、越沈氏題詞，復稍傳諸作者履歷之概，會爲一編，時自省閱。第諸家外，古今文人學士單詞片藻，品隲尚繁，并欲類從，慮多遺漏，或貽誚於大方。己丑北還，臥痾委頓，呻吟藥物，歲月若馳，慨斯緒未能卒就，輒捃拾其中諸家見解所遺百數十則，捐諸剞氏，備一家言。凡前人業有定論者，不復贅入。清和既望識。（《九流緒論》，頁 259）

胡應麟於序文首先概述子書發展情形和內容，接著揭示己創作意旨在於少年時讀子書有感而作札記，且苦子書在編纂和品評溯源間無法兩全。又晚年北還，感慨光陰易逝且年老體衰，因此收集前人見解，以輯綴方式刻印成書，

由是興起治子書之念。從序文中可見其蒐集資料豐富，編纂內容乃取前人辯難之言、各種評論諸子之書、題詞及論作者生平等相關內容爲一編。並編排諸子次序，同時評定文人學士的文章詞藻，以類歸納。且指出其取材原則並非漫無邊際，前人有定論者不加以討論，有辯難疑義者才加以論述，可見其欲成一家之言的創作目的。反映在內文中，上卷以綜觀角度論子書，將諸子十家定義上溯劉向《七略》，言子書內容歷代發展，重定九流，提高小說地位。並對諸子九流的代表人物、主要學說進行說解，評定各家高下得失。卷中則就單部子書如董仲舒《春秋繁露》、楊子雲《太玄》、王充《論衡》等書進一步細論，對內容加以品評。下卷則論中國古典小說，談及小說古今概念的不同，廓清小說範圍；品評小說，並論小說創作觀及價值。其中亦有對類書的卷帙及流傳加以考述。總體而言，此爲諸子書目的總論。

（六）〈四部正譌引〉：

> 贋書之昉，昉於西京乎？六籍既禁，衆言淆亂；懸疣附贅，假託實繁。今其目存於劉氏《七略》、班氏九流者，亡慮什之六七。嘻！其甚矣。然率弗傳於世，世故莫得名之。唐、宋以還，贋書代作，作者日傳。大方之家第以揮之一笑，乃衒奇之夫往往驟揭而深信之，至或點聖經、廁賢撰、矯前哲、溺後流，厥係非眇淺也。余不敏，大爲此懼，輒取其彰明較著者抉詆摘僞，列爲一編。後之君子欲考正百家、統宗六籍，庶幾嚆矢。即我知我罪，匪所計云。丙戌春仲月晦識。（《四部正譌》，頁 290）

序中先概述僞書的起始背景及僞書於唐、宋後大之興起的情形。隨即指出己創作意旨在於鑒於僞書風氣盛行，害怕眞理被蒙蔽、惑溺後學，故作此書指謫訛誤傳聞。同時指出創作目的在於欲開辨僞之風氣而當先行者，亦可見其以喜考辨之君子爲主要創作對象。故反映在其內文，有對僞書類例的歸納，並考證小說、詩話等各種書籍眞僞，同時佐以他人之證加以批判或認同，可見其考證有據，並非憑空而論。王嘉川揭示胡應麟於《四部正譌》中所提出：「覈之《七略》以觀其源，覈之羣志以觀其緒，覈之並世之言以觀其稱，覈之異世之言以觀其述，覈之文以觀其體，覈之事以觀其時，覈之撰者以觀其託，覈之傳者以觀其人，覈茲八者，而古今贋籍亡隱情矣」（《四部正譌》，頁322）等辨僞八法，簡明精要，內涵豐富。繼承前賢考據的基礎上，加以個人

心得，總結提煉出來，給予後世創新的治學特色〔註79〕，足見胡應麟對考證辨僞學的貢獻與價值。

（七）〈三墳補遺引〉：

> 三墳，太上之典也，自仲尼贊《易》、敘《書》、刪《詩》而三墳不
> 經見，則《春秋》倚相所嘗讀固可疑矣，況乎隋劉炫氏所上也、宋
> 毛漸氏所傳也，淺陋弗根，惡觀所謂三墳者乎？夫書出於三代者，
> 時有先後、文無古今，義有精麤、文無踳粹，晉《紀年》、周《逸書》、
> 《穆天子傳》皆三代典也，作於春秋、戰國，爐於秦，軼於漢，顯
> 於晉之太康，其書竹簡，其文科斗，其出丘墓，經而參之，史而伍
> 之，燕郢而說之，凡以強之於墳，亡弗協也。質諸倚相所嘗讀，吾
> 弗敢知，以較隋、宋之僞書，匪什伯而千萬矣。夫《祈招》數言不
> 足當《穆天子傳》之一簡，而楚臣且以窮倚相，剬汲冢其斐然若是
> 也。吾舉而躋之於墳，以補其亡者而革其僞者，奚不可也？夫三書
> 之文，世亡有弗偉之；而三書之事，世亡有弗悖之。顧余之所槩於
> 三書則弗惟其文，惟其事也，因稍輯其略，俟好古之士商焉。甲申
> 夏五識。（《三墳補遺》，頁324）

序文先說明「三墳」之定義爲年代久遠之書，並指出《今本竹書紀年》、周《逸書》、《穆天子傳》均爲三代之典，爲此篇所論述的主要對象。感於此三墳作於早年的春秋戰國，保存不易；且著書文字爲蝌蚪之文，辨識上亦有難度。又三墳經歷火厄、遺軼等問題，流傳及版本混亂，內容則不免有誤讀或附會的情況。有鑑於此，是以胡應麟的創作旨意在於擔心僞書及資料的不足，欲「補其亡者而革其僞者」爲此三書補缺辨僞，「弗惟其文，惟其事也」針對文中所載之事加以考證，並爲三書文事加以輯略，使信實內容加以流傳，有疑義者則指出其疑義處，加以論述修正缺失處，可見胡應麟對所得文獻資料及傳說，採客觀審慎的態度對應，不盲從前人論述。另從其序文中可知其創作對象爲好古之人。又反映在文中則是對此三書的成書及各篇寫作年代、版本流傳、創作之文體詞氣及內容史事眞僞加以考證，誠如王嘉川言《三墳補遺》對三書的考證，「不但詳次其可信者，稍白其可疑者，以補其亡者而革其僞者，

〔註79〕 詳見王嘉川：《布衣與學術——胡應麟與中國學術史研究》，（北京：商務印書館，2005年4月），頁228。

對汲冢出書的經過、三書之流傳等情況皆有詳盡考證，雖所論有誤解之處，但全書自始自終皆爲考證文字，考證求眞精神隨處可見。」〔註80〕

（八）〈二酉綴遺引〉：

> 周穆王藏異書於大酉山、小酉山，此二酉之義所由昉也。儒家者流求其地而實之，故《荊州記》有小酉之穴焉；道家者流侈其地而名之，故《洞天志》有大酉之文焉，而總之皆亡當也。夫穆天子駕八駿、驂六龍，飄然霞舉，瘞靈檢乎大荒之外，二酉云者，蓋崑崙、閬風、縣圃屬耳，而區區武陵、辰沅耳目間哉？自梁湘東之聚書而二酉徵於賦，自段太常之著書而二酉冠於編，自余不佞之構山房而二酉顏於室。夫以方丈之室、數乘之書，而竊比乎崑崙、閬風、縣圃之藏，即余之亡當，弗尤甚哉。夫蛙之培井也而海，蠡之禪也而九州，其海、九州則非，所以爲海、九州則是也，況宇宙之大，非海、九州已也，則余之以方丈之室而當乎崑崙、閬風、縣圃也，余之意尚猶有所未盡也。因以讀於其中而有得者係之，且並著其說焉。
> 胡應麟識。（《二酉綴遺》，頁350）

胡應麟於序文中先概述論題，釋義二酉爲周穆王藏書的大、小酉山，接著指出荊州小酉儒家說、洞天大酉道家說及穆天子駕龍馬之地理神話，由此道出二酉意義。是以其以二酉命名其建築之山房，並藏書於其中。進而揭示其創作旨意在於喜好藏書且意猶未盡，且讀書有心得及著錄。由此可知其篇章命名採「二酉」乃延續藏書豐厚之意涵，彰顯此篇博採古籍中奇聞軼事的駁雜內容。反映在內文卷上先進一步考證說明二酉山藏書之事；再對《酉陽雜俎》、《山海經》、《太平御覽》等書中荒誕神怪之事加以考證評說。中卷就小說的「虛構」加以論述，並舉例小說中的虛構事例進行說明。下卷則錄古代小說中的詩文，並對其中文彩進行品評關注。於此，胡應麟注意到小說敘事手法的流變，肯定小說中的虛構成分；亦認識到小說中詩詞的運用，對小說研究具有一定貢獻。

（九）〈華陽博議引〉：

> 古今稱博識者，公孫大夫、東方待詔、劉中壘、張司空之流尚矣，彼皆書窮八索，業擅三冬，而世率詫其異聞，標其僻事。夫異匪常

〔註80〕引自王嘉川：《布衣與學術——胡應麟與中國學術史研究》，頁488。

經，僻非習見，俾實沈弗崇於周，畢方弗集於漢，貳負之形弗徵上
郡，干將之氣弗燭斗牛，諸君子生平遂幾泯泯乎？亦有麤工小學，
廣獵虞初，宇宙恣陳，蟲魚偶合，而流徵襲耀，步武昔人者，胡以
稱也？仲尼，萬代博識之宗，乃怪、力、亂、神咸斥弗語，即井羊、
庭隼間出緒餘，累世靡窮，當年莫究，惡乎在耶？以余所揆，古今
大學術概有數端，命世通儒罕能備悉，輒略而言之，覈名實、劖浮
夸、黜奇衺、獎閟鉅，掇遺逸、抉隱幽，權嚮方、樹懲勸。作博議
其曰華陽，則取諸鄒氏談天之旨，且以明亡當之弗足貴云。己丑仲
冬麟識。（《華陽博議》，頁 381）

序文先概述古代博識之人及奇事，以仲尼博學卻不言怪力亂神之事為仿效之
對象。指出其創作意旨為估量古今學術，至今少有完備的言論，欲將浮誇不
實的內容去除，且正名、輯軼、發揚隱微之文，以欲破除虛妄不實的言論為
創作目的。同時亦闡明命名原因在以鄒衍談天的典故喻善辯而命名之，標榜
不恰當的言論不足貴。是以反映於其創作中，上卷分疏經、史、子、集四部
的專精領域及人才，並指出有專一之博；亦有博而通於他者。下卷則收錄綴
輯博學典故之詞，及小說、史傳等文獻中錄博學之人、事，並對其人其事加
以考證。對不實記載加以考證反駁，可見其重實抑虛的嚴謹治學態度。

（十）〈莊嶽委譚引〉：

仲尼贊：「舜好問而好察邇言」《易》云：「以言乎邇則靜而正。」邇
言亡察，可乎？班氏所稱街談巷議、道聽塗說，其言之尤邇者乃秕
糠瓦礫，至道之精奚弗具焉？自薦紳先生鄙其璅猥，存而莫論，博
雅君子齮齕天人，拮据古始，閭閻耳目或且未遑，譌謬云仍，詖淫
展轉，稱名曰戾，取義曰淆，余竊慨之。殷憂暇日，紬繹簡書，採
摭異同，參伍今昔，劖別誣偽，沂遡本眞，彙為一編，僅將百則，
知言察邇，匪敢自附諸齊東之野云爾。己丑陽月朔日識。（《莊嶽委
譚》，頁 410）

胡應麟於序先概述淺近之言，孔子、《易經》認為淺近之言有用；班固則貶低
淺近之言。又其創作旨意在於後世為官之人、博學之士日益貶低淺近之言；
鄉民則將訛誤淫說廣泛傳述，因而感慨憂心上位者不重視淺近之言，而百姓
又加以傳誦俗文學。因此將俗文學匯集成編，並溯源流辨眞偽。可見胡應麟
不只對四部經典予與關注，對通俗文學亦多有關照闡發。是以上卷胡氏對小

說中記載世俗神仙信仰，如王母、觀音、八仙；及與世俗生活相關的象戲、纏足等問題進行考辨。下卷則著重通俗文學，如對通俗章回小說《三國演義》、《水滸傳》等進行考證評點；對當時盛行的民間娛樂──戲曲亦有所研究，對戲曲進行溯源，著重曲與詩詞的關係；亦就戲曲流變進行脈絡梳理。

（十一）〈玉壺遐覽引〉：

> 方丈之宮，周加堊焉，一關如實，月光入，四壁瑩然。友人習道家言者，顏其楣曰玉壺。壺中空無長物，僅左右二几，几無長物，僅道書數十卷。石羊生既從赤松子游，歸憩壺中，日嗒然几上，寐則取道書讀之，若漆園、鄭圃，輕天地、細萬物，揆諸大道，允矣。即放言六合，要以明縣寓之無窮，破牆面之骫識。自秦、漢諸君慨慕長生而弗繇其道，顧褰裳濡足於餘瀛海間，於是方士家言雜然并興，淮南、厭次以說張之，句漏、句曲以詞文之，逮今所傳五城三山、絳宮璚樓，諸仙聖儀衛章服，一胡紛紛麗詭也。余鄙且怠，未必夙規於大道，益之病靡濟勝資，朝夕一壺如守五石瓠，其於六合之外猶之坐井而闚，又惡能鏡厥是非？第集其言尤侈者著於篇，以當臥遊，曰玉壺遐覽云。壬辰仲冬芙蓉峰客題。（《玉壺遐覽》，頁439）

此序論其創作緣由前，胡應麟先概述玉壺，並言石羊生修道之事及秦漢長生之道大盛的背景。接著說明命名玉壺霞覽的原因在於胡氏個性不守大道，又逢病、眼界小，自認不能辨是非，因此輯特別誇大不實之內容，以當在榻上休息養生時的眼界遊覽。由此命意可知其內容爲論習道列仙等相關長生道學之事。是以卷一泛論道家之事，如：道書、道法、養生之術等相關到家之事。對道教與全眞教；道教與佛教的內涵亦有所論述。卷二則綴輯道家文本，如老子化身名號、西王母別名等各種相關專名名稱。卷三論道家神仙中名號相類者。卷四則綴輯與金華山有關之作。體現胡應麟對道家體系的認識與理論建立。

（十二）〈雙樹幻鈔引〉：

> 爲老氏之道者曰清靜，爲釋氏之道者曰苦空。由清靜而之於長生，繇苦空而之於頓悟，二氏之能事也。清靜矣，即未能長生，而足以亡擾於事物；苦空矣，即未能頓悟，而足以亡亂於去來，學二氏之

能事也。自後世之為老氏者之日支也，而翀舉之說長；為釋氏者之
日誕也，而輪迴之證彩。彼其以匪翀舉蔑紇鼓天下之羨心，匪輪迴
蔑紇作天下之畏心。自秦、漢以迄宋、元，宇宙之內，雲合景從，
而二氏之本眞眇矣。雖然，翀舉、輪迴二者均幻也，幻之中厥有等
焉，四方上下之寥漠，塵劫運會之始終，幻而疑於有者也；層城閬
風之巍峨，光音淨樂之瑰麗，幻而究於無者也。無者吾存焉而弗論，
有者吾論焉而弗議，是二氏者之言亡論幻弗幻，皆吾博聞助也。園
之東有樹焉，吾日坐其下，取其言而鈔之而名之，世之人將亦以余
為好幻也夫。壬辰臘壁觀子題。（《雙樹幻鈔》，頁 472）

序言先概述佛、老之道，言清靜及空苦之意。並指出其創作意旨源自有感秦
漢至宋元，二氏本質幽遠矣，且認為升仙、輪迴之說本幻，終歸於無。是以
胡氏將有論者單純與之紀錄而不去議論，欲收博聞之效。並加以揭示其命名
原因在於園東有樹而坐於下，故以此命之。反映於其內文則上卷以隋書《經
籍志》為首，揭櫫佛教浮屠源流與經教始末；又論唐玄奘取經之歷程及各家
佛浮屠學門派與內容。其中亦有闡釋禪學弊病，對佛教教義進行辨證。卷中
則載錄考證浮屠說中之術語及義理，如對佛家所謂成、住、壞、空；三千世
界等專有名詞進行釋義。亦雜錄佛家聖山、經卷，以茲參閱。卷下則多錄禪
詩。

　　綜合上述，每篇序均揭示不同的創作意圖與相關內部之資訊，有助於我
們了解《少室山房筆叢》的構成內涵。下表 2－2 為各篇序所乘載的相關資訊
一覽表：

表 2－2：《少室山房筆叢》各篇序文內容一覽表

	順序	概述論題	排序	創作意旨	命名緣由	創作對象	創作目的	時間
1.	《經籍會通》四卷	✓		✓	✓		✓	✓
2.	《丹鉛新錄》八卷	✓		✓		✓	✓	✓
3.	《史書佔畢》六卷		✓	✓	✓	✓	✓	✓
4.	《藝林學山》八卷			✓	✓		✓	✓

5.	《九流緒論》三卷	✓		✓		✓	✓	✓
6.	《四部正譌》三卷	✓		✓		✓	✓	✓
7.	《三墳補逸》二卷	✓		✓		✓		
8.	《二酉綴遺》三卷	✓		✓	✓			
9.	《華陽博議》二卷	✓		✓	✓		✓	✓
10.	《莊嶽委譚》二卷	✓	✓	✓				✓
11.	《玉壺遐覽》四卷	✓			✓			✓
12.	《雙樹幻鈔》三卷	✓		✓	✓			✓

　　以此宏觀可見胡應麟的博學之才與治學嚴謹之態度，於每種文類有所感或閱讀文章有疑義處，便以雜記的方式隨筆記錄心得，並採輯補綴以輯錄成冊。正是因此種綴輯方式，而使《少室山房筆叢》的行文整體呈現較鬆散的布局，雖有時於會文中交代寫作次序，然多數採隨興而錄的方式匯編。且《少室山房筆叢》各部文章間可各自獨立，沒有連貫關係，故其整體亦呈鬆散結構，體現筆記體之特性。又其於各篇序文中多次提到其取材及編纂標準爲「不與前人異，亦不與前人同」，前人有所定論者不覆贅言，而有疑慮之處必當考辨論證，以此建構胡應麟的一家之言。劉勰〈神思〉云：「積學以儲寶，酌理以富才，研閱以窮照，馴致以懌辭。」〔註81〕以此觀胡應麟，將其畢生知識所學沉潛積藏，並將豐富知識融會展現在《少室山房筆叢》中，成就其畢生學術代表之作。

三、評議模式的體例編排

　　在中國古代對敘事的認知及批評，多認爲出自歷史敘事，如前述宋代眞德秀「敘事起於史官」；或如清代章學誠於〈上朱大司馬論文〉云：「古文必推敘事，敘事出於史學。」〔註82〕。其後小說漸漸發展，史傳文學提供小說

〔註81〕〔南朝梁〕劉勰著；王利器校注：《文心雕龍校證》，頁187。
〔註82〕〔清〕章學誠：《章氏遺書》，（臺北：漢聲出版社，1973年1月），影印民國

諸多養分，敘事手法在小說中更加完善的被運用。隨著小說日益興盛，針對小說謀篇布局、人物形象等敘事技巧的評論意見因運而生，形成中國傳統敘事批評特有的表現方式──評點。〔註83〕然在中國傳統敘事批評中，對「敘事批評」並未有系統或專論的理論形成。對應西方所謂「敘事批評」（Narrative Criticism），江守義將其內涵分廣義與狹義的定義，廣義的敘事批評，指的是「對具有敘事性質的內容所展開的批評活動」：

> 所謂的「批評活動」，既可以是批評理論在書本中的學理運用，也可以是針對性很強的批評實踐活動；既可以是有系統理論支撐的批評，也可以是零散的、不成系統的感悟式批評，也可以是在敘事過程中夾雜著某種批評因素。總之，只要批評與某種敘事有所關聯，這種批評均可以稱之為廣義的敘事。〔註84〕

此種定義使敘事批評的範圍寬泛，諸凡大塊文章、繪畫圖像、音樂影視、身體政治等一切具敘事性質的內容，都可供鑑賞批評。而狹義的敘事批評，則專指以「敘事文學」為明確對象的「文學敘事批評」，又有自覺與不自覺之分：

> 自覺的敘事批評是說批評者自覺運用敘事學有關知識對文學文本進行閱讀批評，非自覺的敘事批評是說批評者在進行文學批評時暗合敘事學的有關知識，更多的是一種就事論事式的批評，沒有系統的理論知識作為內在支撐。〔註85〕

自覺的文學敘事批評自然是發生在 20 世紀 60 年代西方敘事學興起之後；中國傳統的敘事批評則多屬「不自覺的文學敘事批評」，並未有理論系統的論述，而是以主觀散見的方式提出文學理論，從中見其對敘事的態度。如劉勰《文心雕龍》中便有敘事觀散落於各篇中，其中〈宗經〉提出文章的敘事法則：「文能宗經，體有六義：一則情深而不詭，二則風清而不雜，三則事信而不誕，四則義貞而不回，五則體約而不蕪，六則文麗而不淫。」〔註86〕認為

十一年吳興嘉業堂劉承幹輯刻本，頁 1371。

〔註83〕 評點形式自南宋已然流行，與「話」、「品」等一起構成中國古代文學批評的形事體系。評點將批評文字與所評作品融為一體，其形式包括序跋、讀法、眉批、旁批、夾批、總批和圈點。詳見譚帆：《中國小說評點研究》，（上海：華東大學出版社，2001 年），頁 2、6。

〔註84〕 江守義：〈敘事批評的發生與發展〉，《安徽師範大學學報》人文社會科學版第38 卷第 2 期，2010 年 3 月，頁 171。

〔註85〕 江守義：〈敘事批評的發生與發展〉，頁 172。

〔註86〕 〔南朝梁〕劉勰著；王利器校注：《文心雕龍校證》，12。

文章用字遣詞講求莊重簡約，敘事內容則求實抑虛。〈史傳〉一篇更「可視爲古代敘事文學的專論」〔註87〕，分別說明「史」與「傳」在敘事作用及手法上的不同，並推崇「詳實准當」、「文質辨洽」的敘事方式，反對「疏謬少信」、「激抗難征」之作。並提出史書寫作的難處與弊病加以批評：

> 紀傳爲式，編年綴事，文非泛論，按實而書。歲遠則同異難密，事積則起訖易疏，斯固總會之爲難也。或有同歸一事，而數人分功，兩記則失于復重，偏舉則病于不周，此又詮配之未易也。……文疑則闕，貴信史也。然俗皆愛奇，莫顧實理。傳聞而欲偉其事，錄遠而欲詳其跡。於是棄同即異，穿鑿傍說，舊史所無，我書則傳。此訛濫之本源，而述遠之巨蠹也。〔註88〕

可見劉勰對史傳文學敘事上的深刻體悟及嚴格要求，指出龐大史料在書寫時剪裁安排上的困難，亦涉及事件聚焦、人物刻劃等敘事鋪展描寫的問題，並從中見其在敘事上貴「信實」、「直筆」的實錄精神。然此些論述皆點到爲止，未有更具體且系統的詳細論述，雖可視爲中國敘事批評的先行者，卻使得其論述流於散見。

　　胡應麟《少室山房筆叢》遵循中國傳統敘事批評路線，亦屬於「不自覺的文學敘事批評」。《少室山房筆叢》敘事批評的表述方式可分爲兩種，一種是就一文學主題作通篇論述，或述其源流發展，或論其體例優劣及辨體考證等，將其批評夾雜在敘述中，《經籍會通》、《史書佔畢》、《九流緒論》等篇章即以此方式撰寫批評；另一種則爲他人作品作續錄，以條列方式在欲論述的主題下注錄所蒐集到的資料並對疑慮、不足處加以評論，如《丹鉛新錄》、《藝林學山》皆是如此。而其中又有三種文學批評的特殊用法展現其中爲：「案」字或「按」字的使用；隨文注釋的小字說明及退格論述等三種特殊的手法運用。此三種方式都可視爲注經式的隨文注釋，爲鑲嵌在正文旁以補充說明經文中之待詮釋者，其源頭可追溯至「經注」，譚帆揭示：

> 所謂「經注」乃對於經典「文本」的詮釋，但不僅僅是對於經典詞語的解釋，它包括釋詞義、句義、揭示義理乃至概括文本主旨，這在《春秋》「三傳」中已有表現，如《左傳》重在史實的敘述，《公

〔註87〕　董乃斌：〈《文心雕龍》與中國文學的敘事傳統〉，《陝西師范大學學報》哲學社會科學版，2011 年 03 期，頁 90。

〔註88〕　〔南朝梁〕劉勰著：王利器校注：《文心雕龍校證》，頁 108。

羊傳》、《穀梁傳》則旨在微言大義的探求，這可視爲後世經注的淵
源。〔註89〕

可見中國古代注釋由來已久，其作用在對正文有誤或有待說解的地方進行補
充。又史學中的論贊傳統與案語的發展息息相關，陳秉貞指出「君子曰」與
《左傳》的關係：

> 本來「君子曰」之體裁，乃先秦史家所共有，原於春秋時人談說著
> 述附加案語或評論之習氣，但因在《左傳》中「君子曰」以數量之
> 多取勝，遂成《左傳》論贊之代稱。〔註90〕

案語隨文對所述內容進行補充說明；而論贊則是史著獨特的評論方式，史官
借君子之口對歷史現象或人物發表主觀評述，將歷史評論獨立而出。其後論
贊傳統被史著所沿用司馬遷《史記》有「太史公曰」、范曄《後漢書》亦有「贊
曰」、「論曰」的使用，小說方面蒲松齡《聊齋誌異》亦延續論贊傳統，在小
說結尾有「異史氏曰」的用法，作者現身說法，表明作者意圖或對小說中所
述事件或人物進行評論。而胡應麟《少室山房筆叢》之議論通常在行文中進
行表述，或以第一人稱徑直評論，如評論劉知己著史才能曰：「余謂劉有史學
無史筆，有史才無史識也。」（《史書佔畢》，頁 134）、而論莊子憤世嫉邪之論，
胡應麟以「余論莊若此，世將以爲俗，豈得已哉？」（〈九流緒論〉，頁 265）
爲之評；或自問自答，如《史書佔畢》：「才、學、識三長足盡史乎？未也。
有公心焉、直筆焉，五者兼之，仲尼是也。」（《史書佔畢》，頁 127）、「夫尹
氏男子也而或謂婦人，共和一人也而或謂二相，史之至矛盾大可笑者若此，
而將安聽哉？夫四書之文，亡他籍可取證也，其文義則順弗順昭昭也，吾從
其順者已矣。」（《史書佔畢》，頁 139）透過自問自答的方式，先聚焦指出論
題所在，並隨即提出見解，加強論述評議的力道。

　　而胡應麟所使用的「案語」，雖爲作者現身說法，然其中內容多爲對事件
的考證以判其眞僞，補充說明的用意大於對事件或人物的褒貶評價，故此將
其案語歸爲注經式的批評模式。以《丹鉛新錄》卷一「漢書注」條爲例，即
體現按語、小字、退格的三種特殊手法之運用：

> 薛瓚注《漢書》引汲郡古文云「晉武公滅荀，以賜大夫原氏黯，是

〔註89〕譚帆：《中國小說評點研究》，頁 7。
〔註90〕參閱陳秉貞：《三蘇史論研究》，（台北：國立台灣師範大學國文系博士論文，
　　　　2006 年），頁 17。

爲荀叔」，又引「翟章救鄭，次於南屈」，又引「梁惠王發逢忌之藪
以賜民」，今浚儀有逢陂忌澤是也。案，此數條今汲冢書不載，則今
之冢書非發冢所得，明矣。汲冢書，古之《逸周書》也。

> 汲郡古文者，通《周逸書》、《竹書紀年》、《穆天子傳》言之，以
> 皆出於汲冢故也。此三條《竹書紀年》體，謂之《逸周書》，非
> 也。考《竹書紀年》，桓王十三年晉曲沃滅荀，以其地賜大夫原
> 氏黯，是爲荀叔。顯王四年發逢忌之藪以賜民。此「王」指周天
> 子，凡年皆繫之，無繫諸侯者，《紀年》體例自明。慎靚王元年翟章
> 帥師救皮氏圍，疾西風。案，右《漢書》注三事今《紀年》并存，
> 第小異耳。用修但見《逸周書》而未見《紀年》，故以爲不載，
> 非也。《漢書》注蓋六朝人撰者，所引明曰「汲冢古文」，而云非發冢，
> 何也？（《丹鉛新錄》，頁 58）

首先，胡應麟錄薛瓚注《漢書》引汲郡古文之內容，並用「案語」表達己之
看法，以考據學的角度進行評述論證，認爲薛氏所引內文汲冢書都沒有載錄，
不可爲證。接著第二段以全退格的方式與第一段作區別，並對第一段的專有
名詞進行考證、說明。其中又有較原字體小的小字出現，是對第二段的敘述
再進一步補充說明。這些注述手法可謂中國傳統批評特徵，會針對事件中的
人、事、地、物進行補充、辨僞。總和以上，「案語」於行文時或作「案」字，
亦或「按」字使用，胡應麟的使用目的在於指作者對文章相關內容、詞句所
做的說明、提示或考証；退格及以較小字體方式出現的文字，目的在於區別
何者爲正文，何者爲注釋。而其作用亦是並對文章進行補充、說明。

　　觀其敘寫模式，在一篇文章中，同爲注釋手法，卻運用三種不同方式爲
所述事件作詮釋及補充，此乃呼應筆記體隨興而著的文體特色。而胡應麟的
敘事批評理論並未有專門篇章作討論，其敘事觀亦散落在各篇中，猶待統整
論述，將於第三章作深入剖析。

第三節　《少室山房筆叢》的敘事動機及立場

　　從什麼角度觀察故事，一直是敘事學研究的重要課題。胡亞敏揭示：「在
敘事文中，不單是觀察角度會左右事件的性質，敘述者在材料的取捨、組構

過程乃至語氣的運用上都會不同程度地影響故事的面貌和色彩。」〔註91〕可見以何種觀點、如何觀看事件，會影響到敘事文本進行與詮釋的過程。因此本節探討胡應麟撰寫《少室山房筆叢》的敘事動機、立場，進而理解其對各種文體中的敘事概念。

一、個人生命經驗的敘事動機

胡應麟在《少室山房筆叢》的各篇前序多次提到其撰述動機爲在閒暇時撰寫讀書心得，並冀能成一家之言，如〈史書佔畢引〉：「余少而好史，佔畢之暇有概於心，輒書片楮投篋中，曠日彌月，駸駸數十百條。」、「於前人弗求異也，亦弗能同也。」；〈丹鉛新錄引〉：「鄙人於楊子，業忻慕爲執鞭，輒余佔傺之暇稍爲是正，甕天蠡海，亡當大方，異日者求忠臣於楊子之門，或爲余屈其一指也夫。」；〈九流緒論引〉：「余少閱諸子書，輒思有所撰述以自附，而恆苦於二家之弗能合，則於誦讀之暇遍取前人銓擇辯難之舊……凡前人業有定論者，不復贅入。」顯然其自少年便閱歷廣闊、博覽群書，每每將其閱讀心得加以記錄，對前人有所定論者不多加贅述；針對意見尙有疑慮而未統一者，提出自己的見解。多年後彙集修整，成爲讀書筆記集成。於此，其首要敘事動機即爲「成一家之言」。

而深究「成一家之言」之志可追溯至其生平與喜好：以讀書、藏書、著書爲志趣。胡應麟自幼好學，五歲其父「按察公口授之書，輒成誦。見客，客使屬對輒工。」〔註92〕，十三四歲即可賦詩歌，十六歲即爲補邑弟子員，才華早顯且橫溢，爲當時鄉里、文壇所矚目。然胡應麟科舉之途並不順遂，於萬曆四年（1576）首次參加鄉試中舉後，多次參加會試欲得功名然均未及第，一生未居朝廷要職。〔註93〕然屢次下第並未對胡應麟造成過度悲士不遇的悵然之感，於其詩文中多次展現其淡泊仕途並嚮往超然物外、遠離世俗紛

〔註91〕胡亞敏：《敘事學》，（武漢：華中師範大學出版社，2004年12月），頁19。

〔註92〕〔明〕王世貞：〈石羊生傳〉，錄於〔明〕胡應麟：《少室山房集・一》，收入王雲五主編：《四庫全書珍本十二集》，（台北：台灣商務出版社，出版年不詳），頁1。

〔註93〕此處胡應麟生平及仕途概述整理參考自：吳晗：〈胡應麟年譜〉，《清華學報》第9卷第1期，1934年1月、王嘉川：《布衣與學術——胡應麟與中國學術史研究》，（北京：商務印書館，2005年4月）、陳衛星：《胡應麟與中國小說理論史》，（北京：中國社會科學出版社，2011年3月）等書中相關生平考述，取諸家意見一致而無疑慮之內容取用撰寫之。

雜之志,如〈題蔡稚含適適軒二首·其二〉:「人生貴適意,大業寧三公。開軒赤城畔,丹霞照簾櫳。……陋彼征西貴,柴棘盈胸中。太虛爲我宅,何事悲途窮。」〔註94〕展現其悠然自得、超俗脫塵的生活意趣。又如〈臥遊室午睡起題〉:「軒窗不盈丈,周遭藝蘭若。游目惟圖書,怡神匪丹臒。時援白雪琴,三弄對猿鶴。泠泠眾山響,一一度林薄。五鼎非我榮,萬鍾亦奚樂。達哉宗炳言,先民有遺嫠。」〔註95〕表白其不喜榮華富貴而甘於平淡,喜好閱讀書籍、縱情於自然山水的志趣。是以名利權貴對胡應麟來說實爲「軒蓋浮榮」〔註96〕,會多次追逐仕途乃「奉宜人慈訓」〔註97〕不敢違背父母自幼的期許與栽培,「雅非夙願」〔註98〕。

而除了追求閑適雅趣的超然生活,博搜群覽、悠遊浸漬於古今書籍爲胡應麟最終安頓心靈的方式,〈抒懷六百字〉中表達己心跡:

> 昔居少年坐,今爲強者形。容顏漸凋落,齒髮非神明。千秋竟何以,
> 百歲詎足營。煢煢六尺軀,皇皇五鼎榮。豈無箕山穴,亦有谷口扃。
> 逝將守初服,畢世窮遺經。鴻裁列琬琰,大業垂丹青。藏書遍五嶽,
> 濯足淩滄溟。卻招兩黃鵠,萬里還瑤京。〔註99〕

除感慨時光易逝、人爲外貌俗塵所累外,明白指出其所醉心之志在於藏書五嶽;並期許自己能於此生窮覽眾書;且將所學知識著述立言,成爲不朽大業。王世貞於《二酉山房記》曾明言胡應麟「性嗜古書籍」、「自言於他無所嗜,所嗜讀書,飢以當食,渴以當飲,誦之可以當韶濩,覽之可以當夷施,憂藉以釋,忿藉以平,病藉以起色。」〔註100〕可見其對書籍的愛好,並以書籍來溫潤安頓身心,怡情養性。又其中記錄胡應麟藏書情形,經、史、子、集各部均有收藏,據統計總數量高達四萬兩千三百八十四卷〔註101〕。藉由王氏此

〔註94〕 〔明〕胡應麟:《少室山房集·一》卷16,頁2。

〔註95〕 〔明〕胡應麟:《少室山房集·一》卷13,頁4。

〔註96〕 〔明〕胡應麟:〈與長公〉,《少室山房集·六》卷111,頁16。

〔註97〕 〔明〕胡應麟:〈先宜人行狀〉,《少室山房集·五》卷91,頁4。

〔註98〕 〔明〕胡應麟:〈與長公〉,《少室山房集·六》卷111,頁16。

〔註99〕 〔明〕胡應麟:〈庚辰夏五月念之二日,余三旬初度也,碌碌塵土,加以幽憂之疾,靡克自樹,俯仰今昔,不勝感慨,信筆抒懷六百字〉,《少室山房集·一》卷20,頁2～3。

〔註100〕〔明〕王世貞:〈二酉山房記〉,載胡應麟《少室山房筆叢》,(上海:上海書店出版社,2009年4月),頁26。

〔註101〕四部詳細數量及統計原文,詳見王世貞:〈二酉山房記〉。又陳衛星認爲王氏此篇應爲對應胡應麟〈二酉山房歌〉的應和之作,應是作於1586年,因此胡

篇記載，足見胡適對書籍的喜愛痴狂，且藏書豐厚、博覽群書，亦因而成爲其知識基石，建構出其作爲歷史學者、文獻學者、文學理論者、創作者的多重身分。

　　而著述作爲平生娛樂志趣的消遣外，更重要的是胡應麟意識到文章爲不朽之盛事，欲藉由著述立言，以追求超越生死、世俗的大業。在詠史懷人方面，注意到文章不朽更勝一時富貴榮辱，如〈咏史八首・其五〉：「虞卿本說客，著書自窮愁。馬遷下蠶室，史筆垂千秋。……文章實大業，寧與富貴謀。峨峨金張第，七葉開王侯。一朝隨物化，榮耀同蜉蝣。」〔註102〕以虞卿、司馬遷等古人著書排遣胸中鬱悶並因其著作而垂名千古來對比生命的短暫和富貴名利的稍縱即逝。又如〈娶七賢詩・其六・吳山長立夫〉：「金華本學藪，淵穎彌鏘鏘。潛心事大業，奮志遊羲皇。一命詎足榮，千秋在文章。鴟鳶亦奚事，腐鼠矜鸞凰。」〔註103〕、〈長歌行送方翁恬游武夷〉：「丈夫壯志在不朽，要令竹帛垂乾坤。升堂入室即先達，眼底窮通安足論。」〔註104〕等詩逕直將立言不朽作爲己志。正是意識到生命的有限，富貴的虛無，因此激起中國傳統文化中立得不朽的追求。誠如其於〈史書佔畢引〉所述：「己丑北還，養疴溪上，稍以餘日檢括諸故書，顧向篋中塵埃滿焉，亟取拽試之，積楮宛然，而強半蠹嚙鼠侵，不可句矣。」（《史書佔畢》，頁 126）又〈九流緒論引〉亦云：「己丑北還，臥疴委頓，呻吟藥物，歲月若馳，慨斯緒未能卒就，輒捃拾其中諸家見解所遺百數十則，捐諸剞氏，備一家言。」（《九流緒論》，頁 259）在己丑北還時，胡應麟大病身體不復少時硬朗，養病之時慨歎歲月迅逝不足恃，而時光的消逝又在胡應麟最愛的書籍上堆疊出痕跡，因而使其產生對時間的不安與焦慮，激起胡應麟以積極態度著述以立言，追求其生命精神的價值。

二、才識兼具的史官立場

　　陳文燭爲《少室山房筆叢》所作之序中有對胡應麟的在學術上的定位與評價，云：

　　　　崛起于數千載之後，而尚論于數千載之前。索諸九丘之遠，論于六

應麟終其一生所藏書數量應高於文中所識。詳見陳衛星：《胡應麟與中國小說理論史》，頁 33。

〔註102〕　〔明〕胡應麟：《少室山房集・一》卷 11，頁 14。

〔註103〕　〔明〕胡應麟：《少室山房集・一》卷 17，頁 5。

〔註104〕　〔明〕胡應麟：《少室山房集・二》卷 29，頁 8。

合之外。稱文小而旨極大，舉類邇而見義遠。辨往哲之屈筆，聞者
頤解；反先代之成案，令人心服。劉子玄謂史有三長，才也、學也、
識也。……元瑞才高、識高而充之以學者乎？竊謂元瑞爲今之良史，
《餘稿》其一斑矣……儒有博學而不窮，篤行而不倦，幽居而不淫，
上通而不困者，其元瑞之謂乎？〔註105〕

可見陳文燭對胡應麟的才學十分推崇，認爲其勤學博覽，因而對古今知識有
較全面的掌握，著文能闡發深刻論述，不流於偏狹之見，予與後世啓發。而
正因其才、學、識兼具，故被譽爲「良史」。又因胡應麟對書籍的深厚情感，
昇華爲對知識文籍的使命，並將累積的知識以具體的方式實踐，就是撰述。

胡應麟史學方面閱歷豐厚，由《少室山房集》中〈讀二十一首〉可知其
讀過《晉書》、《宋書》、《魏書》、《隋書》、《南北史》〔註106〕等史籍；在史學
論著方面有《史書佔畢》、《史評》、《史蕘》等著作，闡發許多對於史學的獨
到見解。故展現在《少室山房筆叢》中以史家立場出發，特設《史書佔畢》
詳論其史學觀點；並承擔起文學史建構的使命，著《經籍會通》聚歷代古籍
書帙述其源流，云：「墳籍之始，肇自羲、黃，盛於周、漢，衍於梁、晉，極
於隋、唐。一燼於秦，再厄於莽，三災於繹，四蕩於巢。宋氏徵求，力倍功
半；元人裔夷，事軼言湮。聚散廢興，概可睹矣。述源流第一。」（《經籍會
通》，頁2）以史學角度記錄歷代書籍聚散興廢的流傳狀況，完成中國目錄學
史〔註107〕。《莊嶽委譚》則建構其戲劇史論，對各種戲文從流變史學的角度追
溯追流，如當世所稱搬演戲文：「蓋元人雜劇之變，而元人雜劇之類戲文者，
又金人詞說之變也。」（《莊嶽委譚》，頁424～425）指出戲曲由金代詞說到元
代雜劇再發展至今之戲文的發展軌跡。對優伶戲文、古教坊有雜劇而無戲文
者、凡傳奇以戲文爲稱等皆有流變敘述，對戲曲中角色演變也作歷時性的梳
理，內容豐富，茲不列舉。〔註108〕

而其史官立場連帶影響其治學方法與著書內容，「實錄原則是中國古代史

〔註105〕（明）陳文燭〈少室山房筆叢序〉，收錄於〔明〕胡應麟：《少室山房筆叢》，
　　　　頁1～2。
〔註106〕詳見〔明〕胡應麟：《少室山房集・五》卷101。
〔註107〕南炳文譽《經籍會通》是中國古代唯一著錄內容豐富且系統化的中國目錄學
　　　　史，而胡應麟更是中國古代歷史上首屈一指的目錄學史專家。詳見南炳文：〈胡
　　　　應麟的目錄學成就〉，《第六屆明史國際學術研討會論文集》，1995年。
〔註108〕原文詳見胡應麟：《少室山房筆叢》，頁423～427。

官自古以來就已經形成的優良傳統」〔註109〕，胡應麟承繼此觀念，並於《史書佔畢》中提到「公心直筆論」，認為良史除才、學、識三者具備外，更重要的是應以公允之筆對歷史作出客觀公正的評價，並確保史料的正確性。〔註110〕是以其文學觀崇眞尚實，在看待經、史、子、集各種文類皆重考據之實，如《經籍會通》中評論洪景盧紀載書籍流傳〔註111〕，胡應麟認為其論未然，乃因：「《太平御覽》蓋因襲唐諸類書《文思博要》、《三教珠英》等，仍其前引書目，非必宋初盡存也，亦有宋世不存而近時往往迭出者，又以鈔拾類書得之。此皆余所自驗，故知之最眞。」對比相關書籍紀載內容之異同，乃知書籍流傳情況，因其自驗故知為眞。對小說的研究上，也以考據求實為切入點，如《四部正譌》中論及《山海經》、《燕丹子》、《趙飛燕外傳》、《西京雜記》多部小說，從內容虛實、文采用辭、作者年代等方面考據小說眞偽；又如《二酉綴遺》中以尚實角度論小說，認為《山海經》「專以前人陳跡附會怪神，而讀者往往不能察」（《二酉綴遺》，頁354），是以花大篇幅考證其中的怪誕內容，評其「言遽詭誕」（《二酉綴遺》，頁354）、「浮誇泰甚」（《二酉綴遺》，頁355）。另《丹鉛新錄》、《藝林學山》均從考證史料、考察人物故事本事、字辭源流的角度對楊愼文學批評中所書之錯誤加以指謫更正，力求知識的正確性。《華陽博議》更是針對各種博學之事進行「覈名實、劃浮夸、黜奇衺、獎閎鉅，掇遺逸、抉隱幽，權嚮方、樹懲勸」的正名紀實，在在皆可看出胡應麟對治學與文學觀上秉持信實的知識原則。

本章小結

　　「筆記」之名詞從魏晉南北朝執掌文書的書記官職，至北宋宋祁始作書名，開啓筆記成為類書雜著與文類密不可分的關係。其後筆記作為文體，成為知識札記類文學喜好運用的記述方式；筆記的體式亦貫串中國古典小說的發展，而無論是筆記體文學或筆記體小說，兩者均呈現無所不包的駁雜內容、

〔註109〕劉寧：《史記敘事學研究》，頁76。
〔註110〕「公心直筆說」可放在歷史敘事原則下進行說解，詳見本論頁76～79。
〔註111〕洪氏云：「國初承五季亂離之後，所在書籍印板至少，宜其焚蕩了無孑遺。然太平興國中編次《御覽》，引用一千六百九十種，其綱目并載於首卷，而雜書、古詩賦又不能具錄，以今考之，無傳者十之七八矣。」詳見胡應麟：《少室山房筆叢》，頁46。

表現在短小篇幅與結構靈活的敘事形態、紀實傳信的實錄精神及質樸簡約的藝術風格等四大特徵。

而《少室山房筆叢》爲胡應麟所撰十二種叢考雜辨、瑣聞軼事的論學雜著，內容駁雜，在書目編排上每篇內容無關聯性，各自獨立，且主要以採輯補綴、隨興而錄的方式輯錄彙編，評議方式亦以「案」字或「按」字、小字注釋及退格方式穿插運用以對內容進行補充說明，故行文與編排均呈現結構鬆散的特色。

又胡氏以對書籍喜好傾心的個人生命經驗爲敘事動機，以博搜群覽、悠游浸漬書籍爲安頓心靈的方式，並追求著述立言之不朽。以史觀立場與史學知識進行治學及著述，使其文學觀呈現宏觀信實的特色；亦爲其敘事理論建構的知識與視角基礎。

第三章　胡應麟敍事理論建構與批評

　　對比西方當代興起的敍事學（narratology），「敍事」在中國文學中有其發展脈絡，並形成中國文學的敍事傳統。中國敍事傳統可上溯至史傳文學，唐朝劉知幾《史通》特設「敍事」專篇，評論史傳文學在敍事方法上的優劣得失；宋代眞德秀編著《文章正宗》言「敍事起於古史官」，可見中國史傳文學中便有敍事觀念的存在。而以敍事學角度考察胡應麟《少室山房筆叢》，雖未特設敍事專篇，然其中論述到經、史、子、集各種文類的定位、發展軌跡、書寫規範與作品評述及考據等內容，即含有許多與敍事相關的理論。且其對《水滸傳》與戲曲的批評論述，對後世評點文學及敍事理論有極大影響。由是以下便分史傳、小說與戲曲三大部分，將其散落在各篇章中的敍事觀點與理論進行梳理，並系統化呈現，希冀能建立屬於胡應麟的敍事理論。

第一節　《少室山房筆叢》從閱讀心得到敍事理論建構（一）：史傳敍事

　　「敍事」一詞在中國古典文學中被視爲文學寫作手法的專有術語，且與史傳文學有密不可分的關係。《漢書・藝文志》云：「古之王者世有史官，君舉必書，所以愼言行，昭法式也。左史記言，右史記事，事爲《春秋》，言爲《尙書》，帝王靡不同之。」〔註1〕指出史官之職要於記事。唐朝劉知幾《史通》特設「敍事」專篇，評論史傳文學在敍事方法上的優劣得失。《史通・敍

〔註1〕　〔漢〕班固撰；楊家駱主編：《新校本漢書并附編二種・二》，（台北：鼎文書局，1995年），頁1715。

事》以敘事爲國史之美：

> 夫史之稱美者，以敘事爲先。至若書功過，記善惡，文而不麗，質
> 而非野，使人味其滋旨，懷其德音，三復忘疲，百遍無斁，自非作
> 者曰聖，其孰能與於此乎？

> 國史之美者，以敘事爲工，而敘事之工者，以簡要爲主。簡之時義
> 大矣哉！〔註2〕

點出敘事在史傳中的書寫應以「文質意深，言約旨遠」爲準則。至宋代眞德
秀編著《文章正宗》，將所輯文章分「辭命」、「議論」、「敘事」、「詩賦」四種
文體，並於其綱目爲敘事之文體釋義：

> 按敘事起於古史官，其體有二：有紀一代之始終者，《書》之《堯典》、
> 《舜典》，與《春秋》之經是也，後世本紀似之。有紀一事之始終者，
> 《禹貢》、《武成》、《金縢》、《顧命》是也，後世志記之屬似之。又
> 有記一人之始終者，則先秦蓋未之有，而昉於司馬氏，後之碑誌事
> 狀之屬似之。今於《書》之諸篇與《史》之紀傳、皆不復錄，獨取
> 《左氏》、《史》、《漢》敘事之尤可喜者，與後世記序傳誌之典則簡
> 嚴者，以爲作文之式。若夫有志於史筆者，自當深求春秋大義而參
> 之以遷、固諸書，非此所能該也。〔註3〕

可見敘事既可編年記事；亦可茲記錄單一事件發生始末，或記人事所由。既
涉經、史文類，亦涉及碑、誌、傳等散文作品，涵蓋範圍廣泛。

　　由上述可知，「敘事」在中國文學發展脈絡中，將其源頭上溯至史傳文學，
誠如章學誠所言：「古文必推敘事，敘事出於史學」〔註4〕，形成淵遠流長的
敘事傳統。而胡應麟《少室山房筆叢》對此敘事傳統亦有所貢獻，於《史書
佔畢》對史學多方面進行評論與總述，其中史學著述體例、原則與方法等論
述，蘊含豐富的史學敘事理論，對前代史學論著有所繼承，亦有其創新之處。
以下詳細論述之：

〔註2〕 〔唐〕劉知幾撰；〔清〕浦起龍釋：《史通通釋》，（台北：里仁書局，1993年
　　　　6月），頁165、168。

〔註3〕 〔宋〕眞德秀：《文章正宗》，《欽定四庫全書》，（影印古籍《欽定四庫全書》
　　　　集部八總集類），頁3～4。

〔註4〕 〔清〕章學誠：《章氏遺書》，（臺北：漢聲出版社，1973年1月），影印民國
　　　　十一年吳興嘉業堂劉承幹輯刻本，頁1371。

一、史傳的敘事傳統與體例

　　首先，胡應麟對史傳敘事的貢獻，在於對歷代史書的發展作簡單的梳理，認為史書的撰述需經過長久的醞釀，非一人一時可完成：

> 司馬、班氏人自為史，其史也，史百代而有餘；司馬、班氏合而為
> 史，其史也，史一代而不足，則史非專不可也。馬氏不當談、遷也，
> 世為太史矣，遷而始成而猶少孫補也；班氏不當彪、固也，半因太
> 史矣，固而始成而猶大家續也，則史非久不可也。〔註5〕

指出《史書》雖為太史公所撰，然實為繼承其父司馬談編訂史書之遺志，方肩負起史家職責，完成撰述史書之宏願〔註6〕。而司馬遷死后，據班固《漢書‧司馬遷傳第三十二》所言《史記》有十篇散佚「有錄無書」〔註7〕，為後人褚少孫加以修葺補充，後世輯為《褚先生集》〔註8〕。而《漢書》自班彪即為之撰，班固接手並完成主要部分之內容，且其沿用《史記》體例而稍作變更，可見《史記》對其多少有所影響。而後班昭、馬續陸續補作完成，《漢書》方成完整史作，足見建構歷史的漫長道路。

　　胡應麟並指出史書體例創於司馬遷，至班超加以修改沿用，使義例完備：

> 史之體制遷實創之，而其義例纖悉班始備也，然雄偉跌宕之氣衰焉。
> 子長列傳，一人始末，或述其名，或稱其字，或兼其姓，或舉其官，
> 既匪《春秋》之義，奚取左氏之規也。孟堅概自篇端總其姓字，後
> 但著名，遂為定體，百世咸遵。此類頗眾，舉例其餘，大概作者在
> 前，易於損益故也。《史記》如廉藺、竇田、刺客、貨殖，數人合傳，亦
> 史變體。班始人自為傳，後世因之。（《史書佔畢》，頁131）

〔註5〕　〔明〕胡應麟：《少室山房筆叢》，（上海：上海書店出版社，2009年4月），
　　　　頁129。
〔註6〕　《史記‧太史公自序》：「太史公執遷手而泣曰：『余先周室之太史也。自上世
　　　　嘗顯功名於虞夏，典天官事。後世中衰，絕於予乎？汝復為太史，則續吾祖
　　　　矣。今天子接千歲之統，封泰山，而余不得從行，是命也夫，命也夫！余死，
　　　　汝必為太史；為太史，無忘吾所欲論著矣。且夫孝始於事親，中於事君，終
　　　　於立身。揚名於後世，以顯父母，此孝之大者。』詳見〔漢〕司馬遷著；楊
　　　　家駱主編：《新校本史記三家注并附編二種‧四》，（台北：鼎文書局，1980
　　　　年），頁3295。
〔註7〕　〔漢〕班固撰；楊家駱主編：《新校本漢書并附編二種‧四》，（台北：鼎文書
　　　　局，1995年），頁2724。
〔註8〕　張溥〈褚先生集題詞〉中有記載其「續太史公書」一事。詳見〔明〕張溥：《漢
　　　　魏六朝百三家集題辭注》，（台北：河洛圖書出版社，1975年5月），頁14～15。

胡氏注意到司馬遷著史以人物傳記爲主，記敘一人始末，在記錄人名上尙無一定體例；而班固撰史則定人物名稱的記錄方式，爲後代所沿用。而胡氏亦注意到《史記》有數人合撰現象，將其視爲史之變體，並指出至班固《漢書》各自爲撰，被後世所沿用。提到《史記》與《漢書》體例之不同時，尙指出：「史遷列羽紀也，班氏列羽傳也，各有當焉。遷通史前代，雖秦、楚弗容貶也；班獨史當代，雖唐、虞不得詳也。」（《史書佔畢》，頁 134）太史公將項羽歸入以編年紀帝王的「本紀」；而班固則將其歸爲「傳」。又《史記》記載年代上溯黃帝時期，下至漢武帝元狩元年（前 122 年）共三千多年的歷史，是爲通史；《漢書》則獨記漢朝之事，爲上自西漢漢高帝元年（前 202 年）至王莽地皇四年（23 年）的斷代史。將胡應麟所指出二史差異加以整理歸納，如下表：

表 3－1：胡應麟闡述《史記》、《漢書》敘事體例差異一覽表

作者	司馬遷	班固
史書	《史記》	《漢書》
貢獻	創史書體例——紀傳	沿用並更改紀傳體使之完備，爲後世所沿用
人名紀傳方式	或述其名，或稱其字，或兼其姓，或舉其官。	總其姓字，後但著名。
人物紀傳方式	有單傳、有數人合傳	獨傳
項羽之歸類	本紀	（列）傳
體例	通史：黃帝時期至漢武帝元狩元年	斷代：漢高帝元年至王莽地皇四年

足見胡應麟對此二史的了解。

又史傳有編年與紀傳的體式之分，紀傳體以人物傳記爲主，記載人物之言行與事跡；編年體則以年代先後順序爲主，依照時間順序用文字來記載事件，故不同體例有不同的敘事方式。胡應麟注意到此兩者差別，指出兩者各自的發展：

> 紀傳之史創於司馬氏而成於班氏也，編年之史備於司馬氏而精於朱氏也。司馬、班氏出而漢以後之爲紀傳者靡矣，司馬、朱氏出而宋以前之爲編年者廢矣。（《史書佔畢》，頁 135）

讚揚司馬遷《史記》開創紀傳體之功，而班固《漢書》繼承此體例並加以修

改規範使紀傳體更加完善〔註9〕；並指出司馬光《資治通鑑》繼承前人編年體書寫方式並加以改善，使編年體更加完備〔註10〕，朱熹《續資治通鑑》則承續司馬光之筆爲其續作，並創立綱目，使編年體之體例更加精要。以上可見胡應麟對史傳敘事傳統及體例上的歷時性關注。

「史書論贊和注釋是中國古代絕大多數紀傳史和編年史的重要組成部分」〔註11〕，其個別牽涉到史傳敘事傳統，胡應麟於此也多有注意。論贊亦有作「論讚」者，《文心雕龍‧讚頌》：「讚者，明也，助也……及遷《史》固《書》，託讚褒貶，約文以總錄，頌體以論辭，又紀傳後評，亦同其名。」〔註12〕可見論贊爲作者用以評議史事，表達思想並附於史傳後的評語。胡應麟進一步提出對論贊的看法與評論：

> 夫史之論贊而豈苟哉？終身履歷，百代勸懲係焉。子長諸傳不盡廢此義也，至稱羽重瞳，紀信營墓，無關大體，頗近稗官矣。自漢而後，歷代史臣壹規班氏，詎皆聾聵，要在適衷。近時貴重子長，不求大體，專蒐奧僻，詡爲神奇，恐太史有靈，不當一笑也。（《史書佔畢》，頁131）

認爲論贊具有勸懲作用，不可苟作，指出論贊敘事原則在於評論時需公允持平的適衷而論，即所謂對「公心」的要求。認爲《史記》中的部分論贊尙具評議勸懲的功效，然「太史公曰」中記載之奇聞軼事之說則近於稗官，後代史書多仿效其加諸傳聞的評論，而使論贊失去其教化勸懲的神聖功用。

而在中國傳統文學中，史注有兩種作用，一爲解釋字音字形，以訓詁爲

〔註9〕 司馬遷《史記》爲紀敘黃帝至漢武太初年間三千多年的紀傳通史，班固的《漢書》則改通史爲斷代史，記載劉邦漢王元年至王莽地皇四年間的漢朝史事；亦將《史記》中本紀、表、書、世家、列傳的分類方式，改爲紀、表、志、傳，而其後史書的撰寫大多沿用《漢書》的撰寫體例。相關研究可參廖忠俊：《史記漢書概說》，（台北：文史哲出版社，2015年）。

〔註10〕 《資治通鑑》記載的周威烈王二十三年（西元前403年）至後周世宗顯德六年（西元959年）之歷史，因記載橫跨一千多年之史實，因此使用編年體體例撰寫時，在年號、朝代上作取捨調整，另創歲星紀年法作爲長時段紀年史敘寫的方式。詳參曾名郁：〈《資治通鑑》編年體例研究〉，《中正歷史學刊》2008年第12期，頁139～156。

〔註11〕 代繼華：〈試析《史書佔畢》的史學思想與歷史思想〉，《重慶師院學報：哲學社會科學版》1995年02期，頁107。

〔註12〕 〔南朝梁〕劉勰著：王利器校注：《文心雕龍校證》，（台北：明文書局出版社，1982年4月），頁59。

主的注經式注釋;一則爲對於尚有疑慮且含意不明的事跡加以補充解釋,史傳中所用注釋多與後一種有關。胡應麟注意到史注,並對其加以評論:

> 裴松之之注《三國》也,劉孝標之注《世說》也,偏記雜談旁收博采,迨今藉以傳焉,非直有功二氏,亦大有造諸家乎?若其綜核精嚴,繳駁平允,允哉史之忠臣、古之益友也。(《史書佔畢》,頁 133)

胡氏認爲「著書誠難,而注書尤難」〔註13〕,讚揚裴松之與劉孝標之注,以此二書爲佳例,有效指出注史應徵引豐富資料,並對內容詳加考訂辨訂訛誤,據此評論是非的敍事方法。如是,豐富且有見解的史注可與史書相輔相成,成爲古、史之忠臣益友。

　　以上均爲胡應麟對史傳敍事傳統與體例上給予的關注,對後世於研究史傳敍事時頗有啓發作用。

二、史傳公心直筆的敍事原則

　　司馬遷著史記曾言其創作目的爲「究天人之際,通古今之變,成一家之言」〔註14〕,期望在歷史的巨流中梳理並貫通天人宇宙的發展變化,故其所記敍之人事需與歷史緊密扣合,並揭示歷史發展的進程與規律。又史書具有勸惡揚善之能,《文心雕龍・史傳》言國史「彰善癉惡,樹之風聲」,又云「昔者夫子閔王道之缺,傷斯文之墜,靜居以歎鳳,臨衢而泣麟,於是就太師以正《雅》、《頌》,因魯史以修《春秋》。舉得失以表黜陟,徵存亡以標勸戒;褒見一字,貴踰軒冕;貶在片言,誅深斧鉞。」〔註15〕,史官在執筆記敍聖人帝王之言行時,便同時記錄著德行暴政與朝代興衰,兩者相互映和,予與後世規勸警戒的歷史借鏡;而史官透過文字敍事,亦將其個人評價寄寓於敍述文字中,是以著述史書時,透過對史料的剪裁與史實的記載會「呈顯作者的歷史觀和是非原則」〔註16〕,體現史官敍事之才能。

　　由是,胡應麟提出「三長二善」作爲史家的敍述原則,云:

〔註13〕〔明〕胡應麟:〈讀三國志裴注〉,《少室山房集・五》卷 101,收入王雲五主編:《四庫全書珍本十二集》,(台北:台灣商務出版社,出版年不詳),頁 6。

〔註14〕司馬遷:〈報任少卿書〉,錄於〔漢〕班固撰;楊家駱主編:《新校本漢書并附編二種・四》,頁 2735。

〔註15〕〔南朝梁〕劉勰著;王利器校注:《文心雕龍校證》,頁 106。

〔註16〕陳文新:〈論漢魏六朝筆記小說的敍事風範〉,《社會科學研究》2009 年 03 期,頁 180。

才、學、識三長足盡史乎？未也。有公心焉、直筆焉，五者兼之，仲尼是也。董狐、南史製作亡徵，維公與直庶幾盡矣。秦漢而下，三長不乏，二善靡聞。左、馬恢恢，差無異說；班書、陳志，金粟交關；沈傳、裴略，家門互易。史乎，史乎！（《史書佔畢》，頁127～128）

指出史家需才、學、識、公心與直筆兼具方能稱為良史。「史家三長」乃繼承劉知幾的觀點，時唐禮部尚書鄭惟忠曾問劉氏「自古已來，文士多而史才少，何也？」劉氏云：「史才須有三長、世無其人，故史才少也。三長：謂才也，學也，識也。」劉氏未明確指出三長的內涵，只以類比方式進行說明：

夫有學無才，亦猶有良田百頃，黃金滿籯，而使愚者營生，終不能致於貨殖者矣。如有才而無學，亦猶思兼匠石，巧若公輸，而家無楩柟斧斤，終不果成其宮室者矣。猶須好是正直，善惡必書，使驕主賊臣，所以知懼，此則爲虎傅翼，善無可加，所向無敵者矣。脫苟非其才，不可叨居史任。自敻古已來，能應斯目者，罕見其人。

〔註17〕

探究其意旨，「史才是指史家的撰史才能問題，史學是指史家的知識建構問題，史識是指史家正直無私、善惡必書的品德修養和撰著態度問題」〔註18〕。胡應麟在此基礎上，進一步提出「公心」與「直筆」作爲完善「三長」的撰述要素，唯有五者具備，方可撰述出良史。並以孔子讚董狐良史爲例，認爲董狐公心直筆兼具。〔註19〕故觀其語意，「直筆」乃根據事實，秉筆直書；「公心」則爲大方公正的無私之心，兩相配合而能在撰述史著時呈現正直不阿的史實。以此標準審度歷代史書，胡應麟認爲班固、陳壽、沈約、裴子野都因未具二善而不達良史境界：

直則公，公則直，胡以別也？而或有不盡符焉。張湯、杜周之酷附見他傳，公矣，而筆不能無曲也；裴松、沈璞之文相詘一時，直矣，

〔註17〕〔宋〕歐陽修：《新唐書・劉子玄傳》，（北京：中華書局，1975年），卷132頁4522。

〔註18〕王嘉川：《布衣與學術——胡應麟與中國學術史研究》，頁310。

〔註19〕董狐爲春秋時晉國的史官。《左傳》於宣公二年記錄趙穿殺晉靈公，董狐認爲身爲正卿的趙盾未加以阻止此事發生，理應負責，故於史策上載「趙盾弒其君」。後孔子稱讚董狐，言：「古之良史也，書法不隱。」詳參〔先秦〕左丘明著；李宗侗註譯；王雲五主編：《春秋左傳今註今譯・中冊》，（台北：台灣商務印書館，1986年4月），頁530。

> 而心不能無私也。夫直有未盡則心雖公猶私也，公有未盡則筆雖直
> 猶曲也。其聖人乎？彼子西不害其爲公，禮哀公無損其爲直。（《史
> 書佔畢》，頁 128）

這是進一步說明公心與直筆的運用方式，認爲兩者應相輔相成。若未能做詳
盡如實的記載，那雖持公允之心書寫，猶爲私心之作；而若未能秉持著公允
之心書寫，則雖如實記錄史事，仍會使文章顯得曲隱。如司馬遷雖紀錄了湯、
周的酷政暴行，然附於別傳簡述，未單獨列傳詳加揭露；而裴松、沈璞之文
指的是裴松之在宋元嘉中受詔續修何承天的《宋史》，未成而卒。其曾孫子野
欲繼其業。至齊永明末，沈約所撰《宋書》稱「松之已後無聞焉」，裴氏對此
頗有微詞。後裴子野更撰《宋略》二十卷，載「戮淮南太守沈璞，以其不從
義師故也」。沈璞爲沈約之父，故約懼之，急訪子野，請求各自修改所撰〔註
20〕，故胡氏認爲裴、沈二人雖以直筆撰史，卻未秉公心在撰述中摻雜報復言
語，此均爲撰史無法秉持敘事原則的事例。是以胡應麟多次提到「公心」、「直
筆」的重要，於《經籍會通》亦云：「凡著述最忌成心，成心著於胸中則顛倒
是非，雖丘山之鉅、目睫之近，有蔽不自知者。」（《經籍會通》，頁 21）唯有
摒棄個人成見，在撰述史書時才不會流於偏頗言論，使史實被誤解遮蔽。亦
唯有如此才可展現史官精鍊的史傳敘事能力及職責。

又胡應麟感慨「公心」、「直筆」於敘事之不易時提出：

> 甚矣！史之不易也。寸管之蒐羅，宇宙備焉，非以萬人之識爲一人
> 之識不可也；隻詞之褒貶，天壤流焉，非以萬人之衷爲一人之衷不
> 可也。史百代者，蒐羅放軼難矣，而其實易也；史一代者，耳目見
> 聞易矣，而其實難也，予奪褒貶之權異也。（《史書佔畢》，頁 128）

此便涉及到史傳敘事中材料選擇運用與論述方法上的問題。胡應麟指出朝代
不斷更迭、歷史不斷演進，史料繁蕪紛雜，如何蒐羅資訊、剪裁取捨以鋪陳
敘事爲一大難處；又史書有評價偉人史事之能，故如何評定褒貶，亦是學問。
以史官個人知識見聞，著實難以落實公心、直筆的史撰敘事原則，故胡應麟
以「萬人之識爲一人之識」、「萬人之衷爲一人之衷」加以規範，提倡史官應
廣博收涉史料，已全面的角度觀看判讀；並排除個人成見，網羅普羅大眾的
見解加以彙整，方能得出公允的社會評價。

〔註20〕此段歷史參閱整理自〔唐〕李延壽：〈裴子野傳〉，《南史》卷33，（台灣：中
華書局，1966 年），頁 11～12。

　　職是胡應麟提倡此二善，除作爲敘事原則，體現在撰述史書的史識及態度上，更呼應作爲史傳敘事所力求的紀實的敘事方法上。

三、史傳敘事方法與敘事辨體之論

（一）崇真紀實的敘事法則

　　由於史書敘事成分濃厚，史官透過對事件的刻畫描繪出人物形象，甚至對人物作出褒貶評價。故實錄直書的紀實方式，被歷代史論批評專家視爲歷史敘事的宗旨。《文心雕龍・史傳》評論諸史云：「《後漢》紀傳，發源《東觀》。袁張所制，偏駁不倫；薛謝之作，疏謬少信。若司馬彪之詳實，華嶠之準當，則其冠也。」、「文疑則闕，貴信史也。」〔註21〕皆爲強調史書實錄精神之論。要求史料須信而有徵，敘事詳細而眞實且判斷準確恰當；反對虛構荒謬、疏漏不實的異聞謬說。劉知幾亦以直書實錄爲其史傳敘事理論核心〔註22〕，嘗言「夫史之敘事也，當辯而不華，質而不俚，其文直，其事核，若斯而已可也。必令同文舉之含異，等公幹之有逸，如子雲之含章，類長卿之飛藻，此乃綺揚繡合，雕章縟彩，欲稱實錄，其可得乎？」認爲史家敘事應能眞實的反映歷史，並指出史傳敘事的用詞應別於雕琢浮華的文人之筆，以質樸簡約之筆「如實傳眞」〔註23〕的撰述歷史；又言「假有辨如酈叟，吃若周昌，子羽修飾而言，仲由率爾而對，莫不拘以文禁，一概而書，必求實錄，多見其安矣。」〔註24〕可見其反對修飾史實，力求從實而書，以排除虛妄浮華的言論。由此可知，史家及史論者崇尚紀實的敘事傳統由來已久，並表現在兩方面，其一爲敘事上的秉筆實錄；二爲要求史料的眞實性。

　　而胡應麟繼承此求實傳眞的史傳敘事脈絡，在評斷史書優劣以紀實爲重要判準依據，如其言「《漢書》之於《後漢》，實勝也」；而以「紀載失實，賞罰徇私」作爲史家多厄的原因之一，均可見胡氏強調史料判別上的眞實性及運用上的恰當性，需反映眞實內涵。又如胡應麟對劉知幾《史通》中史料的運用及論述頗有微詞，言「吾於其論史而知其弗能史也，其文近淺猥而遠馴

〔註21〕〔南朝梁〕劉勰著；王利器校注：《文心雕龍校證》，頁107、108。
〔註22〕許冠三指出劉知幾史學理論之本核，端在實錄直書四字。詳見許冠三：《劉知幾的實錄史學》，（香港：香港中文大學出版社，1983年），頁3。
〔註23〕趙梅春：〈劉知幾論敘事與信史〉，《鄭州大學學報：哲學社會科學版》2014年4期，頁160。
〔註24〕〔唐〕劉知幾撰；〔清〕浦起龍釋：《史通通釋》，頁513。

雅，其識精瑣屑而迷遠大，其衷饒訐迫而乏端平。」（《史書佔畢》，頁 133）指出劉氏史才不足，所用之文淺鄙；史識格局不大的缺失，更重要的是胡應麟認爲劉氏史論未具二善，以偏狹之心評論攻擊他人，持論未能中肯。又於史料的運用上亦未盡實：

> 《史通》之所謂惑，若赤眉積甲，史氏彌文；文鴦飛瓦，委巷鄙說，
> 皆非所惑者也。至《竹書》殺尹、汲冢放堯，則當惑而不惑。《史通》
> 之所謂疑，若克明峻德，《帝典》所傳；比屋可封，盛世之象，皆亡
> 可疑者也。而《山海》詭詞、《論衡》邪說，則當疑而弗疑。余謂劉
> 有史學無史筆，有史裁無史識也。（《史書佔畢》，頁 133～134）

此段敘述可從兩方面進行論述：一乃胡應麟對史料在來源及考證上的求實要求，認爲劉氏未考證太甲殺伊尹、禹放舜等史料眞僞，逕直使用，有「以僞爲眞，以非爲是」〔註 25〕的弊病；而對里巷雜談、虛妄不實的言論未講求其來源及依據，該疑不疑，該惑不惑，爲史料采擇及運用上的重大缺失。二則胡應麟以史傳求實態度看待《論衡》及《山海經》，認爲《論衡》中所載坊間神鬼傳說、讖緯雜談與《山海經》中撰述的遠古神話傳說爲詭詞邪說的虛妄言詞，實則此二書的敘事內容已涉及小說虛構的敘事手法，與史傳敘事上要求以實錄的原則有所不同。此種以史傳紀實的敘事手法要求、評論其他著作，尚如指王嘉《拾遺記》：「皆一時私意詭撰，曷足徵哉？」（《三墳補遺》，頁 346）因加入個人情感撰寫，而認爲不足爲據、評羅泌《路史》言「第博采前人遺逸，務得其說以傳三妃之名，其是非悉不暇計矣。」（《藝林學山》，頁 242）認爲其取材雜蕪而不能盡其實等，皆可見其認爲史料應眞實可靠且撰述務求紀實的史學敘事方法。

另胡應麟評司馬光《資治通鑑》時，雖推崇其對歷史事件直筆評論，然對其運用史料的不實之處亦加以抨擊：

> 溫公之於唐末也，敘裴甫之平則全採王式家傳，敘高駢之惑則全錄
> 羅隱《廣陵》，較之《通鑒》體制迥不侔也，且求之當日事情頗不合
> 也。謂家乘貢諛、野史修郤，誠然，然溫公弗及詳，亦以流言故也。
> 文士筆、讒夫舌、武夫兵，眞三端哉。（《史書佔畢》，頁 135）

〔註 25〕陳衛星：《胡應麟與中國小說理論史》，（北京：中國社會科學出版社，2011年 3 月），頁 49。

指謫司馬光撰述全依前人所述，未詳加考證史實。將史料不實所造成的後果與讒夫舌、武夫兵並列有害於社會之三端，可見其對文史之筆神聖力量的塑造與鋪陳敘事時對史料眞實性的要求與重視。

（二）敘事繁簡之辨體要義

對於史書繁簡問題，中國歷代史學家多有論述。如晉張輔《班馬優劣傳》言：「遷之著述，辭約而事舉，敘三千年事唯五十萬言；班固敘二百年事乃八十萬言，煩省不同，不如遷一也。」〔註26〕以囊括時間之長短與卷帙字數之多寡的繁簡問題審度史書優劣，且從其揚遷抑班的評論可知其推崇文約而事豐的敘事方式。唐劉知幾《史通》亦推崇以簡約爲史傳敘事的審美標準，言「文尚簡要，語惡煩蕪」〔註27〕、「敘事之工者，以簡要爲主」〔註28〕。然其論述史書繁簡的辨別方式時，言：「夫論史之煩省者，但當要其事有妄載，苦於榛蕪，言有闕書，傷於簡略，斯則可矣。必量世事之厚薄，限篇第以多少，理則不然。」〔註29〕說明史書繁簡不應以卷帙內容多寡評定，而需觀其內容是否有妄載、缺書，妄載使內容叢雜繁亂；缺書則使內容省略不詳，若無此二缺失，則史書繁簡得當。可見史料采擇取捨、史家觀點見識等都會影響史書敘事上的繁簡。

胡應麟在此基礎上，提出己對史書繁簡的看法，言：

> 史惡繁而尚簡，素矣。曷謂繁？叢脞冗闒之謂也，非文多之謂也。曷謂簡？峻潔謹嚴之謂也，非文寡之謂也。故文之繁簡可以定史之優劣，而尚有不必然也，較卷軸之重輕、計年代之近遠，紕乎論哉。
> （《史書佔畢》，頁 129）

從此段話中可梳理出三點，其一乃胡氏肯定史傳尚簡惡繁的敘事傳統，並認爲敘事之繁簡可定史傳之優劣；其二則將繁簡概念加以定義，以細碎雜亂且鬆散拖沓的文字結構爲敘事之繁；以剛勁凝鍊的文字及嚴謹的結構爲敘事之簡；其三爲胡氏同意劉知幾的觀點，認爲張輔以所錄時代及卷帙多寡來評定史書繁簡是不正確的評斷標準，並重新論述《史記》、《漢書》的敘事優劣：

〔註26〕引自〔唐〕房玄齡：楊家駱主編：〈張輔傳〉，《新校本晉書並附編六種・三》，（台北：鼎文書局，1990 年），頁 1640。

〔註27〕〔唐〕劉知幾撰：〔清〕浦起龍釋：《史通通釋》，頁 53。

〔註28〕〔唐〕劉知幾撰：〔清〕浦起龍釋：《史通通釋》，頁 168。

〔註29〕〔唐〕劉知幾撰：〔清〕浦起龍釋：《史通通釋》，頁 265。

> 子長敘事喜馳騁，故其詞蕪蔓者多，謂繁於孟堅可也，然而勝孟堅
> 者以其馳騁也；孟堅敘事尚剪裁，故其詞蕪蔓者寡，謂簡於子長可
> 也，然而遜子長者以其剪裁也。執前說可與概諸史之是非，通後說
> 可與較二史之優劣。(《史書佔畢》，頁 129)

指出《史記》喜用宏大敘事，爲刻劃人物形象、營造場景氛圍乃至表達個人
情感，在遣詞造句上不避繁複，語言恣肆，且多用虛字及疊字疊句增強文勢，
以致其用詞冗雜散亂，故敘事內容上確實繁於班固；班固敘事善於剪裁史料，
並對《史記》內容進行刪改，使鋪敘用詞簡潔，故而省於司馬遷。又《史書》
繁而《漢書》簡，然胡應麟仍較推崇《史記》，從論述中可知繁簡是相互對照
的，其優劣並非定於一尊，班固雖完善敘事用詞上的簡約，卻也失去語勢文
氣的意趣，使整體情感流於平淡。

故其對繁簡的優劣判准加以說明，指出其中各自得失，並提出判准相對
論：

> 簡之勝繁，以簡之得者論也；繁之遜簡，以繁之失者論也，要各有
> 攸當焉。繁之得者遇簡之得者，則簡勝；簡之失者遇繁之得者，則
> 繁勝。執是以論繁簡，庶幾乎。合作則簡者約而該、繁者贍而整，
> 不合作則繁者猥而冗、簡者澀而枯。(《史書佔畢》，頁 130)

於此得出胡應麟對繁簡定優劣的兩種方法：其一運筆者掌握是否得宜爲判斷
優劣的標準，在史傳敘事中，該簡時則簡；該繁時則繁。胡應麟指出使用繁
簡單敘事筆法的危險性在於，簡約敘事若使用得宜，則可體現出言約事該的
優點；若使用不當，則會使敘事內容多所缺漏而使文意晦澀空乏；繁複敘事
運用得宜可使文章內容充足且有條理，反之則使敘事內容顯得閒散龐雜。因
此提出簡繁敘事交互運用的想法，使文本的事件內容得以完善呈現。其二爲
簡繁孰優孰劣應視實際比較文本的敘事情況而定。如：

> 讀沈約、魏收諸史而知李延壽之史之得也，其浮詞簡也；讀范曄、陳
> 壽二史而知李延壽之史之失也，其瑣說詳也。(《史書佔畢》，頁 134)

繁簡得失需經過實際文本的對照，才可知其敘事優劣。並其指出繁簡優劣論
的侷限性，「一事之繁簡定三氏之等差則非也。夫文固有簡者不必工而繁者不
必拙，夫工與拙可以較等差，而較之乎一事吾猶弗敢也，矧一事之繁簡也？」
指出同一事件在不同體裁的史書中自有其不同的敘事方式；同一部書中繁簡
的使用亦有所不同，故不可以一事繁簡即定史書之優劣。如：

> 衛青、李廣均武夫也,廣事終身如覩而青寥寥也;曹沬、荊軻同刺
> 客也,軻事千載若新而沬寥寥也,以敘有詳略也。然則史固貴繁也?
> 曰簡哉而繁有當也,亦觀太史之敘倉公乎?連篇累牘,靡弗厭焉。
> (《史書佔畢》,頁 130)

在《史記》中敘事有繁省之別,非每件事都詳盡敘述。同為敘武夫之事,李
廣詳而衛青略;同敘刺客之事,荊軻眾所周知仍詳盡描寫,曹沬卻鮮為人知
且筆墨不多。將扁鵲與淳于意合於列傳紀錄時,兩人敘事比例失衡,敘淳于
意篇幅過多而文辭冗長。可見即使在同一部史書中的敘事繁簡亦有所差異,
須經比對而後知曉。

從上述可知胡應麟意識到繁簡並非史書優劣的唯一判準,故提出「舉其
全、挈其大,齊其本、揣其末」(《史書佔畢》,頁 130),認為應對史書進行全
面考察,方可給各家史書公允的評價。

總和上述,胡應麟以更宏觀的角度看待史傳的繁簡問題,從史料剪裁、
文章辭采與敘事結構等多方面,使繁簡具更多重的意涵,對史書繁簡之論述
有新的貢獻。

第二節　《少室山房筆叢》從閱讀心得到敘事理論建構（二）：小說敘事

小說以虛構敘事作為其文學體裁的首要特徵,然在中國敘事學中小說的
敘事與演變亦有其獨特的發展脈絡。浦安迪揭示中國敘事學的發展時言:

> 中國敘事文學可以追溯到《尚書》,至少可以說大盛於《左傳》,但
> 是如果我們把研究的重心放在虛構性敘事文體（亦即英文中的
> fiction）之上,則今天看得到的中國最古的小說,大概是六朝志怪,
> 然後中經變文與唐人傳奇,發展到宋元之際開始分岔,其中一支沿
> 著文言小說的路線發展,另一支則演化成為白話小說。〔註30〕

可知中國敘事學上溯史傳文學,《尚書》是中國最早的史書,記敘上古帝王之
事〔註31〕,其內容分為「典」、「謨」、「訓」、「誥」、「誓」、「命」六體,紀錄

〔註30〕浦安迪（Andrew H. Plaks）教授演講:《中國敘事學》,（北京:北京大學出版
　　　　社,1995 年 11 月）,頁 13。

〔註31〕王充《論衡·正說篇》:「《尚書》者,以為上古帝王之書,或以為上所為下所
　　　　書,授事相實而為名,不依違作意以見奇。」詳見〔漢〕王充著:韓復智註

宣誓、命令、講演等言談紀錄，故有「左史記言，右史記事」之說。但若以敍事上的「虛構性」而言，則需考察中國古典小說的發展，以觀看虛構敍事的發展。實則中國史傳文學與古典小說間有密不可分的關係，雖古典小說與史傳文學在敍事方法上一虛一實，然古典小說浸潤於史傳文學中，汲取其敍事謀略與形式技巧，如志人小說「上承雜史雜傳、諸子寓言」〔註 32〕，秉持史傳中的精簡敍事筆法記敍人物言行；志怪小說和唐傳奇則受《史記》紀傳體影響，爲特殊人物立傳，並圍繞其家世生平及事跡開展敍事，陳磊指出三者間的影響與發展關係言：

> 在志怪小說的代表作《搜神記》的〈紫玉〉、〈三王墓〉、〈李雪〉、〈干將莫邪〉已顯「紀傳體」的端倪，到了唐代傳奇，紀傳體特徵就非常明顯了，雖然每篇的格式不盡完全一樣，但大體如此，幾乎成了傳奇的固定格套：開始簡單地交代人物的姓氏、家庭狀況，次敍故事本末，而故事也只是這個人物一生中有代表性的活動內容，結尾是交代人物的結局或者評贊。有的反復強調材料的來源，以示其眞實可靠。這同《史記》的本紀、世家、列傳的寫法，在形式上雷同。
> 〔註 33〕

認爲志怪小說及唐傳奇繼承史傳敍事中的紀傳體形式，形成以人物生平、世系介紹爲開端，並以詳細敍述事件本末爲中段鋪敍，末則以事件結局或作者評議作結的敍事格套。陳磊續而指出清代蒲松齡《聊齋志異》爲承此紀傳文言小說的發展的另一高潮，可見史傳敍事對小說的重大影響。

至於中國古典通俗白話小說的發展，亦深受史傳文學的滋養。通俗白話小說向史傳擷取敍事材料，加以剪裁潤飾，如《三國演義》、《水滸傳》均借鏡史料敷衍成書。在藝術技巧及形式結構上，亦多承史傳文學，如金聖嘆評《水滸傳》言其方法「都從《史記》出來，卻有許多勝似《史記》處。若《史記》妙處，《水滸》已是件件有。」〔註 34〕毛宗崗則說「《三國》敍事之佳，直與《史記》彷彿。而其敍事之難則有倍難於《史記》者。《史記》各國分出、

譯：《論衡今註今譯・下冊》，（台北：國立編譯館，2005 年 4 月），頁 3060。
〔註 32〕苗壯：《筆記小說史》，（杭州：浙江古籍出版社，1998 年 12 月），頁 116。
〔註 33〕陳磊：〈略談《史記》在中國小說史上的地位〉，《廣西民族大學學報：哲學社會科學版》1983 年 04 期，頁 105。
〔註 34〕金聖嘆〈讀第五才子書法〉，錄於〔元〕施耐庵著，陳曦鐘、侯忠義、魯玉川輯校：《水滸傳會評本》，（北京：北京大學出版社，1998 年），頁 16。

各人分載，於是有本紀、世家、列傳之別。今《三國》則不然，殆合本紀、世家、列傳而總成一篇。分則文短而易工，合則文長而難好也。」〔註35〕張竹坡評《金瓶梅》，言其爲一部《史記》，「然而《史記》有獨傳、有合傳，卻是分開做的。《金瓶梅》卻是一百回共成一傳，而千百人總合一傳，內卻又斷斷續續，各人自有一傳，固知作《金瓶梅》者必能做《史記》也。」〔註36〕可知《史記》在形式體制與敘事技巧上都對通俗小說有深厚的影響。

　　胡應麟即注意到小說虛構性敘事的特殊性，並對文言小說與通俗小說各有關注，於論述中展現對小說敘事的看法與批評，以下分別論述之：

一、胡應麟小說觀對中國敘事學發展的意義

（一）從虛構性與敘事性上肯定小說的價值

　　明代爲小說發展的一次高峰，胡應麟注意到小說盛行的情況，對小說頗爲重視。誠如第二章所述，小說在古代目錄學中的地位不高，且分類在子、史間游移不定（詳見本論頁 34～38。）。

　　胡應麟謂「劉向《七略》敘諸子凡十家，班氏取其有補世道者九而詘其一小說家，九流之名所自昉也。」指出班固對小說的觀念承劉向、劉歆父子所編《七略》而來，將小說家列於諸子略中並置於末流〔註37〕。前人以儒、道、陰陽、法、名、墨、縱橫、雜、農、小說爲諸子十家，然胡應麟認爲諸子的內在概念不斷在變動，前人分類已不合時宜：

> 秦、漢前諸子，向、歆類次其繁簡固適中，以今較之，殊有不合者。夫兵書、術數、方技皆子也，當時三家至眾，殆四百餘部，而九流若儒、若雜多者不過數十編，故兵書、術技向、歆俱別爲一錄，視《七略》幾半之，後世三家雖代有其書，而《七略》中存者十七一二，九流則名、墨、縱橫業皆漸泯，陰陽、農圃事率淺猥，而儒及雜家漸增，小說、神仙、釋梵卷以千計，敘子書者猶以昔九流概之，

〔註35〕毛松崗〈讀三國志法〉，錄於朱一玄、劉毓忱編：《三國演義資料匯編》，（天津：南開大學出版社，2005 年 2 月），頁 266。

〔註36〕張竹坡〈批評第一奇書《金瓶梅》讀法〉，錄於《第一奇書竹波本金瓶梅》，（台北：里仁書局，1981 年），據康熙乙亥年張竹坡評在茲堂本《金瓶梅》初刻原版本影印，〈讀法〉頁 13。

〔註37〕《漢志》諸子略序言：「諸子十家，其可觀者，九家而已。」詳見〔漢〕班固撰；〔唐〕顏師古注：《漢書·藝文志》，頁 40。

其類次既多遺失，如兵、刑一也，而兵不列九流；道、釋一也，而釋未
入中國，皆當補。其繁簡又絕懸殊，如名、墨、縱橫書傳僅三數種，今
又無習之者，不當獨爲家。（《九流緒論》，頁 260～261）

揭示名、墨、縱橫、陰陽、農諸家在發展過程中逐漸衰微，兵家、儒家、雜
家、小說家、釋家所流傳卷帙大幅增加，起而代之。是以更定九流：「一曰儒，
二曰雜，總名、法諸家爲一，故曰雜，古雜家亦附焉。三曰兵、四曰農、五曰術、
六曰藝、七曰說、八曰道、九曰釋。」（《九流緒論》，頁 261）於此，胡應麟
繼承前人觀點，將小說歸於子部，並觀察到小說發展的日益興盛，因此在九
流中提升小說的重要性。胡應麟並隨之解釋小說家定義內涵爲「說主風刺箴
規而浮誕怪迂之錄附之」、「說出稗官，其言淫詭而失實，至時用以洽見聞，
有足采也。」承續班固「小說家者流，蓋出於稗官」〔註 38〕的說法，指出小
說有諷刺勸誡和廣見博識的功能，並意識到小說具有虛構性質，故以「浮誕
怪迂」、「淫詭而失實」標舉出小說虛構敘事的特性。於《華陽博議》也指出
子部小說的功用及敘事特性：

子之浮誇而難究者莫大於眾說，眾說之中又有博於怪者、妖者、神
者、鬼者、物者、名者、言者、事者。《齊諧》、《夷堅》博於怪，《虞
初》《瑣語》博於妖，令昇、元亮博於神，之推、成式博於鬼，曼倩、
茂先博於物，湘東、魯望博於名，義慶、孝標博於言，夢得、務觀
博於事，李昉、曾慥、禹錫、宗儀之屬又皆博於眾說者也。總之胠
談隱跡，巨細兼該，廣見洽聞，驚心奪目，而淫俳間出，詭誕錯陳。
張、劉諸子世推博極，此僅一斑，至郭憲、王嘉全搆虛詞，亡微實
學，斯班氏所以致譏、子玄因之絕倒者也。（《華陽博議》，頁 384）

「浮誇」一詞意涵誇大不實的內容，而神鬼妖怪等內容則涉及虛幻想像的敘
事，是以作爲子部小說的首要敘事手段爲——虛構。而這些虛妄不實的內容
與其他博於名、物、言、事的子部小說，其主要功用在於知識性的傳遞。

子部小說觀既講求「功用」與「虛構」，則史部的小說觀便強調「敘事性」。
劉知幾在《史通‧雜述》將小說納入史家範圍，言「知偏記小說，自成一家。
而能與正史參行，其所由來尚矣。」〔註 39〕並認爲子與史間沒有逾越不了的
界線，「子之將史，本爲二說，然如《呂氏》、《淮南》、《玄晏》、《抱朴》，凡

〔註 38〕 〔漢〕班固撰；〔唐〕顏師古注：《漢書‧藝文志》，頁 39。
〔註 39〕 〔唐〕劉知幾撰；〔清〕浦起龍釋：《史通通釋》，頁 273。

此諸子，多以敘事爲宗，舉而論之，抑亦史之雜也。」〔註 40〕胡應麟顯然是
認同這觀念，言：

> 小說，子書流也，然談說理道或近於經，又有類注疏者；紀述事迹
> 或通於史，又有類志傳者。他如孟棨《本事》、盧瓌《抒情》，例以
> 詩話、文評，附見集類，究其體制，實小說者流也。
>
> 小說者流，或騷人墨客游戲筆端，或奇士洽人搜羅宇外，紀述見聞
> 無所迴忌，覃研理道務極幽深，其善者足以備經解之異同、存史官
> 之討覈，總之有補於世，無害於時。(《九流緒論》，頁 283)

從其論述中可知，胡氏明確將小說定於子部，然從敘事特性上觀看，小說含
敘事及議論的成分，既有經部論事說理的敘事內容，承擔起勸懲教化的責任；
亦有史部記實述事與記傳的敘事筆法。又從敘事體例上，附於集部的詩話、
文評體制短小，可歸於小說。如是，小說與經、史、集間有密不可分的關聯，
承載駁雜內容。

　　這也使我們理解到子、史在敘事上存在根本的差異性。張舜徽揭示兩者敘
事內涵的不同，言「蓋古初有立言之書，有記事之書，立言爲子，記事爲史，
二者體制不同，相須爲用。」〔註 41〕諸子以立言爲撰述目的，且以議論哲理爲
主。孟子、莊子兩人均善於借事託喻，如孟子在勸諫齊宣王放棄霸業而施德保
民，言「然則王之大欲可知已，欲闢土地，朝秦楚，莅中國而撫四夷也。以若
所爲，求若所欲，猶緣木而求魚也。」〔註 42〕認爲興兵闢土而望四方歸順，如
同到樹上找魚，是徒勞無功的；或借孟子〈齊人有一妻一妾〉、莊子〈庖丁解牛〉、
〈揠苗助長〉、〈逍遙遊〉等寓言故事以論說道理，而寓言有勸諫教化的功能，
故允許虛構以託寓諷刺。另觀史部則秉持「以敘事爲宗」的實錄精神紀錄歷史，
給後世有評斷垂鑑之用。將子、史間的敘事差異歸納如下：

表 3-2：子、史間的敘事差異歸納表

歸屬	史部	子部
表達方式	敘事	議論

〔註 40〕〔唐〕劉知幾撰；〔清〕浦起龍釋：《史通通釋》，頁 276～277。

〔註 41〕張舜徽：《廣校讎略》，(湖北：華中師範大學出版社，2004 年)，頁 10。

〔註 42〕《孟子・梁惠王上》，錄於〔宋〕朱熹著：《四書章句集注》，(台北：大安出
版社，1999 年 12 月)，頁 289。

敘事手法	紀實	虛構
目的	紀錄史實、垂鑑後世	立言、諷諭、談論哲理

　　由是胡應麟將小說歸於子部，顯然注意到小說別於史傳乃因其具有虛構的敘事成分，而將小說獨立於史部，成爲個體存在。

（二）小說題材的規範與敘事風格的論述

　　胡應麟進一步注意到古今小說概念上的不同，言：

> 漢《藝文志》所謂小說，雖曰街談巷語，實與後世博物、志怪等書迴別。蓋亦雜家者流，稍錯以事耳。如所列《伊尹》二十七篇，《黃帝》四十篇，《成湯》三篇，立義命名動依聖哲，豈後世所謂小說乎？又《務成子》一篇，注稱堯問；《宋子》十八篇，注言黃老；臣饒二十五篇，注言心術，臣成一篇，注言養生，皆非後世所謂小說也。
>
> 則今傳《鬻子》爲小說而非道家尚奚疑哉？（《九流緒論》，頁 280）

指出古代以「街談巷語」爲小說，今則視「博物志怪」一類爲小說，「街談巷語」則實應歸於雜家。此觀念的轉變，證明胡應麟將敘事作爲小說成立的基本前提，因而「小說文體由雜體向敘事體演變」〔註 43〕，並承認幻想性敘事的存在，以此作爲小說的重要特徵。是其重新廓清小說的題材範圍，將小說分六類：

> 一曰志怪：《搜神》，《述異》，《宣室》，《酉陽》之類是也；
>
> 一曰傳奇：《飛燕》，《太眞》，《崔鶯》，《霍玉》之類是也；
>
> 一曰雜錄：《世說》，《語林》，《瑣言》，《因話》之類是也；
>
> 一曰叢談：《容齋》，《夢溪》，《東谷》，《道山》之類是也；
>
> 一曰辨訂：《鼠璞》，《雞肋》，《資暇》，《辨疑》之類是也；
>
> 一曰箴規：《家訓》，《世範》，《勸善》，《省心》之類是也。
>
> （《九流緒論》，頁 282）

依其示例可知志怪類主要敘寫鬼神之事；雜錄乃記軼聞瑣語、人物言行經歷，即所謂志人題材；傳奇亦著人間事，然著重才子佳人之愛情故事；叢談以作者見聞、學識思想爲主；辨訂主載考據辨正條目；箴規則以教人立身處世之道爲主要題材，各有其偏重的敘事內容。

〔註 43〕　盧勁波：《胡應麟的小說與戲曲思想》，（南京師範大學中國古代文學系碩士論文，2006 年），頁 19。

　　而在形式上，志怪、雜錄、叢談、辨訂、箴規都為篇幅短小的筆記體，情節單一；傳奇則「篇幅漫長，記敘委曲」〔註 44〕，且結構完整。文言筆記體小說為篇幅短小的作品，需以簡短字數描述內容，因而呈現簡約精鍊的敘事筆法；傳奇則為篇幅長的作品，故能委婉敘述，並以瑰奇幻設的敘事手法增加奇人異事的傳奇性〔註 45〕。

　　而針對小說內部敘事手法及風格的差異性，前人在創作志怪小說或信而實錄之；或以增廣見聞的角度紀錄神異鬼怪之事，而胡應麟評論志怪小說《拾遺記》言「中所記無一事實者，皇娥等歌浮艷淺薄」（《四部正譌》，頁 318）；論「古今誌怪小說，率以祖夷堅、齊諧。然齊諧即《莊》、夷堅即《列》耳，二書固極詼詭，第寓言為近，紀事為遠。」（《二酉綴遺》，頁 362）認為志怪小說既為傳神仙鬼怪的奇異之事，與紀實有一定差距，是以怪異荒誕，虛構成分高。又《山海經》、《穆天子傳》為先秦古籍中的神話小說，胡應麟言《山海經》為「古今語怪之祖」是志怪小說的源頭，而《山海經》「敘述高簡、詞義淳質、名號倬詭、絕自成家」（《四部正譌》，頁 314）；《穆天子傳》則「敘簡而法，其謠雅而風，其事侈而核。」（《三墳補逸》，頁 325）認為志怪小說承此敘事風格，在記述神鬼怪異的事件時形成簡淡淳雅的敘事風格。此些評論突顯神話、志怪小說虛構荒誕的敘事特徵，且神話、志怪小說主以篇幅短小的筆記體式創作，因此敘事風格以簡約為要，胡應麟的評述可謂精當。

　　在展現對傳奇的認識時言，「唐人小說如柳毅傳書洞庭事，極鄙誕不根」（《二酉綴遺》，頁 370）、「《王仙客》亦唐人小說，事大奇而不情，蓋潤飾之過，或烏有、無是類，不可知」（《莊嶽委譚》，頁 434），亦是注意到傳奇為「傳奇」而誇張幻設的敘事特色。又其評論《世說》：

　　　　劉義慶《世說》十卷，讀其語言，晉人面目氣韻恍忽生動，而簡約
　　　　玄澹，真致不窮，古今絕唱也。……《世說》以玄韻為宗，非紀事
　　　　比，劉知幾謂非實錄，不足病也。（《九流緒論》，頁 285）

《世說》被胡應麟歸於雜錄類，並以「簡約玄澹」評價其敘事風格，是注意到其體制短小，以有限篇幅精簡敘述名士的風流氣韻，因而敘事簡約；在人

〔註 44〕魯迅：《中國小說史略》，（上海：上海古籍出版社，2001 年 7 月），頁 44。
〔註 45〕李宗為在《唐人傳奇》中說：「傳奇小說在內容上則擴大到可以聳動聽聞而令讀者留下較強烈印象的一切奇人奇事，文筆力求優美動人，不避虛飾，尤注意於形容描寫以見作者敘事之有方、想像之瑰奇。」詳見李宗為：《唐人傳奇》，（北京：中華書局，1985 年 11 月），頁 11。

物形象的塑造上生動傳神，表現出時人清高淡薄的悠遠情志，故言玄澹〔註46〕。且胡氏注意到《世說》在敘事上虛構以傳神，故認爲不必要求實錄。是以其小說六分法，前三類涉及虛構成分，後三者則因重知識性的傳遞，且講究材料、內容上的信實，故敘事嚴謹，以記實爲主。

故整體而言胡應麟注意到小說內部在敘述內容；敘事手法、風格及形式體制上的差異，而提出此說。

二、從實有到虛構的小說敘事軌跡

胡應麟將小說從史部中獨立出來，然未獨斷割裂子、史間的關聯，在某種程度上仍重視小說史料上的眞實性與補史闕的功能，如考察《秦瓊傳》中秦王夾擊美良川一事時言「必多讀史傳，則此等事自能燭照源流、洞見眞妄。」（《丹鉛新錄》，頁85），從考察人物本事及故事源流的角度分析作品，顯然受到史傳要求材料信實及記實的敘事原則所影響。胡應麟並非忽略小說幻想性敘事的虛構特質，而是以體現諸子小說重知識性的傳遞，謂：

> 古人著書，即幻設必有所本。《山海經》之稱禹也，名山大川、遐方絕域，固本「治水作貢」之文，至異禽、詭獸、鬼蜮之狀充斥簡編，雖戰國浮誇之習，乃《禹貢》則亡一焉而胡以傅合也？偶讀《左傳》王孫滿之對楚子曰：「昔夏之方有德也，遠方圖物，貢金九牧，鑄鼎象物，百物而爲之備，使民知神姦。故民入川澤山林，魑魅魍魎莫能逢之。」不覺洒然擊節曰：此《山海經》所由作乎！蓋是書也，其用意一根於怪，所載人物、靈祇非一，而其形則若魑魅魍魎之屬也。（《四部正譌》，頁315）

認爲古代小說的虛構是「有所本」的虛構，《山海經》中怪誕內容是受夏朝貢金鑄鼎、百物圖像所啓發影響，並非憑空虛構。小說中的虛構在不同時期有不同的呈現手法，胡應麟指出小說發展的敘事軌跡：

> 凡變異之談，盛於六朝，然多是傳錄舛訛，未必盡幻設語。至唐人乃作意好奇，假小說以寄筆端，如《毛穎》、《南柯》之類尚可，若《東陽夜怪錄》稱成自虛、《玄怪錄》元無有，皆但可付之一笑，其

〔註46〕陳文新揭示胡應麟評《世說新語》的「玄韻」實指玄學的生活情調。認爲《世說新語》以展示玄學生活情調中心，對生平、背景的充分淡化，將讀者注意力引向與事有關的玄韻，以靈雋筆墨傳名士階層之神，故軼事小說往往比歷史著作更清新明快。詳見陳文新：〈論漢魏六朝筆記小說的敘事風範〉，頁181。

文氣亦卑下亡足論。宋人所記乃多有近實者，而文彩無足觀。本朝
新、餘等話本出名流，以皆幻設而時益以俚俗，又在前數家下。惟
《廣記》所錄唐人閨閣事咸緯有情致，詩詞亦大率可喜。（《二酉綴
遺》，頁 371）

從六朝志怪小說談起，認為此時小說有「實錄」性質，雖內容為神怪變異之
談，然是從記敘見聞的態度紀實敘述。如干寶在《搜神記・序》提其創作意
趣言「考先志於載籍，收遺逸於當時，蓋非一耳一目之所親聞睹也，又安敢
謂無失實者哉。」、「及其著述，發明神道之不誣」〔註 47〕，干寶欲透過搜集
先賢著作及傳說軼聞，以證明鬼神的真實存在。劉惔亦譽干寶為「鬼之董狐」
〔註 48〕，褒揚其同史官以實錄方式記載神鬼故事，足見六朝志怪中虛構的手
法尚未發展完全，是以記錄見聞的態度「傳錄舛訛」，不完全是虛構。至唐人
傳奇「作意好奇」，說明小說的敘事已從實錄真事到具好奇、想像的幻想性敘
事，將虛構作為小說特徵及創作手法，開始有意自覺的創作小說。

　　除以虛構分野志怪與傳奇的性質，胡應麟同時注意到文采在小說中的運
用。指出小說至宋代回到實多虛少的敘事內容，是對虛構的排斥，且文采俚
俗無足觀，可見其推崇唐傳奇而貶抑宋小說。又言「小說，唐人以前紀述多
虛而藻繪可觀，宋人以後論次多實而彩艷殊乏。蓋唐以前出文人才士之手，
而宋以後率俚儒野老之談故也。」（《九流緒論》，頁 283）將敘事文本與作者
連結，創作主體的身份地位及創作才能會形成作品審美風格的差異。首先，
是作者對虛構的認識與運用，若作者善於運用虛構手法，在創作中則可恢宏
運筆，馳騁想象，編織出敘事宛曲的故事情節及栩栩生動的人物形象；如若
囿限於小說實錄的原則，排拒虛構的創作手法，則難以創新淪於窠臼。其次，
語言風格上的差異，唐傳奇的作家大多是著名文人，才情甚高，以「藻繪可
觀」的作品蘊含豐富美感；而宋代小說作家既受理學影響，又多為鄉野之人，
作品多寫實說理且通俗，自然乏善可陳。可見胡應麟對作品與作者間有一定
關聯的肯定。〔註 49〕

〔註 47〕丁錫根：《中國歷代小說序跋集》，（北京：人民出版社，1996 年 7 月），頁 49
　　　　～50。
〔註 48〕《世說新語・排調》：「干寶向劉真長敘其《搜神記》，劉曰：『卿可謂鬼之董
　　　　狐。』」見〔南朝宋〕劉義慶撰：〔梁〕劉孝標注：楊勇校箋：《世說新語校箋
　　　　修訂本》，（北京：中華書局，2006 年 6 月），頁 712。
〔註 49〕江守義言：「任何敘事都是敘事主體作用的結果，離開敘事主體，敘事將成為

三、唐宋小說中的敘事特色與詩文批評：敘事中引錄和插敘的詩詞

　　宋代洪邁曾言：「唐人小說不可不熟，小小情事，淒惋欲絕，洵有神遇而不自知者，與詩律可稱一代之奇。」〔註 50〕指出詩與小說爲唐代文學的兩大重要標誌，並突顯小說在敘事中摻有濃厚抒情的成分。又宋代趙彥衛於《雲麓漫鈔·卷八》云：「唐之舉人，先藉當世顯人，以姓名達之主司，然後以所業投獻。蹂數日又投，謂之溫卷。如《幽怪錄》、《傳奇》等皆是也。蓋此等文備眾體，可以見史才、詩筆、議論。」〔註 51〕指出部分唐傳奇受科舉溫卷制度影響而作，亦揭示唐傳奇具史傳、詩歌、議論等文體特徵〔註 52〕。可見在敘事中引錄和插敘大量詩詞，爲唐人小說的一大特色，並爲其後的中國小說所沿用。胡應麟對此中國古典小說的敘事特點也多有注意，就體制而言，如其關注到《本事》、《抒情》的文體歸類，言「孟棨《本事》、盧瓌《抒情》，例以詩話、文評，附見集類，究其體制，實小說者流也。」（《九流緒論》，頁283）孟棨《本事詩》內容主要探求唐代詩人創作詩作的事跡本末，亦有唐朝詩人軼事記載，因此雖其類似文評詩話，於目錄中亦多收於集類，然其篇幅短小，內容亦涉人物情事，因此胡應麟仍認爲其爲小說〔註 53〕。盧瓌《抒情集》今被視爲唐代志人小說，「佚文多爲唐代文人吟詠軼事，其中多具故事性者」〔註 54〕。故可知《本事》、《抒情》均爲詩話體的小說集。就內容而言，如其評《廣記》，言「《廣記》所錄唐人閨閣情事咸綽有情致，詩詞亦大率可喜。」（《二酉綴遺》，頁 371）指出唐人小說中以男女情感愛戀爲最動人精采

　　　　無源之水。」詳見江守義：《唐傳奇敘事》，（安徽：安徽人民出版社，2006年），頁 31。

〔註 50〕　丁錫根：《中國歷代小說序跋集》，頁 1793。

〔註 51〕　〔宋〕趙彥衛：《雲麓漫鈔》，（北京：中華書局，1985 年），據涉聞梓舊叢書本影印，頁 222。

〔註 52〕　程毅中指出此段論述中的疑義：一則《幽怪錄》中詩筆不多，《傳奇》中並無議論；一則唐人小說裡運用詩筆，並非始於《幽怪錄》、《傳奇》等傳奇小說集。並指出運用詩筆最多者應爲《遊仙窟》。雖此段話所舉例證不盡確當，然其對唐人小說文體特徵的分析確實有所啓發。詳見程毅中：〈唐人小說中的「詩筆」與「詩文小說」的興衰〉，《文學遺產》2007 年第 6 期，頁 61。

〔註 53〕　羅根澤揭示唐代有大批的記錄遺事的筆記小說，對詩人的遺事自然也在記錄之列。因此由筆記的轉入純粹的記錄詩人遺事，便是《本事詩》。故其言「詩話」出於《本事詩》，《本事詩》出於筆記小說。詳見羅根澤：《中國文學批評史》，（上海：上海書店出版社，2003 年 1 月），頁 540。

〔註 54〕　陳衛星：《胡應麟與中國小說理論史》，頁 293。

的題材，突出情的成分外，亦指出詩詞入小說的敘事特徵；又如其言：「鬼詩極有佳者，余嘗遍蒐諸小說，彙爲一集，不下數百篇，時用以資談噱。聊撮其尤。」（《二酉綴遺》，頁 373）在諸小說中綴輯錄與鬼題材相關之詩，指出小說中好言虛幻奇異的題材特色，亦指出小說及其中詩詞的功能，有趣味諧談之用，以上皆可見其對詩詞引錄小說中的關注。

而從「唐人乃作意好奇，假小說以寄筆端」（《二酉綴遺》，頁 371）觀之，作者有意識撰寫小說，構設情節，除篇幅增大，亦引入詩詞。胡應麟《詩藪》言詩體類：

> 甚矣，詩之盛於唐也！其體，則三、四、五言，六、七、雜言、樂府、歌行、近體、絕句，靡弗備矣。其格則高卑、遠近、濃淡、淺深、巨細、精粗、巧拙、強弱，靡弗具矣。其調，則飄逸、渾雄、沉深、博大、綺麗、幽閒、新奇、猥瑣，靡弗詣矣。其人，則帝王、將相、朝士、布衣、童子、婦人、緇流、羽客，靡弗預矣。〔註55〕

可見詩體發展至唐代無論詩之體制、格調、題材等均已大體完備。而就胡應麟於《少室山房筆叢》所錄小說中所引錄之詩，含三句詩、四言詩、五言詩、五言絕句、五言律詩、七言絕句、七言律詩等多種體類。對於體類的運用，其言「七言律多猥冗，無足采者」（《二酉綴遺》，頁 375）、「律詩諸小說罕載，亦難於佳者」（《二酉綴遺》，頁 376）可見律詩的創作格律限制較多，難有佳作；且字數較長，對於小說敘事的進行及讀者閱讀會造成影響。是以在客觀情形上小說引錄詩詞時少用律詩，因言「罕載」；主觀審美上胡應麟則認爲雖小說中所錄律詩偶有佳作，如其引《夷堅志》紫姑詠美人手詩「笑折櫻桃力不禁」一首，評其「詩雖卑弱，亦清婉可喜，且成之頃刻間也。」（《二酉綴遺》，頁 373）以其創之信手拈來又詩風清婉給予肯定，然仍褒中帶貶。可見其對律詩入小說的評價不高，「無全篇佳者」，采較消極的態度對待。〔註56〕

又胡應麟的《詩藪》爲著名詩學理論著作，可知其對詩學有深厚的底蘊。

〔註55〕〔明〕胡應麟：《詩藪・外編》卷3，（上海：上海古籍出版社，1979 年 11 月），頁 163。

〔註56〕邱昌員揭櫫唐人小說中五七言詩的運用，又近體多於古體，絕句多於律詩，尤以絕句占絕對優勢。因絕句短小精悍，特別便於作家捕捉、描述人物瞬間的心理和情感狀態，寫作起來也較簡便易工，因而受到作家的歡迎。詳參邱昌員：《詩與唐代文言小說研究》，上海師範大學中國古代文學系博士論文，2004 年，頁 20。

因此在論述小說中的詩文，自有其特殊的審美風格。考察胡應麟在《少室山房筆叢》中對詩文的審美批評，可見其對文采的關注，仍受詩論影響，崇尚復古典麗之詞，如其評薛用弱《集異記》中山玄卿的《蒼龍溪新宮銘》：

> 良常西麓，原澤東泄。新宮宏宏，崇軒𤭖𤭖。雕甍盤礎，鏤檀㯡㯡。
> 碧瓦鱗差，瑤堦昉截。閣凝瑞霧，樓橫祥霓。騶虞巡徼，昌明捧闌。
> 珠樹規連，玉泉矩洩。靈飆遝集，聖日俯晰。太上游儲，無極便闋。
> 百神守護，諸眞班列。仙翁鵠立，道師冰潔。飲玉成漿，饌瓊爲屑。
> 桂旗不動，蘭幄牙設。妙樂競奏，流鈴間發。天籟虛徐，風簫泠澈。
> 鳳歌諧律，鶴舞會節。三變玄雲，九成絳雪。易遷徒語，童初詎說。
> 如毀乾坤，自有日月。

在《集異記》中，此乃蔡少霞夢中被「褐衣鹿幘之人」召喚錄寫石碑，雖以「素不工書，即極辭讓」，然不得允許，是以「凝神搦管，頃刻而畢」。胡應麟認爲薛用弱《集異記》的文采不高，在《玄怪錄》之下。然特推此首四言古詩，認爲此作工巧，且「精煉奧古，奇語甚多」（《二酉綴遺》，頁372）。甚至洪邁言其「嚴整高妙」，有「叔夜、太白」之流，即有李白、稽康逍遙玄遠的風格；蘇軾亦作詩表對玄卿悠然自得、暢遊物外的仙境嚮往，兩者對此詩都大加讚揚〔註57〕。又如其輯錄小說中之鬼詩，五言者「孤墳臨清江」一首，爲魏朋妻的〈贈朋詩〉。觀其體制爲五言古詩，全詩押ㄢ韻，讀起來音節錯落有致；內容情意眞切哀戚，情景交融，且用詞自然古樸，頗有古詩十九首之韻味，故胡氏評「全篇古意」（《二酉綴遺》，頁374）。所錄五言絕者如「星漢縱復斜，風霜凄已切。薄陳君不御，誰知思欲絕。」、「花前始相見，花下還相送。何必言夢中，人生盡如夢。」雖爲典型閨怨內容，然突出個人情感，且詩風流麗；後一首還有淡雅的人生哲思潛藏其中，訴說有聚有散，人生如夢的禪理。故其評有「六朝風致」（《二酉綴遺》，頁374）。又其言「太白逸詩二章，見宋人詩話，其詞瑰麗跌宕」（《二酉綴遺》，頁372）、引《樹萱錄》「碧水色堪染」一首，評「頗婉約可觀」（《二酉綴遺》，頁 376）等，均可見其詩文審美偏好典麗復古之文采。

又其喜奇警之句，如《野語》所錄「寒崖雪壓松枝折」、「系出中山骨欲仙」二首，所造之境奇特幽幻、景色綺麗，用字也頗爲新穎奇特，且頗有禪

〔註57〕原文詳見〔宋〕洪邁：王雲五主編：《容齋隨筆》卷13，（台北：台灣商務印書館，1968年），頁127。

意，故其評「二作皆奇警有意，非漫然酬應者」（《二酉綴遺》，頁 373）又如錄焦仲先夢婦人〈詠裙〉「百疊漪漪水縐，六銖冉冉雲輕。獨立含風廣殿，微聞環珮搖聲。」、〈題履〉「寒女之絲，銖積寸累。步武所臨，雲蒸霞起。」二首，謂「俱奇警」（《二酉綴遺》，頁 377）可見其審美及擇錄的標準除了復古典雅之詞，亦好思深意鍊、造境奇特，且語言新奇峭拔之詩詞。

　　另有一點值得玩味，即胡應麟除注意到小說會在敘事中入詩詞以抒情；亦注意到詩歌有時亦會引小說故事典故作詩。其言：

> 唐人小說如柳毅傳書洞庭事，極鄙誕不根，文士亟當唾去，而詩人往往好用之。夫詩中用事本不論虛實，然此事特誕而不情，造言者至此亦橫議可誅者也。何仲默每戒人用唐、宋事而有「舊井潮深柳毅祠」之句，亦大鹵莽。今特拈出，爲學詩之鑒。黎惟敬本學仲默詩，而與余游西山玉龍洞，有「封書誰識洞庭君」之句，暗用柳毅而不露，而語獨奇俊，得詩家三昧，總之不如不用爲善。（《二酉綴遺》，頁 370）

詩詞本爲抒情文學，借物以抒情，詠物以託寓，因此胡應麟對詩詞使用虛構的限制采較寬鬆的態度。對唐人小說則採取較嚴格的態度，認爲虛構應在合理範圍內進行，過多鄙誕荒謬的虛構則應唾去。是以其指出詩中用小說典故應慎選，反對詩用唐人小說虛構故事的典故，雖偶成佳作，然「不如不用爲善」。詩詞本是短小精鍊的語言，若引用小說典，勢必增強抒情文學中的敘事性。在詩詞及小說互相引用的情況下，對文學的推進是有其正向影響性的，邱昌員對此揭示「小說故事典是敘事性典故，是通俗典故，運用於中國傳統典雅的抒情詩歌中，促進抒情與敘事兩種文體的交流，也促進雅、俗文學和文化間的交流，對於小說敘事的抒情化和小說內在特質詩化以及中國古典敘事詩的發展，對於小說和詩歌雅俗共賞審美特質的形成都有相當的作用」〔註58〕。是以小說與詩歌兩大文體相輔相成，形成抒情與敘事並進的型態，在唐代形成絢爛的文學風貌。

四、在評點成熟前的敘事批評：以《水滸傳》爲例

　　胡應麟指出小說地位與發展，言：

> 子之爲類，略有十家，昔人所取凡九，而其一小說弗與焉。然古今

〔註58〕整理參閱自邱昌員：《詩與唐代文言小說研究》，頁 118。

> 著述，小說家特盛；而古今書籍，小說家獨傳，何以故哉？怪、力、
> 亂、神，俗流喜道，而亦博物所珍也；玄虛、廣莫，好事偏攻，而
> 亦洽聞所昵也。談虎者矜誇以示劇而雕龍者閒掇之以爲奇，辯鼠者
> 證據以成名而捫蝨類資之以送日，至於大雅君子心知其妄而口競傳
> 之，旦斥其非而暮引用之，猶之淫聲麗色，惡之而弗能弗好也。夫
> 好者彌多，傳者彌眾，傳者日眾則作者日繁，夫何怪焉？（《九流緒
> 論》，頁 282）

小說的存在一直被視爲小道末流，可於經、史、子、集中卻又是流傳最廣且不斷發展的。正因小說虛構的敘事手法與奇幻的內容吸引著普羅大眾，滿足各階層知識精神上的需求，既可博物廣聞，亦可談笑資諧，使人無法抗拒。至明代隨著印刷術發達與工商業發展使當時經濟繁榮，社會日益重視休閒娛樂，因此小說傳播與創作在此時均達到一次高峰。而對小說進行評點的活動亦隨之興起。

評點，又稱批點，「其意約指評點者（閱讀者）附著於文本正文字句之內的圈點抹畫與注疏按語」〔註 59〕，爲明清時期文人對小說進行閱讀與批評的主要方式。明萬曆袁無涯刻本《全像評點忠義水滸全傳‧發凡》揭示評點的精神意涵，謂：

> 書尚評點，以能通作者之意，開覽者之心也。得則如著毛點睛，畢
> 露神采；失則如批頰塗面，污辱本來，非可苟而已也。今於一部之
> 旨趣，一回之警策，一句一字之精神，無不拈出，使人知此爲稗家
> 史筆，有關於世道，有益於文章，與向來坊刻，夐乎不同。如按曲
> 譜而中節，針銅人而中穴，筆頭有舌有眼，使人可見可聞，斯評點
> 所最貴者耳。〔註 60〕

指出評點目的在於「通作者意，開覽者心」，作爲搭起讀者與作者間的閱讀橋梁，評點者因而握有詮釋權，對作品進行闡發，點出作品意蘊旨趣、佳言妙處，將藝術技巧逐一呈現，並傳述作者用心，使讀者易於體味。在明代小說評點成熟前，便有許多對小說評論的文章出現，而胡應麟在《少室山房筆叢‧莊嶽委譚》中對《水滸傳》多有關注，研究論及《水滸傳》版本流傳、作者

〔註 59〕 曾守仁：《金聖嘆評點活動研究——擬結構主義的重構與解構》，（新北市：花木蘭文化出版社，2014 年），頁 33。

〔註 60〕 引自〔元〕施耐庵著，陳曦鐘、侯忠義、魯玉川輯校：《水滸傳會評本》，頁 31。

考證、本事探源與結構布局、人物塑造、用詞風格等敘事問題，是「明清兩代除李贄、袁無涯、金聖嘆之外評論《水滸傳》最多的學者」〔註61〕，可見胡應麟此部分研究對後世評點《水滸傳》深具啓發。

（一）作品外緣〔註62〕涉及的敘事論點

首先，胡應麟指出《水滸傳》的敘事題材是有所憑據而作：

> 今世傳街談巷語有所謂演義者，蓋尤在傳奇、雜劇下，然元人武林施某所編《水滸傳》特爲盛行，世率以其鑿空無據，要不盡爾也。
>
> 余偶閱一小說序，稱施某嘗入市肆，紬閱故書，於敝楮中得宋張叔夜禽賊招語一通，備悉其一百八人所由起，因潤飾成此編。（《莊嶽委譚》，頁436）

認爲施耐庵撰寫的《水滸傳》是根據宋代張叔夜的〈禽賊招語〉潤飾而成，雖未點明錄於何書，然《水滸傳》中張叔夜招降宋江之事於《宋史》中有記載，如〈徽宗本紀〉宣和三年二月載：「淮南盜宋江等犯淮陽軍，遣將討捕，又犯京東、河北，入楚、海州界，命知州張叔夜招降之。」〔註63〕、〈張叔夜傳〉〔註64〕亦有記載。又而南宋擬話本《宣和遺世》出現「三十六員底渾號」〔註65〕，則被認爲是構成今本《水滸傳》中梁山好漢的基本形象，可見《水滸傳》實取史料、據前作加以改寫創新而成。

在考證作者時，認爲《宣和遺事》對《水滸傳》有極大影響，並認爲《三國演義》與《水滸傳》非同作者：

〔註61〕 陳麗媛：〈論胡應麟的通俗小說研究〉，《福建師範大學學報：哲學社會科學版》，2010年第5期，頁126。

〔註62〕 本論對「外緣」定義採劉楚荊所謂作品問題爲指凡作品內在之外的種種因素、條件，「外緣」是相對於作品內在（文本）而言，如作者生平、寫作時間等歷史考據問題，以及作品風格、作品體制與類別等等，皆屬之。詳見劉楚荊：《長日將落的綺霞——蔡邕辭賦研究》，（台北：威秀資訊科技，2010年6月），頁109。

〔註63〕 〔元〕脫脫著；楊家駱主編：《新校本宋史并附編三種·二》，（台北：鼎文書局，1991年），頁407。

〔註64〕 「宋江起河朔，轉略十郡，官軍莫敢嬰其鋒。聲言將至，叔夜使間者覘所向，賊徑趨海瀕，劫鉅舟十餘，載擄獲。於是募死士得千人，設伏近城，而出輕兵距海，誘之戰。先匿壯卒海旁，伺兵合，舉火焚其舟。賊聞之，皆無鬥志，伏兵乘之，擒其副賊，江乃降。」詳見〔元〕脫脫：《新校本宋史并附編三種·十四》卷353，頁11141。

〔註65〕 郭箴一：《中國小說史》，（台北：台灣商務印書館，1999年4月），頁230。

世所傳《宣和遺事》極鄙俚，然亦是勝國時閭閻俗説，中有「南儒」
及「省」、「元」等字面……又郎瑛《類稿》記《點鬼簿》中亦具有
諸人事迹，是元人鍾繼先所編。然則施氏此書所謂三十六人者，大
概各本前人，獨此外則附會耳。郎謂此書及《三國》并羅貫中撰，
大謬。二書淺深工拙若霄壤之懸，詎有出一手理？世傳施號耐菴，
名字竟不可考。友人王承父嘗戲謂是編《南華》、太史合成，余以非
猾胥之魁則劇盜之靡耳。（《莊嶽委譚》，頁 437～438）

從敘事學的角度著眼，此段話可分爲兩個層面，一是《宣和遺事》、《三國演
義》與《水滸傳》三者敘事風格的呈現；二是《水滸傳》作品與作者間的關
聯。首先，西方敘事學有「作者已死」（the death of the author）的概念，認爲
作者與作品間不具必然關係，當作者完成作品時，作品即脱離作者而成爲獨
立個體，由讀者成爲作品意義的起源，賦予讀者詮釋作品的權利。〔註 66〕然
胡應麟認爲小説家的身分背景與敘事作品有一定關連，推測施耐庵具有胥吏
身分才能深諳官場之事，並熟知庶民生活樣態，故能細緻描繪官逼民反的社
會情事，從中表現出對官場社會的諷刺批判。可見胡應麟認爲作者身分及所
處的社會背景會影響其創作內容，其思想自會經由創作蘊涵於作品中。其次
針對敘事風格，指出《宣和遺事》、《水滸傳》都是在民間流傳的通俗小説，
故其敘事風格較俚俗、文白夾雜。對郎瑛所論《三國演義》、《水滸傳》俱出
羅貫中之手不能苟同，因兩書敘事手法及風格上有天壤之別，胡應麟針對此
部分只有重點指出「二書淺深工拙若霄壤之懸」，未進一步細解，不過仍可看
出胡應麟注意到此二書在敘事上的差異性而能有此評論，並且此論爲後世所
接受。如吳士余論及此二書的敘事筆法上時將《三國演義》舉作「記述派」
代表，推《水滸傳》爲「描寫派」開端，言：

宋元以來，講史演義在文學敘事的表述上存在著「拘牽史實」、「拙
於言辭」、「憚於敘事」的「講史之病」。行文平鋪直敘，格局老套，
不脱「印板」窠臼，而施耐庵著《水滸》則講究運筆「精嚴」，曲盡

〔註 66〕 羅蘭巴特（Roland Barthes）指出：「文本由多重寫作構成，來自許多文化，進
入會話、模仿、爭執等相互關係。這種多重性集中於一個地方，這個地方就
是讀者，而不是像迄今所説的，是作者。讀者是構成寫作的所有引文刻在其
上而未失去任何引文的空間；文本的統一性不在於起源而在於其終點。」見
羅蘭巴特著，林泰譯：〈作者之死〉，錄於趙毅衡編選：《符號學文學論文集》，
（天津：百花文藝出版社，2004 年），頁 511～512。

情狀，從而開了「描述派」小說之先河。〔註67〕

可見《三國演義》採「七實三虛」〔註68〕的創作手法，雖有虛構的加入，然大抵以史實爲主，在此基礎上進行藝術創作；《水滸傳》則取材史事並敷衍情節，著重細節刻劃，曲盡描繪，確實爲兩種不同的敘事手段。

而考證版本時，指出其生平所見《水滸傳》有兩種版本：

> 余二十年前所見《水滸傳》本尚極足尋味，十數載來爲閩中坊賈刊
> 落，止錄事實，中間遊詞餘韻、神情寄寓處一概刪之，遂幾不堪覆
> 瓿，復數十年無原本印証，此書將永廢矣。余因嘆是編初出之日，
> 不知當更何如也。（《莊嶽委譚》，頁437）

陳麗媛考證文中提及的兩個版本爲嘉靖年間通行之郭武定版《水滸傳》一百卷一百回及福建建陽刊本〔註69〕。此處亦可見胡應麟對敘事的關注與其審美標準，認爲後之刊本刪去善本具意蘊之處，留下止錄事實的事件，在敘事的技巧必然顯得平鋪直敘，減少閱讀的趣味，足見胡應麟意識到敘事技巧與意蘊風格的重要性。

（二）作品內部的敘事探析

胡應麟在談論《水滸傳》文本之藝術特點時，更是直接觸及到各種層面的敘事技巧：

> 今世人耽嗜《水滸傳》，至縉紳文士亦間有好之者，第此書中間用意
> 非倉卒可窺，世但知其形容曲盡而已。至其排比一百八人，分量重
> 輕纖毫不爽，而中間抑揚映帶、回護詠嘆之工，眞有超出語言之外
> 者。（《莊嶽委譚》，頁437）

此段評論蘊涵豐富的敘事批評。承續上述所言《水滸傳》既開描述派先河，則對人情世態、人物形象、意象場景等細節處理皆有意構設，無不詳盡描述，故以「形容曲盡」概括《水滸傳》的藝術技巧。就人物方面，成功塑造一百八十個個性鮮明的人物形象；在材料的剪裁調度上亦掌握得宜，使人物主次分明。結構方面，《水滸傳》「人物既多事件又繁」〔註70〕，因此以人物帶出

〔註67〕吳士余：《中國古典小說的文學敘事》，（上海：上海古籍出版社，2007年），頁131。

〔註68〕〔清〕章學誠於《丙辰箚記》中言《三國演義》曰：「七分實事，三分虛構，以致觀者，往往爲所惑亂。」收錄於章學誠：《章氏遺書》，外編卷三，頁53。

〔註69〕詳見陳麗媛：〈論胡應麟的通俗小說研究〉，頁128。

〔註70〕曾守仁：《金聖嘆評點活動研究——擬結構主義的重構與解構》，頁91。

事件，事件推進情節發展，三者環環相扣，因此敘事必然迂迴曲折。而在繁複敘事下，其結構嚴謹，敘事節奏疏密有致，首尾呼應。

　　又言及《水滸》的用詞語言及抒情敘事，言：

> 《水滸》余嘗戲以擬《琵琶》，謂皆不事文飾而曲盡人情耳。然琵琶
> 自本色外，「長空萬里」等篇即詞人中不妨翹舉，而《水滸》所撰語，
> 稍涉聲偶者輒嘔噦不足觀，信其伎倆易盡，第述情敘事針工密緻，
> 亦滑稽之雄也。（《莊嶽委譚》，頁 437）

指出兩者相同處在不刻意雕琢語言而在使情節細膩、結構完整。在語言的使用上，戲曲與通俗小說皆主要流傳於民間，故其語多俚俗，胡應麟理解此現象故言「此書所載四六語甚厭觀，蓋主爲俗人說，不得不爾。」然《琵琶》用語本色〔註71〕與文采兼具；《水滸》則多嘔穢鄙俗之語，可見兩者相較《琵琶》略勝一籌。而敘事抒情上，《琵琶記》「以蔡伯喈和趙五娘的悲歡離合構成兩條線索，蔡之仕途和趙之窮途相互穿插交錯，兩相映照，形成鮮明對比」〔註72〕；《水滸》則以眾多人物事件環扣串聯並交互穿插，調度各種敘事手法，以推動情節的進行，可見兩者在謀篇佈局上的用心，而使敘事縝密，呈現完整故事結構。

第三節　《少室山房筆叢》從閱讀心得到敘事理論建構（三）：戲曲敘事

　　中國古典文學中的敘事理論源自史傳，其後史傳敘事影響中國小說與戲曲的敘事發展。然除史傳敘事，「抒情文學」亦對中國古典文學有深厚的影響，陳世驤將抒情文學上溯至《詩經》、《楚辭》，以字的音樂做組織和內心自白做意旨，建立起詩騷抒情傳統。〔註73〕陳平原進一步指出「史傳」與「詩騷」

〔註71〕「本色」主要用於批評戲曲的語言風格，明代曲論家徐渭謂本色「語入要緊處，不可著一毫脂粉，越俗越家常，越警醒，此才是好水碓，不離一毫糠衣」。詳見徐渭：〈題《昆侖奴》雜劇後〉，收入《徐渭集·徐文長佚草》，（北京市：中華書局，1983 年），頁 1093。胡應麟此處之本色應指自然質樸的戲曲語言風格。

〔註72〕整理參考自陳衛星：《胡應麟與中國小說理論史》，頁 92。

〔註73〕陳世驤揭示「以字的音樂做組織和內心自白做意旨是抒情詩的兩大要素。中國抒情道統的發源，楚辭和詩經把那兩大要素結合起來，時而以形式見長，時而以內容顯現。此後，中國文學創作的主流便在這個大道統的拓展中定型。」

對中國小說的影響，言：

> 「史傳」之影響於中國小說，大體上表現為補正史之闕的寫作目的，
> 實錄的春秋筆法，以及紀傳體的敘事技巧。「詩騷」之影響於中國小
> 說，則主要體現在突出作家的主觀情緒，於敘事中著重言志抒情；「摛
> 詞布景，有翻空造微之趣」；結構上引大量詩詞入小說。〔註74〕

可知史傳對中國小說的影響主要在於寫作態度與敘事技巧的傳承，而詩騷文學對小說的影響則是重在主觀情志的表達。中國古典戲曲亦是承此脈絡發展，王國維指出中國戲劇藝術由「曲、科、白、事」四大要素所構成〔註75〕。其中，曲自詞體衰弱而興起，又有南曲、北曲之分，王世貞明言「曲者，詞之變。」並進一步論述「三百篇亡而後有騷、賦；騷、賦難入樂，而後有古樂府；古樂府不入俗，而後以唐絕句為樂府；絕句少婉轉，而後有詞；詞不快北耳，而後有北曲；北曲不諧南耳，而後有南曲。」〔註76〕將曲視為古代詩、騷、樂府、絕句和詞的變體。又時文人多藉雜劇寄寓憤懣不平之心，實為抒情言志的展現〔註77〕，是以曲與詩詞關係密切，且具傳統抒情性質。王國維續以揭示賓白與科介的敘事成分，謂：「宋人大曲，就其現存者觀之，皆為敘事體。金之諸宮調，雖有代言之處，而其大體只可謂之敘事。獨元雜劇於科白中敘事，而曲文全為代言。」〔註78〕雜劇發展至元代形成可供案頭閱讀的腳本，成為敘事文本，其中所含敘事成分，藉由表演者的科諢對話開展故事情節、塑造人物形象，以構建故事脈絡。總之，雜劇由曲詞、賓白與表

詳見陳世驤著：楊銘塗譯，〈中國的抒情傳統〉，《陳世驤文存》，（台北：志文出版社，1972年），頁32。

〔註74〕陳平原：《中國小說敘事模式的轉變》，（上海：人民出版社，1988年3月），頁224。

〔註75〕王國維言元劇結構時云：「雜劇之為物，合動作、語言、歌唱三者而成。故元劇對此三者，各有其相當之物。其記動作者，曰科；記言語者，曰賓、曰白；記所歌唱者，曰曲。」又言「合歌舞以演一事」。詳見王國維：《宋元戲曲考等八種》，（台南：僶勉出版社，1975年9月），頁101。

〔註76〕〔明〕王世貞：《曲藻》，錄於中國戲曲研究院輯校：《中國古典戲曲論著集成・四》，（北京：中國戲劇出版社，1959年7月），頁27。

〔註77〕王國維曰：「元初之廢科目，卻為雜劇發達之因。蓋自唐宋以來，士之競於科目者，已非一朝一夕之事。一旦廢之，彼其才力無所用，而一於詞曲發之；且金時科目之學，最為淺陋，此種人士，一旦失所業，固不能為學術上之事，而高文典冊，又非其所素習也。是雜劇之新體初，遂多從事於此。」詳見王國維著：老根編：《宋元戲曲考》，（北京：中國戲劇出版社，1997年7月），頁36。

〔註78〕王國維著：老根編：《宋元戲曲考》，頁30。

演以搬演故事,「曲詞爲詩歌體式、抒情的表現;而賓白與科介的表演,則隸屬敘事的範圍。」〔註79〕譚帆揭示戲曲與敘事理論的關聯性,言:

> 「敘事理論」在中國古代文化的漫漫長河中有著悠遠的發展歷史,它是以「事」作爲研究對象的,而「事」又大致可分爲「已發生的事」和「虛構的事」兩大部分,前者屬「歷史」範疇,後者則屬於「藝術」的範疇……中國古典劇論中的敘事理論是中國古代敘事理論的一個分支,這是一個較爲晚起的理論思想體系,它以戲劇的故事本體爲研究對象,因而在這一理論思想中既有傳統敘事理論的歷史傳承性,同時又蘊含著戲劇藝術的自身規定性。〔註80〕

顯然所謂歷史範疇與史傳敘事有關,而藝術的範疇則可歸爲小說與戲劇的虛構。誠如其言,戲劇中的文本常借鏡歷史題材以搬演故事,而戲劇藝術本身又有其自體發展的敘事規範存在,造就不同的敘事風格。而胡應麟爲早期對戲曲有深入精闢研究者,其戲曲理論散見於《少室山房筆叢》中的《丹鉛新錄》與《莊嶽委譚》〔註81〕,其中不乏對戲曲敘事的論述。以下從敘事論點切入,探求胡應麟對戲曲敘事的觀點:

一、戲曲敘事中的虛實理論

(一)悠謬亡根以見虛的敘事特徵

「虛」、「實」爲中國古典美學中的重要概念且域界寬泛,譚帆廓清虛實內涵,分兩方面論述。一爲藝術形象中的虛實關係,所謂「實」是指藝術作品中了然可感的直接形象,所謂「虛」則指由直接形象所引發,再經由想像、聯想所得的間接形象,成爲詩論、畫論和書法理論中極爲重要的審美原則;另一方面則指藝術表現中的「虛構」與「眞實」,即在戲曲、小說等敘事藝術中所運用的虛實手法。〔註82〕戲曲中的故事文本即涉及到虛、實的問題,胡

〔註79〕 張錦瑤:《關、王、馬三家雜劇特色及其在戲曲史上的意義》,(台北:威秀資訊出版社,2007年5月),頁15。

〔註80〕 譚帆、陸煒:《中國古典戲劇理論史》,(北京:中國社會科學出版社,1993年),頁144。

〔註81〕 陳麗媛指出任中敏先生將胡應麟的戲曲理論分條進行整理,並加以小標,以《少室山房曲考》爲題,收入其模仿唐圭璋先生的《詞話叢刊》而編的《新曲苑》中。詳見陳麗媛:《胡應麟文藝思想研究》,(福建師範大學中國古代文學系博士論文,2007年),頁163。

〔註82〕 整理參閱自譚帆、陸煒:《中國古典戲劇理論史》,頁160。

應麟將虛、實對舉，以此呈現戲曲的本質，云：

> 凡傳奇以戲文爲稱也，亡往而非戲也，故其事欲謬悠而亡根也，其名欲顛倒而亡實也，反是而求其當焉，非戲也……中郎之耳順而墠卓也，相國之絕交而娶崔也，《荊釵》之詭而夫也，《香囊》之幻而弟也，凡此咸以謬悠其事也，絲勝國而迄國初一轍。近爲傳奇者若良史焉，古意微矣。古無外與丑，蓋丑即副淨，外即副末也。（《莊嶽委譚》，頁 425～426）

唐人傳奇爲戲曲重要的取材來源，胡應麟考證戲曲時多次舉證，如「《倩女離魂》事亦出唐人小說，雖怪甚，然六朝所記此類甚多。」、「《繡襦記》事出唐人《李娃傳》皆據舊文」、「《王仙客》亦唐人小說，事大奇而不情，蓋潤飾之過，或烏有、無是類，不可知。」〔註83〕將傳奇故事改編成戲曲故事搬演，是以「傳奇」稱呼「戲文」，可見兩者均有幻設的特質，進而說明戲曲在創作中有想像、虛構的成分。「謬悠」一詞源自《莊子・天下篇》：「莊周聞其風而悅之，以謬悠之說，荒唐之言，無端崖之辭，時恣縱而不儻，不以觭見之也」莊子爲解釋虛無且幽深玄遠的「道」，以虛無不實、廣闊虛無等充滿想像的言論加以釋義。《莊子集釋》疏「謬，虛也。悠，遠也。」；釋謬悠爲「謂若忘於情實者也」〔註84〕可見胡應麟借悠謬一詞作爲戲劇文本在創作上虛構不實的重要表徵。胡應麟意識到此點，嚴格區分戲曲與歷史眞實的界線，故其言《荊釵》、《香囊》等戲曲文本涉及詭誕幻設的敘事手法，並肯定戲曲自身的藝術特點，不強求戲曲中的故事等同歷史的眞實；而「悠謬亡根」的藝術特點，吻合唐人傳奇的敘事手法，使戲曲故事暗含的奇特趣味，是以如李漁《閒情偶寄・詞曲部》：「古人呼劇本爲『傳奇』者，因其事甚奇特，未經人見而傳之，是以得名，可見非奇不傳。」〔註85〕、孔尚任〈桃花扇小識〉：「傳奇者，傳其事之奇焉者，事不奇則不傳。」〔註86〕均標舉戲曲故事新奇的創作目的。

（二）仍有所本的敘事原則

又戲曲中不乏借鏡歷史題材加以改寫的文本，如馬致遠《漢宮秋》，敘漢

〔註83〕此三例原文引用頁碼依序爲胡應麟：《少室山房筆叢》，頁 429、434、434。

〔註84〕〔先秦〕莊子著；〔晉〕郭象注；〔清〕郭慶藩：《莊子集釋》，（台北：河洛圖書出版社，1974 年 3 月），頁 1098～1100。

〔註85〕〔清〕李漁著；馬漢茂輯：《李漁全集・五》，（台北：成文出版社，1970 年），頁 1950。

〔註86〕〔清〕孔尚任：《桃花扇》，（台北：學海出版社，1980 年 4 月），頁 3。

元帝時，宮廷畫師毛延壽私德偏差，陷害王昭君出塞合番的歷史故事，於《史記・匈奴傳》、《後漢書》等皆有紀載；又如紀君祥《趙氏孤兒》，述春秋時期晉國貴族趙氏遭奸臣屠岸賈陷害以致滅門的慘案，而倖存的孤兒趙武成長後爲家族復仇的故事。其史料最早見於《左傳》，情節簡略；至司馬遷《史記・趙世家》、劉向《新序》、《說苑》陸續有較爲詳細的記載等。然取材於歷史的戲曲，所述內容並非全然造史實撰寫，會針對情節與藝術效果作爲考量，而對史實有所更動，並「借歷史的亡靈來寫其鬱積於心的現實情感」〔註87〕。而究胡應麟的戲曲取材原則，發現其立場不免受到史傳敘事的影響，在一定程度上，仍強調戲曲的取材要有所本。如：

> 今傳奇有所謂《董永》者，詞極鄙陋，而其事本《搜神記》，非杜撰也……李德武妻裴氏，亦載隋史中。

> 元詞人關漢卿撰《單刀會》雜劇，雖幻妄，然《魯肅傳》實有單刀俱會之文，猶實於明燭也。《斬貂蟬》事不經見，自是委巷之談，然羽傳注稱：「羽欲娶布妻，啟曹公，公疑布妻有殊色，因自留之」。
> 則非全無所自也。（《莊嶽委譚》，頁432）

以戲曲取材自歷史的眞實作爲文本創作基礎，並以虛構的創作手法使題材呈現新的面貌，使文本具更深層的言外寄寓，以《董永》、《單刀會》爲例：胡應麟考《董永》〔註88〕取材自《搜神記》和隋史，《搜神記》敘董永至孝感動上蒼，天帝派織女下凡嫁爲其妻，織縑百匹，助董永償債。戲曲故事以此敷衍，增添織女下凡與董永結緣的浪漫情節；且加入織女百日期滿而去，留下龍鳳錦助董永成就功名，後予一子而有七月七夕太白尋母等內容。可見這種貧寒子弟發跡變泰的故事，寄託作者的美好願望，且能藉故事遇教化於其中，傳達孝道的美德〔註89〕。而《單刀會》描述三國時關羽單刀前赴魯肅之宴，會中憑藉智勇震懾魯肅，化險爲夷，最終安然回返之故事。作者藉故事表達對歷史英雄豪傑心嚮往之的情懷，並流露「反抗異族侵略壓迫的意識，是關

〔註87〕譚帆、陸煒：《中國古典戲劇理論史》，頁167。

〔註88〕紀永貴以顧覺宇所著《織錦記》詞極鄙陋，考證爲胡應麟所指傳奇《董永》。詳見紀永貴：〈董永遇仙傳說戲曲作品考述〉，《戲曲研究》第66輯，2004年3月，頁97。

〔註89〕紀永貴揭示董永遇仙傳說的戲曲模式是原名戲曲中流行的貧寒子弟發跡變泰模式的變種。「它能滿足底層貧者虛幻的理想（遇仙妻、續娶美妻、減工時、得官、得子等），也能宣揚地方鄉紳樂善好施的美德，還能推動孝道在民間的傳播。」詳見紀永貴：〈董永遇仙傳說戲曲作品考述〉，頁90。

漢卿對元朝異族統治者發出的戰鬥號角」〔註 90〕由此可見胡應麟仍強調有所本的虛構創作；而劇作家藉戲曲的創作以抒情言志，就歷史題材加以敷衍創新，「崇實」成分降低，突顯「主觀虛構」的成分加強，再次反映戲曲悠謬且抒情託寓的創作特點。

二、戲曲本色的敘事風格

胡應麟考證《西廂記》源流，認爲其源於董解元的《西廂記》：

> 《西廂記》雖出唐人《鶯鶯傳》，實本金董解元。董曲今尚行世，精
> 工巧麗，備極才情，而字字本色，言言古意，當是古今傳奇鼻祖，
> 金人一代文獻盡此矣。然其曲乃優人絃索彈唱者，非搬演雜劇也。」
> （《莊嶽委譚》，頁 428）

此中可見三種不同的文體。首先，元稹《鶯鶯傳》爲唐人傳奇，唐人傳奇雖已脫六朝志怪小說「叢殘小語」的短篇體制，然在篇幅上仍屬短篇創作，少則百字，多則千字。而在敘事上，以紀傳體的「傳奇」態度敘人物事件之始末，對人物形象有較生動的描述，且情節結構完整。《鶯鶯傳》即述唐時張生與崔鶯鶯相遇普救寺，並在紅娘幫助下於西廂相戀歡愛，而後張生負心使鶯鶯遭棄，兩人愛情最終不得善果，全篇總計五千多字。其次，董解元《西廂記》爲金諸宮調，臺靜農揭示諸宮調體制及特徵云：「諸宮調體製，是採用不同的宮調與曲調，合成一組，間以說白，以之講唱某一故事，儘管故事本身如何錯綜曲折，都可以將它表達出來，這樣將說唱故事與唱曲合而爲一，便是諸宮調的特徵。」〔註91〕董解元《西廂記》據統計用十五宮調，一百二十九曲調〔註92〕；並就〈鶯鶯傳〉改編，增加劇中人物，並詳細刻畫主要人物的內心活動，藉人物內心自白體現出思想情感，重新塑造人物形象；並著力於情景描繪，經營意象，使情景交融，達到抒情與敘事兼具的佳作〔註93〕；對情節亦多有鋪展，曲盡描述男女

〔註90〕 參閱整理自駱正：〈關漢卿的寓意與侯少魁的表演——《單刀會》的心理分析〉，《戲劇》（中央戲曲劇院學報），1996 年 01 期，頁 38。

〔註91〕 臺靜農：《中國文學史》，（台北：台大出版中心，2009 年 12 月），頁 650

〔註92〕 詳參鄭騫：〈董西廂與詞及南北曲的關係〉，《文史哲學報》第 2 期，1951 年 2月，頁 116～117。

〔註93〕 王國維云：「文學之事，其內足以抒己；而外足以感人者，意與境二者而已。」詳見王國維：《人間詞話・附錄》，（臺北：河洛出版社，1975），頁 256。另，將此意境運用到戲劇的敘事書寫，「並能把深沉的情思意念與生動的人物、故事情節、環境等形象完美交融起來，可達到『意與境渾』的境界。」參見吳

主角波瀾曲折的愛情故事，改寫結局使張生、鶯鶯美滿團圓。全文共分六卷，合計約五萬多字，相較傳奇，篇幅大大增加。而王實甫《西廂記》則爲元雜劇，在董解元《西廂記》的基礎上進一步開展，在體制上以五本：五楔子二十一折的長篇巨製敘寫張崔的愛戀故事，「像是用多本雜劇連演一個故事的連台本，而且打破了元雜劇由一人主唱的通例，在第一本的第五折等若干折裡，採用了由末，且輪流主唱的方式」〔註94〕，是雜劇體制上的突破與創新。又王本改寫董本曲文，因應不同人物的身分予以曲詞或賓白，並醞釀氣氛，以景物烘托人物的內心活動，更加突顯人物形象，表達切實的情感；且融入古典詩詞，兼具本色及文采，提高文學性價值。劇情緊湊曲折，鋪敘縝密，多線穿插交錯，使情節發展更加豐富且巧妙合理，各方面傑出的藝術成就，使其被金聖嘆譽爲「六大才子書」〔註95〕之一。

　　對《西廂記》的流傳演變有所理解後，可知胡應麟評論精道處在於，其關注到文體的演變過程，並理解不同文體所造成的不同內容上的表述；在題材上追源至《鶯鶯傳》，然在體制內容上，則認爲王實甫《西廂記》本董解元《西廂記》來。董解元《西廂記》爲曲牌聯套形式，以弦索彈唱的講唱文學，將短篇傳奇改寫爲長篇八卷的說唱文本，加入許多人物與場景，並將傳奇中因張生「忍情說」而錯過姻緣的悲劇，改爲鶯鶯本被迫嫁與老夫人姪兒鄭恒，然和張生私奔，求助於蒲州太守杜確處，由其做主完婚的喜劇。作品反映出作者反抗封建禮教的思想及對愛情大膽追求的嚮望。是以胡應麟認爲在體制上，影響王實甫更深的應是董解元的《西廂記》，王實甫在董解元的創作基礎上加以發揮，始創發今廣爲流傳的《西廂記》，突破雜劇一本四折的體制限制，完善情節，使人物形象更爲鮮活，情景交融。並延續董本的喜劇結局，使老夫人對張、崔兩人的戀情莫可奈何，命張生赴京應考，如能蟾宮折桂，便眞把鶯鶯許配與他。於是張生進京赴試，考取功名後娶回鶯鶯，有情人終成眷屬，以大團圓結尾。更鮮明的反映作者對美好愛情的歌頌及功名及第的願望。

　　　士余：《中國古典小說的文學敘事》，（上海：上海古籍出版社，2007），頁190～191。

〔註94〕吳海中：〈簡析《西廂記》的劇情體制和藝術風格〉，《北方文學》（下半月）2010年02期，頁31。

〔註95〕金聖歎在其《三國演義・序》中云：「余嘗集才子書者六，其目曰《莊》也，《騷》也，馬之《史記》也，杜之律詩也，《水滸》也，《西廂》也，已謬加評訂，海內君子皆評余以爲知言。」錄於朱一玄、劉毓忱編：《三國演義資料匯編》，頁252。

下表整理《西廂記》沿革與差異：

表 3－3：《西廂記》沿革與差異一覽表

名稱	《鶯鶯傳》	《西廂記》	《西廂記》
作者	元稹	董解元	王實甫
文體	唐人傳奇	金諸宮調	元雜劇
體制	三千多字	曲牌聯套形式的長篇說唱： 五萬多字	今本卷數： 5 本 21 折 5 楔子
情節	相遇>>鶯鶯遇劫>>張生解危>>相愛>>遭棄	相遇>>鶯鶯遇劫>>張生解危>>相愛>>戀情受阻>>反抗束縛>>追求幸福	相遇>>鶯鶯遇劫>>張生解危>>相愛>>戀情受阻>>反抗束縛>>出現任務>>達成任務>>得到幸福
結局	悲劇	喜劇	大團圓喜劇
意義	述奇傳眞	反映作者反抗封建禮教的思想及對愛情大膽追求的嚮望。	反映作者對美好愛情的歌頌及功名及第的願望。

　　而董解元《西廂記》爲今唯一流傳且完整的諸宮調。據于新潔所言，董解元《西廂記》應用曲牌聯套形式的長篇說唱已具備曲牌體戲曲的雛形，它的曲體結構形式對單個曲牌適應劇情的藝術處理方法，曲牌宮調方面的整理與分類，以及連接原則等都爲後來的曲牌體南戲、元雜劇、崑曲等音樂的形成與成長開闢蹊徑。〔註 96〕且董本體制宏偉，長於敘述，對人物事件的進程和景物氛圍，能以曲詞說白的方式醞釀點染，從中見其對古典詩詞句法與辭彙的吸收與熟練。又董解元爲民間藝人〔註 97〕，故能提煉民間生動活潑的口語，寫成質樸流暢的曲詞。總和以上論述，無怪乎胡應麟評其「精工巧麗，備極才情，而字字本色，言言古意，當是古今傳奇鼻祖，金人一代文獻盡此矣。」（《莊嶽委譚》，頁 428）

　　胡應麟對《西廂記》的推崇與關注，還可從以下幾則評論看出，如：

　　　　今王實甫《西廂記》爲傳奇冠，北人以並司馬子長固可笑，不妨作
　　　　詞曲中思王、太白也。關漢卿自有《城南柳》、《緋衣夢》、《竇娥冤》

〔註 96〕于新潔：〈淺析董解元《西廂記》諸宮調及其藝術特色〉，《藝術教育》2008年 03 期，頁 88。

〔註 97〕詳見臺靜農：《中國文學史》，頁 650。

諸雜劇，聲調絕與鄭恒問答語類，《郵亭夢》後或當是其所補，雖字
字本色，藻麗神俊大不及王，然元世習尚頗殊，所推關下即鄭，何
元朗亟稱第一。(《莊嶽委譚》，頁 429～430)

以「藻麗神俊」肯定王實甫之戲文在獨有「字字本色」的關漢卿之上，可見
胡應麟認爲戲曲曲文的風格應清秀典雅，且「本色與才情兼重」〔註 98〕，以
此爲曲文的審美標準。故其多次以「本色」論曲文，並給予讚賞，如「王長
公所稱『暗想當年，羅帕上把新詩寫』，沉深逸宕而字字本色，眞妙絕古今矣。」
(《莊嶽委譚》，頁 430) 足見胡應麟對曲文鋪陳敘事上的關注，並以「本色」
繩之爲戲曲的主要標準。

又胡應麟將《琵琶》與《西廂》並存而論：

近時左袒《琵琶》者，或至品王、關上。余以《琵琶》雖極天工人
巧，終是傳奇一家語，當今家喻戶習，故易於動人，異時俗尚懸殊，
戲劇一變，後世徒據紙上以文義摸索之，不幾於齊東、下里乎？《西
廂》雖饒本色，然才情逸發處，自是盧、駱豔歌，溫、韋麗句，恐
將來永傳竟在彼不在此。今董解元世幾不聞，而《花間》、《草堂》
人口膾炙，是其驗也。或謂戲曲無可廢理，夫唐、宋優伶所習，今絕不
省何狀，元北戲自《西廂》外亦殊少傳者矣。《西廂》主韻度風神，太
白之詩也；《琵琶》主名理倫教，少陵之作也。《西廂》本金、元世
習，而《琵琶》特創規矱，無古無今，似尤難，至才情雖《琵琶》
大備，故當讓彼一籌也。(《莊嶽委譚》，頁 430～431)

胡應麟論戲曲，特重戲文，可從兩方面進行說明：首先，在流傳方面，胡應
麟就《琵琶記》的流傳廣泛、「家喻戶習」予與肯定。然胡氏兼顧戲曲的音樂
性及文學性，認爲戲曲在流傳上與詞相似，音樂性的影響會隨時間慢慢降低，
流傳越久，人們對戲曲的重視會轉以案頭閱讀的文本爲重，故戲曲應重視曲
文的撰寫。以董解元《西廂記》爲例，其爲弦索彈唱的講唱文學，然其諸宮
調曲調至今鮮少人聽聞；而其曲文則尚傳於世，且經王實甫改編後成爲名著。
此現象如同「詞」的流傳，詞本可和樂而歌，然經時代流傳，曲目音調逐漸
散佚不傳；惟有要渺宜修、溫柔婉約且富有文學性的詞才能廣泛流傳至今，
如《花間集》、《草堂詩餘》至今仍廣泛流傳。其次，胡應麟於論戲曲時，特
重戲文之文學性，並將戲曲視作詩賦，以譬況方式論其風格意蘊。認爲《西

〔註 98〕 盧勁波：《胡應麟的小說與戲曲思想》，頁 45。

廂記》是本色才情兼具的佳作，其「才情逸發處」有如「盧、駱豔歌」、「溫、韋麗句」，可見胡應麟重視到戲劇中有「豔情藻麗」、「主情重辭」的成分〔註99〕；亦可見王實甫《西廂》文采斐然，意蘊深厚。且在風格論上，認為王實甫《西廂記》重曲文的風韻情感，如李白浪漫奔放的詩風；而《琵琶記》含教化意味濃厚〔註100〕，如杜甫以史筆諷諫教化的詩風〔註101〕。可知胡應麟重視戲文外，亦認為戲曲與詩詞間關係密切，意蘊相當。且其於《詩藪·古體下》評李、杜：「李杜二公，誠為勁敵。杜陵沉鬱雄深，太白豪逸宕麗。」合於《西廂》、《琵琶》的敘事風格，取譬恰當。又依創作來源，《西廂》有所本；《琵琶》獨創新亦。同李思涯所闡述，胡應麟以「韻度風神」、「才情」、「本色」、「古意」等詩歌評價評判《西廂》與《琵琶》〔註102〕，是以其更為推崇此四者兼具的《西廂記》，下表為《琵琶記》與《西廂記》評論整理表格：

3－4：胡應麟評《琵琶記》與《西廂記》對照表

戲曲	《琵琶記》	《西廂記》
風格	名理倫教	韻度風神
以詩關況	杜甫	李白
古意	特創規矱，無古無今	本金、元世習

〔註99〕 何世劍、喻琴指出在曲之「本色」論的探討中，或重「辭」，或主「情」，「麗」範疇在曲論視野中得到了深入的爭辯。「麗」引入曲論視野後，許多戲曲論者自覺地對「麗」是否為曲之本色，即「麗」應否是戲曲的重要審美質性要素展開了深入探討，「麗」在曲論視野的運用和闡說變得很明顯很突出，「麗」也越來越成為曲的一個重要立論標準。重視戲曲文采、聲律等形式美的，認為「麗」是曲之本色。詳見何世劍、喻琴：〈元明清時期古典美學「麗」范疇論〉，《天府新論》2006 年 03 期，頁 148～149。

〔註100〕 《琵琶記》述蔡伯喈與趙五娘新婚，本欲在家奉養雙親，迫於父命上京趕考。高中狀元，牛丞相欲招其為婿，蔡推辭而牛不從，只得奉旨「重婚」。後思念雙親，欲辭官返鄉奉養，朝廷不允，是為「三不從」。而趙五娘盡心於鄉奉養公婆，於公婆雙亡後進京尋夫，懷抱琵琶，沿路彈唱行乞，最終找到丈夫，團圓收場。高明改寫《趙貞女》，使蔡伯喈薄情寡義的形象有所翻轉，然造成蔡伯喈重婚不孝的根本原因，卻是其懦弱的性格及原欲全忠全孝的初心，形成強烈諷刺及對比，十足教化意味，亦反映底層人文的現實悲哀。

〔註101〕 杜甫為純儒家思想的詩人，且其有詩史之稱號，故於其詩常見教化諷諭之內容。詳見葉慶炳：《中國文學史·上冊》，（台北：台灣學生書局，1990 年 8 月），頁 382～383。

〔註102〕 參閱李思涯：〈從《琵琶》、《西廂》之比較看胡應麟論曲〉，《逢甲人文社會學報》第 18 期，2009 年 6 月，頁 70。

本章小結

　　總上所述，胡應麟在史傳敘事中肯定司馬遷開創紀傳及班固完備紀傳體之功，並注意到《史記》與《漢書》體例上的差別及史傳有編年、紀傳的體式之分；對史書論贊、注釋亦予關注，可謂全面體察到史傳特殊的敘事手法。另繼承劉勰、劉知幾的史傳敘事觀，進一步提出史傳公心直筆的敘事原則；完善史傳崇真紀實的敘事法則，除對敘事內容要求真實外，對史料的來源真實性、運用適當性亦有所要求；並完備史傳敘事繁簡的敘事理論，認爲史書繁簡可定史傳之優劣，然非平定優劣的唯一標準，提出「舉其全、挈其大，齊其本、揣其末」，要求對史傳進行全面考察，以公允評價。

　　在小說敘事中，意識到小說古今敘事內容的差異性，重定九流提高小說地位，並從虛構性與敘事性肯定小說價值。另注意到小說敘事手法、風格、形式上的差異，將小說分爲志怪、傳奇、雜錄、叢談、辨訂、箴規等六大類，擴大小說敘事題材。同時體察到小說引入詩詞的敘事特徵，對小說中的詩文進行批評；對通俗文學亦予以關注，評論《水滸傳》敘事題材、技巧，且加強作品與作者間的敘事關聯性以考察小說的敘事風格論。此類敘事批評對後世的評點文學發展有很大的幫助。

　　而戲曲敘事方面，提出戲曲敘事的虛實理論，以悠謬亡根以見虛爲戲曲敘事特徵，然以有所據的虛構爲小說、戲曲虛構運用的最高原則。同時體認到不同文體所造成不同敘事內容及手法上的表述，對《西廂記》題材進行溯源，論其體制流變。並以本色爲戲曲主要敘事風格，採本色與文采並重、以詩譬況的方式對戲曲進行批評審美。可見其對戲曲敘事多方面的關注。

第四章　胡應麟筆記體小說創作：
《甲乙剩言》敘事研究

　　《甲乙剩言》為筆記體小說，是胡應麟的小說創作，總計 29 篇。本章欲對《甲乙剩言》進行敘事研究，分析創作者的敘事動機及敘事者立場；並通過對《甲乙剩言》中敘事視角的運用、取材原則及敘事風格等剖析，希冀能梳理出胡應麟小說特有的敘事品格；並展現出胡應麟小說敘事的獨特性，將此作為其敘事理論對照的實踐依據。以下分別討論之：

第一節　《甲乙剩言》的敘事結構

　　劉勰《文心雕龍‧附會》論文學創作的謀篇布局，針對文章結構提出「雜而不越」說，其言：「統首尾，定與奪，合涯際，彌綸一篇，使雜而不越者也。若築室之須基構，裁衣之待縫緝矣。」〔註1〕認為創作作品有如建築房屋及裁製衣服，均須對基礎及結構多加留心，故作品結構安排須首尾呼應，並適當剪裁內容使各章節間組織嚴密、層次分明；清代李漁於《閒情偶寄》論戲曲時，亦將結構置於首章，可見結構在中國文學中的重要性。

　　另楊義揭櫫溝通寫作行為和目標之間的模樣和體制，就是「結構」，認為在寫作過程中，結構既是第一行為，也是最終行為，寫作的第一筆就考慮到結構，寫作的最後一筆也追求結構的完成。又其指出結構的動詞性，是中國人對結構進行認知的獨特所在，故而需探求結構的生命過程和生命型態，即

〔註1〕〔南朝梁〕劉勰著：王利器校注：《文心雕龍校證》，（台北：明文書局出版社，1982 年 4 月），頁 262。

指觀察作者落筆前的「先在結構」和文本的完成結構間存在著對應、錯位的張力，以探求潛藏在文本結構間有限形式帶給人們解讀難以限量的潛在意義。〔註2〕是以結構作爲支撐文學作品間的組織與布局，對其進行探查，有助於認識文本內在的本質與功能，以下進行《甲乙剩言》的敘事結構分析：

一、統攝結構的書名釋義

首先，書名作爲全書的總稱，其中必蘊含一定訊息，有必要對釋義了解。此書雖無胡應麟自序，然其託傅光宅〔註3〕爲之序，置於全篇之首，言：

> 昔胡元瑞南過聊城以一帙示余。「此吾甲乙巳後剩言也。君盍爲我題之？」余讀一過，則鉅麗者，足以關國事；微瑣者，足以資談諧；即不越稗官，亦雜家之鼓吹也。因篋以自隨，不趐日對元瑞須眉。今年秋，俄得元瑞訃音，言在人亡，不勝感悼。嗟乎，造物以元瑞有言而剩元瑞，元瑞又不能常剩其身而剩其言言剩元瑞乎？元瑞剩言乎？吾不得而知也。則余此題也，亦與此言交剩之矣。聊城傅光宅敘。〔註4〕

可知所以命名爲《甲乙剩言》有兩層意涵：其一，胡應麟過聊城時以小說一卷授以傅光宅請序，自言此爲其甲、乙以後寥寥無幾的言論創作。其二，乃胡應麟逝世後，傅光宅感嘆其言在人亡，不知是「言剩元瑞」；亦或「元瑞剩言」，故而名之。佐以吳晗〈胡應麟年譜〉觀察《甲乙剩言》創作、成書至得序的過程，時間軸如下表：

表4-1：《甲乙剩言》創作、成書時間軸〔註5〕

時間	年紀	事跡
萬曆二十二年甲午（1594）	44歲	始載〈沈惟敬〉、〈趙相國〉、〈知己傳〉等收錄於《甲乙剩言》之創作

〔註2〕整理參考自楊義：《中國敘事學》，（北京：人民出版社，1997年12月），頁34～36。

〔註3〕傅光宅，字伯俊，別號金沙居士，明朝萬曆五年丁丑（1577年）科考中進士，從此步入仕途。與胡應麟交好，有詩作往來，如〈余從陸至安平鎮聞傅伯俊明府先一夕過此，悵然有寄〉，詳見胡應麟：《少室山房集·二》卷36，頁6。

〔註4〕胡應麟：《甲乙剩言》，（台北：藝文印書館，1965年，百部叢書集成據明萬曆繡水沈氏尚白齋刻寶顏堂祕笈本影印）。此後所提及《甲乙剩言》內容皆用此版本，並隨文標示篇名及頁數，不另行作註。

〔註5〕詳參吳晗：〈胡應麟年譜〉，《清華學報》第9卷第1期，1934年1月，頁241～245。

萬曆二十三年乙未（1595）	45 歲	創作〈天上主司〉、〈吳少君〉
萬曆二十七年己亥（1599）	49 歲	過聊城，晤傅光宅，以《甲乙剩言》一卷授之請序。
萬曆三十年壬寅（1602）	52 歲	夏，先生卒於里第。傅之序成。

　　以此觀之，確實爲胡應麟於甲午、乙未年後的創作，至己亥年成書。又傅光宅於胡應麟逝世後聞其訃訊，將《甲乙剩言》視爲胡氏「遺作」及「以文立言」之概念爲其作序，是以此書命名爲《甲乙剩言》。

二、《甲乙剩言》筆記體小說的文體結構

　　《甲乙剩言》是筆記體小說。筆記體爲中國古典小說中主要發展形式。溯源中國筆記體小說，上古神話爲最早源頭；其後諸子寓言、歷史散文「在選材剪裁和記敘等方面，對後來小說產生很大影響，故可說是先秦筆記小說的孕育時期。」〔註6〕又班固、桓譚對小說的定義，體現出小說篇幅「短」、「小」，且內容細碎駁雜，結構必然較爲鬆散凌亂的特性。誠如本論第二章所述，筆記體小說以篇幅短小、隨筆雜錄作爲的文體特色（詳參本論頁 37～39），以此對《甲乙剩言》的文體結構進行觀看，可見其在目次的編排上爲無機的結構。依吳晗年譜記載只記錄〈沈惟敬〉、〈趙相國〉、〈知己傳〉、〈天上主司〉、〈吳少君〉等五篇的記載，且此五篇爲最初創作，然並不編排於篇首，而是散落於全文中。又觀其題材有志人、志怪、考訂、叢談等駁雜內容，其亦未將相類題材之文章劃區並列，各類題材於編目中穿插羅列。且各篇有各自主要描寫對象，每篇內容情節各自獨立，彼此間無連結關係。故胡應麟《甲乙剩言》的目次編排既不按寫作順序編排；亦不按題材分類，可謂無依據可循。然此目次即體現筆記體小說隨筆雜錄的特性。

　　又《甲乙剩言》篇幅短小，最短約七十五字，如〈李惟寅〉、〈卵燈〉；文長至多則數百字，根據計算以〈胡孟弢〉五百二十字爲最多。通常作者須以縝密的思路及精妙的文學技巧，將事件情節剪裁後呈現。然筆記體小說受限於短小篇幅及隨筆雜錄的特性，故敘事結構較爲單一而片斷零散，如〈曹娥碑〉僅記吳閶韓太史所藏曹娥碑，人與論之其眞僞。胡應麟以「可悵華落」的「可」、「何」之文辭辨眞僞之事。將欲描寫的對象採取其中片段性的情節

〔註6〕　苗壯：《筆記小說史》，頁 13。

場面,以叢殘小語式的方式記錄言行,且著重在考據描寫對象,是要求材料真實性的史傳手法繼承。另《甲乙剩言》在零散片斷的結構中,亦可見其對史傳敘事結構的繼承。「史傳側重人物生平事蹟的載錄」〔註7〕,《甲乙剩言》則重視人物事蹟的片斷記載,如《史記・留侯世家》詳細介紹張良出生世系,並記載其少年時遇圯上老人,忍辱獲得古兵書;其後知遇沛公,及「智取嶢關」、「諫劉邦回軍壩上」、「智取鴻門宴」、「招四賢以穩太子之位」等事蹟,顯現張良在政治、軍事上運籌帷幄的智慧。而胡應麟則省略生平事蹟的記錄,取張良遇圯上老人以授兵書的片段,改寫成〈方子振〉方氏遇月下老人與對弈,而棋藝大精之事。著重於對人物事蹟、物品對象的片斷描寫,並以求真考實的態度加以應證或駁斥,成爲其敘事結構的特徵。

第二節　《甲乙剩言》的敘述者行爲:動機立場與視角運用

在敘事學中敘事者有三個層次,分別是真實作者、敘事者及暗合作者。此三者有本質上的差別,真實作者是真實存在的創作或寫作敘事作品的人;敘事者則由真實作者虛構並出現在敘事文本中的故事講述者;暗合作者則誕生於真實作者的創作狀態中,潛藏在文本中設計和安排作品的各種要素和相互關係,並由讀者從文本中建構。因此,敘事者不同於真實作者,亦不等於暗合作者,是敘事文內的故事講述者〔註8〕。而敘事者爲構成敘事文本的要素,主導敘事話語的呈現。在不同文本中,敘事者各有其聲音以詮釋敘事文本,如《舊唐書・列傳第一百四十一・方伎》以冷靜客觀的史家口吻記敘玄奘生平及取經之事;《大唐三藏取經詩話》以活潑生動的說書人口吻講述猴行者護送唐三藏西天取經之事;吳承恩《西遊記》則以詼諧諷刺的小說家口吻敘述唐三藏師徒五人往西天取經之事,三者皆述玄奘之事,然敘事者用不同敘事口吻,呈現出不同的敘事效果。

又創作者與其所創造的敘述者間有諸多關聯,有時真實創作者會將敘事者作爲其代言體,或撰寫自傳、或紀錄親身見聞經歷,亦會於行文中表現諸

〔註7〕 董乃斌:《中國文學敘事傳統研究》,(北京:中華書局出版社,2012年3月),頁430。

〔註8〕 整理參閱自胡亞敏:《敘事學》,(武漢:華中師範大學出版社,2004年12月),頁36～38。

多思想。誠如楊義所言，認爲應考察眞實作者和文本間的心靈對話，因從眞實作者到文本的敘述者的心靈投影的方式，在許多場合往往具有解開文本蘊含的文化密碼的關鍵性價值，作者和敘述者之間有著形與影、甚至道與藝術的深刻關係〔註9〕。而在《甲乙剩言》中亦可見眞實作者與敘事者間的緊密關聯，是以其下先觀看《甲乙剩言》中的敘事動機及立場爲其定位，再加以探討作者在文本中如何運用敘事視角及其中意涵。

一、敘事動機及敘事者立場：子、史間的游移定位

在小說中，敘事者是以什麼基礎敘述故事，可藉由考察眞實作者以觀看其敘事動機。胡應麟多次表述自己對小說古文的喜好，「七齡侍家大人側，聞諸先生談說墳典，則已心艷慕之，時時竊取繙閱。」〔註10〕，9歲學經生業，卻獨好古文辭，常竊父親圖書閱讀，其父並未禁止。〔註11〕亦編纂過《百家藝苑》〔註12〕、《虞初統集》〔註13〕等書目，對整理和輯補小說有莫大貢獻。其小說著作數量亦頗多，然《甲乙剩言》爲今現存胡應麟所創作小說。從傅光宅爲其著〈甲乙剩言序〉（引文詳見本論頁 102）可知《甲乙剩言》乃胡氏甲、乙之年的著作，且胡氏於此後不久便逝世，友人以此序悼之，並將此部著作命名爲《甲乙剩言》。其中「鉅麗者，足以關國事；微瑣者，足以資談諧；即不越稗官，亦雜家之鼓吹也。」指出胡應麟創作題材廣泛，嚴肅正經、瑣事逸聞皆爲其取材範圍；並揭示補史闕、資談諧、廣見聞則爲其創作動機與目的。由此推之，其作品既有補史闕、廣見聞的目的，其撰寫內容必得有所依據且具正確性，如是便展其自覺的史官記錄史實與教化立場。

又作者對小說的觀念會影響敘事者在進行敘事時的立場與表述，故不得不明確胡應麟對小說的定位。胡應麟除作《甲乙剩言》外，同時也是小說理

〔註9〕　整理參閱自楊義：《中國敘事學》，頁200。

〔註10〕　〔明〕胡應麟：〈二酉山房記〉，《少室山房集‧五》卷90，收入王雲五主編：《四庫全書珍本十二集》，（台北：台灣商務出版社，出版年不詳），頁1。

〔註11〕　原文詳見〔明〕胡應麟：〈石羊生小傳〉，《少室山房集‧五》卷89，頁13。

〔註12〕　《百家藝苑》爲胡應麟所輯小說類書，其收範圍上自漢代《神異經》，下至宋朝各代志怪小說，總近六十家。然此書今已不存，僅剩其序，詳見胡應麟：《少室山房筆叢》，（上海：上海書店出版社，2009年4月），頁363～364。

〔註13〕　〔明〕胡應麟於〈石羊生小傳〉和王世貞〈胡元瑞傳〉皆有載其編纂《虞初統集》。詳見胡應麟：《少室山房集‧五》卷89，頁18。〔明〕王世貞：〈石羊生傳〉，錄於〔明〕胡應麟：《少室山房集‧一》，頁6。

論與文獻學家。胡應麟認為小說涵蓋奇聞逸事、知識瑣言等駁雜內容；並具有廣見聞、補史闕與娛樂教化的經世功能。在小說目錄上的歸類，雖明確將小說劃分於子部，然意識到小說同時涉有子、史之性質，兩者不能截然二分，故曰：「小說，子書流也。然談說理道或近於經，又有類注疏者；紀述事迹或通於史，又有類志傳者。」〔註 14〕胡應麟將小說分類擺盪在子、史間，明白小說之撰寫立場迥異於正史，乃「騷人墨客遊戲筆端」；其性質卻又「存史觀」、「或通於史」（《九流緒論下》，頁 283），故胡應麟撰寫小說的敘事立場同時具有史家的史官口吻與子部的敘事原則〔註 15〕，擺盪於此間的敘事立場，豐富《甲乙剩言》的敘事視角與閱讀趣味。

是以在史官立場敘事上，胡應麟沒有《史記》中「究天人之際，通古今之變，成一家之言」的偉大理想，《甲乙剩言》之敘事動機既為「補史闕、資談諧、廣見聞」，反映在敘事上即以實錄為原則，將其親歷見聞詳加記述，對於知識訊息來源以詳加考據的理性態度面對，或實證查核，或糾舉錯誤使其增加史料價值，以冀能增補史闕。而對於鄉野傳聞等不能實證的訊息，則持保留疑問態度，並予以紀錄。如是，以史官立場的敘述視野下，同時展現其個人考據經驗的真實立場，且敘事者與真實作者得以相合為一。

二、敘事視角的運用：子、史視角的承繼與變換

視角的運用在敘事學中是最為人所感興趣的熱門話題，是指敘述者或人物在故事中的觀看角度，它可連結成複雜的結構體，決定著誰看、誰被看及如何觀看的問題。楊義揭示視角在中國敘事學中的重要性乃其為作者和文本的心靈結合點，是作者把他體驗到的世界轉化為語言敘事世界的基本角度。同時也是讀者進入這個語言敘事世界，打開作者心靈窗扉的鑰匙。〔註 16〕敘事者藉由視角的操作，將人物或事件傳達給讀者，形成作者理想的召喚結構。

在中國敘事學中，視角可分為全知視角、限知視角及流動視角。傳統史

〔註14〕原文詳參〔明〕胡應麟：《少室山房筆叢》，（上海：上海書店出版社，2009年 4 月），頁 283。

〔註15〕陳文新揭示就敘事原則而言，史部作者與敘事者多為同一人，因史書為宏大敘事採第三人稱全知全能視角，且敘事者以實錄傳之，所記所敘必與歷史發展有關；子部敘事則有虛構的權力，並以簡要敘述表達深刻思想與知識。詳見陳文新：〈論漢魏六朝筆記小說的敘事風範〉，《社會科學研究》，2009 年 03期，頁 182～183。

〔註16〕楊義：《中國敘事學》，頁 191。

官採全知全能視角以撐起歷史的宏大敘事；至漢魏六朝志人志怪小說，面對個人所見聞的奇人異事，限知敘事逐漸被廣泛使用。而視角流動，是指「以局部的限知，合成全局的全知」〔註17〕的動態視域展現。不同的視域運用，使文本呈現出不同的意蘊內涵與敘事風格。

（一）史傳全知視角的繼承

全知視角指的是敘事者無所不在、無所不知。作為撐起史著的宏大敘事，對於歷史訊息需地毯式的全面搜索掌握：對所撰之人，從外貌特徵、生家背景到心理命運等訊息無所不知；對所傳之事，小至生活瑣事、閨閣床第，大至戰爭場景、國家興廢存亡等資訊無所不曉，敘事者擁有絕對感知的權利，形成全知敘事。

《甲乙剩言》繼承史書的全知敘事，展現在對人物的形象刻畫與內心描寫上。〔註18〕如〈薛校書〉：

> 京師東院本司諸妓，無復佳者。惟史金吾宅後，有薛五素素，姿度艷雅，言動可愛。能書作黃庭小楷，尤工蘭竹，下筆迅埽，各具意態，雖名畫好手，不能過也。又善馳馬挾彈，能以兩彈先後發，必使後彈擊前彈，碎於空中。又置一彈於地，以左手持弓向後，以右手從背上反引其弓，以擊地下之彈，百不失一也。素素亦自愛重，非才名士，不得一見其面。又負俠好奇，獨傾意於袁六微之。余笑謂袁曰：「袁黑橫得素素相憐，能無為我輩妒殺？」素素好佛，師俞羨長；好詩，師王行甫。人亦以薛校書呼之。雖篇什稍遜洪度，而眾伎翩翩，亦昔媛之少雙者也。（《甲乙剩言》，頁13～14）

雖以第一人稱余為敘事者，然採全知視角，對薛素素從容貌、才氣、興趣、從師乃至心儀對象、待人處世，無所不知。並聚焦於薛氏馳馬挾彈的技能，鉅細靡遺的描寫，以呈現出其百不失一的技藝精湛及動靜皆宜的才情。在簡短的篇幅中，將人物形象生動展現，同時也展現胡應麟對敘寫題材及內文剪裁的精要能力。

〔註17〕楊義：《中國敘事學》，頁221。

〔註18〕劉寧將《史記》中的全知敘事視角運用分為：一、歷史事件的前因後果，來龍去脈；二、歷史人物的優點、弱點、長處、短處；三、歷史人物的情感變化內心活動；四、歷史人物之間的隱密對話等四方面。詳見劉寧：《史記敘事學研究》，（北京：中國社會科學出版社，2008年11月），頁91。

（二）限制視角的運用與流動：

《甲乙剩言》內容多記胡應麟親歷見聞之事，故多以第一人稱限知敘事為主要操作視角。第一人稱為敘事文本中的我，當文本敘事者以當事者的觀點呈現敘事視角時，可分為兩類，一為實者當事人，是自傳式的敘事；一則為虛者當事者，以化身為當事人以求特定效果。如〈天上主司〉：

> 乙未春試前一夕，余忽夢見冕服一人坐殿上，召余入試。既入，則
> 先有一人，在坐者呼之曰易水生。未幾，殿上飛下試目一紙，視之，
> 有「晉元帝恭默思道」七字，翻飛不定。余與易水生爭逐之，竟為
> 彼先得。余怒，力往鬪，擊而覺。為不怡者久之。及入會場，第一
> 題是「司馬牛問仁章」，始悟所謂「晉元帝者」，晉姓司馬，元帝是
> 牛金所生，以二姓合為司馬牛也。「恭默思道」是認言，破無意耳。
> 可謂大巧。第易水生不解所謂，及揭榜則湯賓尹第一。蓋以「易水」
> 二字為湯也。然夢亦憒憒，書法以水從易音陽，非易也。觀此則天
> 上主司且不識字，何尤於濁世司衡者乎？（《甲乙剩言》，頁4～5）

此篇〈天上主司〉敘述者為文中之我，視點採第一人稱限知觀點觀看夢中與現實的情景。以我的視覺、觸覺等感知提供讀者訊息：由「我」入夢，經歷與易水生爭逐試紙；由「我」出夢，赴考場，驗證夢中提示，至放榜感嘆。夢的場景涉及虛構手法，夢中得預言且於現實中得證，頗有志怪之感。然其表層意在欲以此諷刺天上主司不識字，易水為陽不為湯，胡亂使易水生登科，己勝券在握卻落第。深層義則是藉由夢境與現實；得志與不得志；天上神仙與地上官職等二元對立，來諷刺科場黑暗及對考官乃至於整體司法的不滿與憤恨。此及敘事者化身當事人，使己置身虛幻與真實間所構述出的敘事張力，以求傳遞言外之意的手法。又此篇作品採第一人稱，除使敘事文本中的聲音與視角合而為一，同時敘事者亦是真實作者，即胡應麟。胡應麟於萬曆四年（1576）參加鄉試中舉後，多次參加會試欲得功名然均未及第。萬曆二十三年乙未（1595）最後一次參加會試，吳晗〈胡應麟年譜〉載其「會試下第，因以寄慨」。且《萬曆二十六年進士題名碑錄》載：「賜進士及第第一甲第二名湯賓尹，直隸寧國府宣城縣君籍。」可見易水生的角色所創有據。〔註19〕如是「沿著敘事作品中的視角到作者，讀者可窺見創作者的心靈創

〔註19〕王嘉川認為胡應麟於萬曆二十七年（1599）第五次參加會試後下第南歸。詳見
　　　王嘉川：《布衣與學術——胡應麟與中國學術史研究》，頁11。然吳晗〈胡應麟

傷，且作品字裡行間充滿潛台詞」〔註20〕，作品中的眞實作者、敘事者及隱含作者三位一體，眞實生命和藝術生命產生交流，便賦予作品生命感及豐富內容。

胡應麟亦常使用第三人稱限知視角來敘述文本，借他人之口展現故事始末，並以故事中人物視角的感知、見聞、作爲推動情節。如〈胡孟弢〉：

> 胡孟弢嘗言，於任城客邸遇一人，豐碩長髯，頭著青幘，身披布衲，手捉一扇來謁胡。胡與之言，則道流也。須臾拉胡上太白樓，下瞰南池，遠眺泷水，劃然長嘯，有如鳳音。因相與對坐，道人曰：倉卒無以爲娛，聊與君飲。遂袖出一盤如赤玉。……胡不覺五體投地，曰凡夫不知賢聖，願知此身昔所從來，今何抵止幸一爲指示。道人曰人有星宿降謫身……汝是匡廬山伯，來所從來，止所從止，後當自驗。吾乃言天地之秘，未敢盡泄。胡因歷以在朝，諸大寮問則曰：趙相國是天目上眞；張相國是旌陽顯化……胡欲更問，諸公而忽聞窗外大聲曰：盜道多言，有翅不騫。道人曰：余過矣，余過矣。遽起長別，不知所之。余笑曰：可惜此問答只成得一部天上縉紳耳。
> 何不問胡元瑞以上，應少微庶幾解俗乎？（《甲乙剩言》，頁 17～19）

故事中敘事者雖爲「余」，然以胡孟弢的視角作感知。敘事者從胡孟弢得到訊息，敘述胡孟弢遇一仙人，並與仙人談論前世今生的故事。其中敘事者以胡孟弢所歷所知爲己之所歷所知，仙人的衣著形象及所歷景致，都是藉由胡氏的視角所呈現。故事至胡氏與道人長別後，敘事者才以敘事干預的方式出現，於文末進行評述，認爲這只是奇聞異事，不足爲眞。

志怪小說採限知敘事記錄個人見聞，其見聞不再全知全能，而是限縮在所知、已知的有限範圍內敘事，留下富有暗示性的敘事空白。《甲乙剩言》中胡應麟多使用限制視角，除以第三人稱記錄從他人口中聽到的異事見聞；亦以當事人的第一人稱立場進入故事，增加故事眞實感，或從中傳達隱含旨趣，達到特定的文學效果。

另外《甲乙剩言》中也可看到流動視角的使用，如〈方子振〉：

年譜〉於 1599 年載胡氏北上就試，然因病臥於禪寺，並未赴試。詳見吳晗：〈胡應麟年譜〉，《清華學報》1934 年 1 月第 9 卷第一期，頁 244。而陳衛星經考證，亦認爲胡應麟於 1599 年北上時並未能參加會試。詳見陳衛星：《胡應麟與中國小說理論史》，（北京：中國社會科學出版社，2011 年 3 月），頁 25。
〔註20〕原文詳見楊義：《中國敘事學》，頁 206。

人多言方子振小時嗜奕，嘗于月下見一老人，謂方曰：孺子喜奕乎？誠喜，明當竢我唐昌觀中。明日方往，則老人已在。老人怒曰：曾謂與長者期，而遲遲若此乎？當於詰朝更期于此。方念之曰：圯上老人意也。方明日，五鼓而往，觀門未啓，斜月猶在。老人俄翩然曳杖而來曰：孺子可與言奕矣。因布局于地，與對四十八變，每變不過十餘著耳。由是海內遂無敵者。余過清源，因覓方問此，方曰：此好事者之言也。余年八齡，便喜對奕，時已從塾師受書，每于常課必先了竟。且語其師曰：今皆弟子餘力，請以事奕。塾師初亦懲撻禁之，後不復能禁，日于書案下置局布算，年至十三，天下遂無敵手，此蓋專藝入神，管夷吾所謂鬼神通之，而不必鬼神者也。（《甲乙剩言》，頁 2～3）

敘事者在此篇採第一人稱全知敘事視角，敘述街談巷語間流傳關於方子振喜奕及遇奇人良師而成海內無敵者之傳奇趣聞。但自身於文中現身，尋方求證傳聞；後即用方子振的口吻敘事，陳述己勤於學奕之事，因而造成視角上的流動。藉由當事人方子振的現身說法，破除鄉里傳聞的奇異性，同時揭示精湛的技藝非天生運氣及奇遇而成，需靠後天苦練方至。

視角上的流動使感知者變化，因此對同一事有不同的行動作為或立場，使事件的面相能更多方面的被呈現，豐富情節滿足讀者全知的閱讀樂趣。

總結上述，在《甲乙剩言》的創作中，胡應麟多以第一人稱口吻敘事，其目的有二，其一以記錄其親耳聽聞及經歷之事；二則為強調信實觀念寫作。並在簡短篇幅中，善用各種不同的敘事視角傳達訊息，使敘事更多元靈活，增加閱讀趣味。

第三節　《甲乙剩言》取材敘事傾向：題材延續與知識聞見

人類的敘事文化淵遠流長且充斥於日常生活，羅蘭・巴特（Roland Barthes）於〈敘事結構分析導言〉言：

世界上的敘述種類無限多。敘述首先包括種類繁多的文類，這些文類可用完全不同的材料──似乎任何材料都能被人類用來講故事。敘述可以用口頭或書面的語言來表達，可以用移動的或固定的形

象、手勢，以及把所有這些有次序地組合在一起來表達。敘述存在
於神話、傳說、寓言、故事、小說、史詩、歷史、悲劇、正劇、喜
劇、滑稽劇、繪畫（例如 Carpaccio 的 Saint Visula）、彩色玻璃窗、
電影、報刊上的連環畫頁、新聞，以及對話之中。不僅如此，敘述
不僅有幾乎無限多的形式，而且存在於任何時代，任何地方，任何
社會之中，它隨人類社會之始而始，從不曾有過沒有敘述的民族。
任何階層、任何人的組合之中都有敘述，不同甚至相反文化背景的
人們對其同樣欣賞。〔註21〕

揭示敘事除以語言、文字的方式存在外，還可藉由圖畫、器物、影像等不同
媒介承載欲傳達的人、事、地、物等各種訊息。而敘事作品種類繁多，題材
各異，只要事件具有可述性（tellability）且有口耳相傳的傳播能量，經由紀錄
即成敘事作品。〔註22〕作者經有意識的選擇素材撰述，讀者藉由敘事媒介理
解認識感興趣的事件，作者與讀者分別與作品產生互動，在創作、閱讀與傳
誦的過程中，素材與成品間產生文本空白因而形成虛構想像的詮釋空間。由
是，在紀錄方式及題材的選擇上都有作者的用心。因此本節探討筆記體小說
《甲乙剩言》中的取材原則及其用心。

　　筆記體小說有別於史家之筆的鴻幅巨製，其篇幅短小，且以隨筆方式敘
寫，輕實用而重情趣。然胡應麟以「備經解之異同，存史官之討覈」等史遺
角度觀看小說，可見其撰寫《甲乙剩言》時亦重視「實用」目的。又內容駁
雜為筆記體小說的特點之一，體現於題材廣泛與豐富的內容，歷代朝政軍國、
典章制度、民情風俗、鄉野傳聞、名山大川、奇珍異品、鬼神精怪、學術科
技等內容，在筆記體小說中都有所反映。〔註23〕正因筆記體小說內容駁雜，
故在題材區分上不易，如同胡應麟指出「或一書之中，二事並載；一事之內，
兩端俱存。姑舉其重而已」（《九流緒論》，頁 283）要仔細衡量，才能判別筆
記體小說的分類歸屬。

〔註21〕　羅蘭・巴特（Roland Barthes）著；謝立新譯；趙毅衡編選：《符號學文學論文
　　　　　集》，（天津：百花文藝出版社，2004 年），頁 404。
〔註22〕　可述性（tellability）是指「一種讓情節不斷產生新版本的品質，在很大程度
　　　　　上是能夠廣泛利用虛擬性的一種功能。」詳見（美）戴衛・赫爾曼（David
　　　　　Herman）主編；馬海良譯：《新敘事學》Narratologies，（北京：北京大學出
　　　　　版社，2004 年），頁 66。
〔註23〕　詳見苗壯：《筆記小說史》，頁 7。

　　苗壯將筆記小說之題材採二分法區分為志人與志怪兩大門類作統攝。志怪題材下又細分三類：一為地理博物體志怪，內容涵蓋山川地理、遠方異物、神話雜事等。如《山海經》、漢《神異經》、晉・張華《博物志》。二為雜史雜傳體志怪，雜史多記一代一時之帝王事；雜傳則記諸色人物的生平事蹟，並將歷史虛化，多採傳聞。如劉向《列仙傳》、葛洪《神仙傳》、王嘉《拾遺記》。三為雜記體志怪，雜記今古各種神鬼怪異的故事，不用紀傳體方式記錄，且題材擴大不限於山川地理及遠古傳說，是之後志怪體發展的主要形式。如漢代《異聞錄》、干寶《搜神記》、劉義慶《幽明錄》。志人則「或者掇時舊聞，或者記述近事，雖不過叢殘小語，而俱為人間言動」，其題材上自帝王公侯，下自市井小民。亦可細分為逸事、瑣言及笑話三類。逸事又為軼事、雜記，所記之事乃正史所不載之軼聞瑣事，如葛洪《西京雜記》；瑣言指人物應對言行，如劉義慶《世說新語》；而笑話即為排調、諧謔之語，如邯鄲淳《笑林》。〔註24〕此分類法雖簡要明白，然無法涵蓋《甲乙剩言》全部題材，觀胡應麟的小說創作，實包括志人、志怪與考辨博物等題材。

　　許彰明與陳衛星皆曾對《甲乙剩言》的小說題材進行分類。許彰明將《甲乙剩言》的內容題材分為四類：一、記人物逸聞軼事，兼涉趣聞瑣事；二、述博物類趣事，兼涉考辨；三、敘詩文軼事，屬詩話類內容；四、志怪筆調，在書寫社會世相的同時寄寓自己的身世之慨。〔註25〕篇章內容與題材分類對應表羅列如下：

表4-2：許彰明對《甲乙剩言》內容題材分類一覽表

類目	篇數	所含篇名
記人物逸聞軼事，兼涉趣聞瑣事	14	〈蜀僧〉、〈方子振〉、〈酒肆主人〉、〈李惟寅〉、〈趙相國〉、〈劉玄子〉、〈王長卿〉、〈沈惟敬〉、〈李長卿〉、〈賀啓露布〉、〈魏總制〉、〈薛校書〉、〈吳少君〉、〈黃白仲〉
述博物類趣事，兼涉考辨	8	〈青鳳子〉、〈博古圖〉、〈卵燈〉、〈合巹杯〉、〈王太僕〉、〈曹娥碑〉、〈陳紀傳〉、〈廁籌〉
敘詩文軼事，屬詩話類內容	3	〈邊道詩〉、〈都下詩〉、〈友人〉

〔註24〕此段整理節錄自苗壯：《筆記小說史》，頁11。
〔註25〕詳見許彰明：〈胡應麟《甲乙剩言》論略──兼論胡應麟的小說史料價值觀〉，《學術論壇》2011年第4期，頁74。

類目	篇數	篇名
志怪筆調，在書寫社會世相的同時寄寓自己的身世之慨	3	〈天上主司〉、〈前定命〉、〈胡孟弢〉

　　陳衛星則將《甲乙剩言》分記人言行、趣聞軼事、博物與考辨四類題材。〔註26〕篇章內容與題材分類對應表羅列如下：

表4－3：陳衛星對《甲乙剩言》內容題材分類一覽表

類目	篇數	篇名
記人言行	11	〈方子振〉、〈酒肆主人〉、〈李惟寅〉、〈趙相國〉、〈劉玄子〉、〈王長卿〉、〈沈惟敬〉、〈李長卿〉、〈魏總制〉、〈薛校書〉、〈黃白仲〉
趣聞軼事	4	〈蜀僧〉、〈吳少君〉、〈胡孟弢〉、〈天上主司〉
博物	4	〈博古圖〉、〈卵燈〉、〈合巹杯〉、〈青鳳子〉
考辨	6	〈王太僕〉、〈曹娥碑〉、〈陳紀傳〉、〈前定命〉、〈邊道詩〉、〈廁籌〉

　　許、陳二人均指出《甲乙剩言》共計29篇，然觀上述歸納表發現，在許氏分類中缺〈知已傳〉一篇；陳氏則漏〈知已傳〉、〈賀啓露布〉、〈都下詩〉及〈友人〉四篇。兩人既已指出《甲乙剩言》的實際篇數，故應為敘述策略的運用，僅舉具代表性的例子論述，因而未作全面性分類。綜觀上述，更值得探討的是兩人的題材分類。從許氏的分類，看出胡應麟小說的駁雜性，一篇之中可有多種題材的呈現。然其分類及示例皆有可議之處，如〈吳少君〉及〈天上主司〉皆為夢境及驗證夢境之志怪題材，然將〈吳少君〉分為記人物逸聞軼事，兼涉趣聞瑣事；〈天上主司〉則分為志怪類寄寓身世之慨，頗為冗雜。且〈前定命〉乃言都下有抄前定命者，鄉人皆狂駭而神之。胡應麟則指出其乃從京師購得資料，駭炫他人耳目，非真神人者，因而破除迷信；〈胡孟弢〉載胡孟弢遇一道人，能憑空設宴、招白鶴，甚至可觀見他人身昔從來。後長別不知所之。胡應麟譏笑不信而錄之。此兩篇以記錄軼聞為主要內容，且以破除虛妄的態度紀錄之，未得出有寄寓身世之慨的內容。可見其分類有待商榷。

　　而陳氏的分法則過於簡略單一，如〈天上主司〉記胡應麟夢中應試與易水生逐「晉元帝恭默思道」七字，終為易水生所得。夢醒後參加會考，試題

────────────

〔註26〕詳見陳衛星：《胡應麟與中國小說理論史》，頁109。

答案與夢中七字相合。而「易水」二字合而為湯，亦符合榜首湯賓尹。然胡應麟以文字訓詁的角度檢視，說明「書法以水從易音陽，非易也。」認為是天上主司不識字使榜首所位非人，藉此諷刺官場腐敗黑暗，亦暗喻己未能得志之慨。其本身既言此篇「寄託了作者個人的心跡」〔註27〕，且文中有夢境應和現實的奇特經歷，頗有志怪之感，單以趣聞軼事的內容題材劃分過於簡略，不夠精確。又如〈博古圖〉記載博古圖內容有翻摹古文、雲雷饕餮犧獸等圖。並評論第一序，胡應麟言其為閩粵田農卷舌，作燕趙語耳。在博物中亦有考辨的意趣。〈曹娥碑〉則是考辨中亦有博物以增廣知識見聞的功效，可見胡應麟的小說創作常將題材交互運用，若此陳氏分類強行劃分可能有割裂文意之嫌。

　　總和上述，為有效分析《甲乙剩言》中的題材運用，今不細分題材類別，而分志人志怪的題材繼承與博物考辨及足資考據的知識見聞兩大類分別析論，從其中觀看胡應麟小說創作的題材敘事傾向。

一、志人志怪的題材延續

　　志人志怪為筆記體小說題材之大宗，在《甲乙剩言》中有許多以人名為篇章命名。內容較單一，記人物言行軼事之志人題材者，如〈李惟寅〉：

> 李惟寅太保，別僅一再易涼暑耳。遂不良於行，蹣跚出見客，道故殷勤，至涕落不能止。因念走馬長干，鍾陵躍澥時，何輕捷也。而一但衰憊爾爾，乃知人生壯盛，足恃幾何。不覺覽鏡，亦為鬢絲興嘆。（《甲乙剩言》，頁5）

此文記其好友李惟寅言行，寥寥數語勾勒出友人從壯年英姿煥發到衰老羸弱的形象轉變，頗似《世說新語・容止篇》描繪人物形象精準。又此中流露出胡應麟為老友衰老的不捨之情及對人生苦短的慨歎，類同《世說・言語篇》：「桓公北征，經金城，見前為琅邪時種柳，皆已十圍，慨然曰：『木猶如此，人何以堪！』攀枝執條，泫然流淚。」〔註28〕所發出嘆時傷逝的感慨。以簡短篇幅，以對比、描寫、誇張等手法呈現人物形象並發抒己情，正可謂追步《世說新語》。又如〈王長卿〉：

〔註27〕陳衛星：《胡應麟與中國小說理論史》，頁112。
〔註28〕〔南朝宋〕劉義慶撰；〔梁〕劉孝標注；楊勇校箋：《世說新語校箋修訂本》，（北京：中華書局，2006年6月），頁101。

王長卿，新安人，能詩。其內人精于綵繡，嘗觀其繡佛，纖密絢爛。
而髮絲、眉目、光相、衣紋，儼若道玄運筆。余所見宋繡最多，此
繡當不多讓，即謂之鍼王可也，王行甫、汪明生諸君多以篇詠重之。
第性嚴妒長卿，往朔方謁周中丞，慮有外私。使向繡佛前，受邪淫
戒而去。（《甲乙剩言》，頁6～7）

此乃記王長卿之逸事瑣文，亦屬志人範疇。以聚焦式筆法，著重在王妻善繡，
後招忌陷害而受懲戒之事進行描寫。另如〈薛校書〉描寫當時京師才女薛素
素才華輩出、動靜皆宜之事，皆可見作者對女性的關注，是對婦女才德、地
位的側寫。

　　另外，《甲乙剩言》中往往有志人、志怪題材混用的情況，如〈蜀僧〉：

余過京口，見鄔佐卿語曾于甘露寺遇一蜀僧，與接言論，蓋深于禪
理者。因數數往還，佐卿適有所負，迫窄無以應憂。見于色，僧問
曰：君須幾何而形困若此？鄔曰：此方以內，煎熬地獄，非十金不
能免此。僧持几上煮茶銅銚視之曰，此踰十金矣。便命索炭。鄔異
之，即以燃炭。僧出袖中一包出藥七許，以銚周身擦抹此藥，藥盡
著火中。燒令通赤，急索酒淬之。尋以水洗，則成銀矣。鄔遂得緩
子錢之急。明日往謝，僧已行矣。（《甲乙剩言》，頁1）

記作者親聞友人分享其遇蜀僧得金銀的奇遇，本屬志人軼事範疇，然細品味
亦涉志怪而有神鬼怪異之成分，彼此間之界線不全然涇渭分明。又如〈吳少
君〉乃載胡應麟下第後友人吳少君從北寄一絕云：「趙氏連城辨得真，幾年聲
價重西秦。從來有眼皆能識，何意猶逢按劍人」。得詩數日後，夢少君提醒須
避按劍人。隔日至朱友家喝酒，與趙常吉發生口角，趙按劍欲殺，死裡逃生。
少君詩及其夢遂得驗證。此記志人範疇之趣聞軼事，又有夢境、預言等志怪
題材涉入。另如〈胡孟弢〉雖為作者親聞的趣聞軼事，然亦涉及志怪筆調，
是以無法全然區隔志人、志怪題材的使用。

二、博物考辨與足資考據的知識見聞

　　在《甲乙剩言》中胡應麟將博物、考辨、讀書心得視為小說中的題材，
並大量敘寫。又文中經常博物兼涉考辨；或論詩文、藏書時亦涉考辨；博物
之中亦含知識心得，總之三者不能全然割裂，且具史料價值，故納入總體足
資考據的知識見聞。如〈博古圖〉：

鄭錦衣樸，重刻小幅博古圖，其翻摹古文，及雲雷饕餮犧獸諸眾，較精於前。且卷帙簡少，使人易藏。雖寒生儉士，皆得一見商周重器，大有裨於鑑賞家。第一序艱滯可笑，人謂可比樊宗師，余謂非也。此猶閩粵田農卷舌，作燕趙語耳，足為此圖，減價落色。（《甲乙剩言》，頁8～9）

此文載其珍異品──博古圖之樣貌特色，又以圖上序言之文采，以理性角度判定物品優劣，見其考證有據之功力。因此此文增廣讀者對珍寶之見聞，亦展現考辨意趣，拓展讀者視野。又如〈邊道詩〉：

有一邊道轉御史中丞，作除夕詩云：「幸喜荊妻稱太太，且斟柏酒樂陶陶。」蓋部民呼，有司眷屬惟中丞巳上得呼太太耳。故幸而見之，歌詠讀者，大為絕倒。然此特近于俚鄙耳。至若閩，少白有作，即為眾所傳誦，如宋人日出卓八腳之類，最多好事，故為鏤板。書價一旦騰踴，貿者如市。蓋人喜得之，用為笑資耳，亦詩道一惡劫也。（《甲乙剩言》，頁16）

藉記錄當時詩作，並對內容展開評論。在明朝經濟富庶，商業發展繁榮，市民階層興起，小說、戲曲等通俗文學亦連帶茁壯發展，白話文學蔚為風潮，影響文人的審美觀。於是對於以俗語入之且使眾者大然絕倒的邊道詞，胡應麟考其詞語來源，則以俚鄙視之。此文除展現其對當時文學的評價及立場，亦反映社會時況，呈現不同階層的文學審美觀。

而胡應麟在記錄考證、博物一類的篇章，其功用除考證有據，增廣見聞，同時也反映了當時的社會風氣，如〈前定命〉：

都下有抄前定命者，其辭皆七言而村鄙，若今市井盲詞之類。其言自父母妻子兄弟貴賤庚甲皆具。人且狂駭，以為神也。雖三公九卿，莫不從風而靡，以為此邵堯夫再來也。不知此皆從京師日者，購其年庚履歷，預為撰集，使人身自覓索以駭眩之耳。如余未嘗以命問京師日者，則覓之不復有此命矣。且未有文理村鄙若此，而足以定人之貴賤壽夭者也。其事易見，何不少察而明墮于其偽術乎。（《甲乙剩言》，頁15～16）

記錄並諷刺當時民間迷信都下算命之軼事，胡應麟考辨其批卦內容，認為深度不足，且深入追查披露算命資料的來源，破除迷信，展現作者睿智，並進一步抨擊社會愚昧無知及荒謬作偽的現象。足見胡應麟使用此題材時寓於其

中的教化用心。《甲乙剩言》取材敘事傾向歸納表羅列如下：

表 4－4：《甲乙剩言》取材敘事傾向歸納表

敘事傾向	說明	篇名
志人志怪的題材延續	記人言行，兼涉趣聞軼事。有世說、傳奇志怪的興味。不能截然二分	〈蜀僧〉、〈方子振〉、〈酒肆主人〉、〈李惟寅〉、〈趙相國〉、〈劉玄子〉、〈王長卿〉、〈沈惟敬〉、〈李長卿〉、〈賀啓露布〉、〈魏總制〉、〈薛校書〉、〈吳少君〉、〈黃白仲〉、〈胡孟弢〉、〈天上主司〉、〈知己傳〉。
博物考辨、足資考據的知識見聞	博物，考辨：博中有辨，辨中有博	〈青鳳子〉、〈博古圖〉、〈卵燈〉、〈合巹杯〉、〈王太僕〉、〈曹娥碑〉、〈陳紀傳〉、〈廁籌〉、〈前定命〉、邊道詩〉、〈都下詩〉、〈友人〉。

第四節　《甲乙剩言》的敘事風格

　　總上所述，《甲乙剩言》多為作者親身聽聞經歷之事，讀來親切可信，且為第一手訊息，實具史料價值。善用不同視角展現事件，內容廣博多涉，使讀者兼具知識與閱讀之樂趣，達到其「補史闕、資談諧、廣見聞」的創作目的。然在精簡短小的筆記體中，胡應麟是如何使用敘事技巧，達到有效的傳遞資訊予讀者？是以本節進一步探討其敘事的藝術風格，以期建構其敘事風範。

一、筆記體式的簡約筆調

　　著述之文即著書者之筆，是相對才子之筆之概念，出自紀昀對小說創作筆法的提出。盛時彥曾於〈姑妄聽之跋〉中引紀昀評《聊齋誌異》之語云：「《聊齋誌異》盛行一時，然才子之筆，非著書者之筆也。」〔註29〕並進一步揭示「才子之筆，務殫心巧；飛仙之筆，妙出天然。」〔註30〕在紀昀眼中，才子之筆重文采，講求詞藻絢爛華美，是作者「努力出棱，有心作態」〔註31〕的匠心之作。而著述者之筆，則出現於〈姑妄聽之跋〉中，言：

　　　　夫著書必取熔經義，而後宗旨正；必參酌史裁，而後條理明；必博

〔註29〕〔清〕盛時彥：〈姑妄聽之跋〉，收錄於〔清〕紀昀著，夏風揚校點：《全本閱微草堂筆記》，（成都：巴蜀書社出版，1995年），頁446。
〔註30〕〔清〕紀昀著，夏風揚校點：《全本閱微草堂筆記》，頁430。
〔註31〕〔清〕紀昀著，夏風揚校點：《全本閱微草堂筆記》，頁518。

> 涉諸子百家，而後變化盡。譬大匠之造宮室，千楹廣廈，與數椽小
> 築，其結構一也。故不明著書之理者，雖詰經評史，不離則陋；明
> 著書之理者，雖稗官脞記，亦具有體例。〔註32〕

可見著述之筆以文意上的經營爲主，講求思想與知識的深度，因而內容需言
之有據，博學儒雅。又紀昀於〈姑妄聽之序〉揭示著述之筆運用於小說創作
中的典範：

> 緬昔作者，如王仲任、應仲遠，引經據古，博辨宏通；陶淵明、劉
> 敬叔、劉義慶，簡澹數言，自然妙遠。誠不敢妄擬前修。然大旨期
> 不乖於風教，若懷挾恩怨，顛倒是非，如魏泰、陳善之所爲，則自
> 信無是矣。〔註33〕

如是，紀昀心中符合著述之文的小說創作規範有二，在內容上需徵而有信，
博通經典；在風格上需記事簡要，言約旨遠。紀昀將上述文學理論實踐於其
小說《閱微草堂筆記》中，然則此風範上至胡應麟《甲乙剩言》即有完善運
用著述之筆的創作。

在《甲乙剩言》中29篇創作，皆明確標示來源，或親身經歷、或聽聞鄉
里友人，且能詳加考證，增其可信度。如〈廁籌〉：

> 有客謂余曰：「嘗客安平，其俗如廁，男女皆用瓦礫代紙，殊爲嘔穢。」
> 余笑曰：「安平晉唐間爲博陵縣，鶯鶯縣人也。爲奈何？」客曰：「彼
> 大家閨秀，當必與俗自異。」余復笑曰：「請爲君盡廁中二事。北齊
> 文宣帝如廁，令楊愔執廁籌。是帝皇之尊，用廁籌而不用紙也。三
> 藏律部宣律師上廁，法亦用廁籌。是比丘之淨，用廁籌而不用紙。
> 觀此廁籌，瓦礫均也。不能不爲鶯鶯要處掩鼻耳。客爲噴飯滿案。」
> （《甲乙剩言》，頁22）

此乃記載胡應麟與客對談所聽聞里俗以瓦礫代紙如廁之趣聞，胡氏交代聽聞
來源，亦順道記載當時鄉里之社會習性，有社會實錄及考據之功。從言談間
可見客對廁籌習俗的鄙視，胡應麟則引北齊文宣帝及三藏律部之史事說明瓦
礫廁籌由來已久，言談滑稽詼諧，同時達到「補史闕、資談諧、廣見聞」的
目的，是上乘之作。

〔註32〕 〔清〕盛時彥：〈姑妄聽之跋〉，收錄於〔清〕紀昀著，夏風揚校點：《全本閱
微草堂筆記》，頁446。
〔註33〕 丁錫根：《中國歷代小說序跋集》，（北京：人民出版社，1996年7月），頁181。

又《甲乙剩言》敘事簡潔精煉,在精幹短小的作品中能展鮮活人物形象,足見其運筆功力,如〈酒肆主人〉:

> 余過淮陰市中,憩一酒肆,主人約五十許,人與余談酒事,各極其意。主人忽瞪目視余曰:「觀君似解操觚者。」余謝曰:「非曰能之,嘗窺一斑矣。」主人遂與余論詩。上自三百漢魏,下及六代三唐以及我明,無不畢當窾綮。因命酒對坐,劇飲,復論天下事,事至於千古興衰,每太息流涕。忽向余曰:「吾閱海內人多矣,少得似君,君得無金華胡元瑞乎。」余曰:「是也。」余因詢其姓字。主人曰:「肆門所書張叔度是也。」余復問其鄉縣。主人曰:「吾無何有鄉之人也。」余笑曰:「地且不得,曾謂張叔度是丈人姓字乎?」主人起,顧余笑,躍身入內,曰:「毋多談,君且休矣。」明日,索與相見,眾備保曰:「主人仗一劍躍馬去矣。」余遂窮問其人,則曰:「主人有錢數百千,令我輩張肆于此。其出處從不能悉也。」余意必江淮大俠,託于市隱者耳。(《甲乙剩言》,頁3~4)

其內容頗似唐傳奇〈虬髯客傳〉中紅拂女與李靖於客棧遇大俠虬髯客,與之對談之場景。紅拂女與李靖先於一次宴會中相見,隨後相愛互許終身而私奔。其後才在途中客棧遇虬髯客,進而三人相知結義。然〈酒肆主人〉粗陳梗概,胡應麟未交代為何走訪淮陰市,亦未交代酒肆主人為何許人及其來去等細節。正因其不追求情節完整性,故未在環境與人物背景細節上加以鋪展。而全文采第一人稱的限知視角,讀者只能從胡應麟所提供的對話得到訊息,其他細節無從知曉。故推知胡應麟作意並非為酒肆主人作傳,單純記此奇遇,僅以言談中的對話呈現酒肆主人的博學多聞與對胡應麟的相知之情。胡氏僅以簡要的神情動作及對話,呈現酒肆主人為性情中人及俠客的形象,用詞樸質,不過份渲染,亦不追求華美詞采。是著書者之筆簡潔平實,意味深長的敘事特徵。

二、滑稽諧讔的審美效果

「諧讔」為劉勰在《文心雕龍》中對於滑稽文學所提出的理論。劉勰言:「諧之言皆也,辭淺會俗,皆悅笑也。」〔註34〕乃指「諧」作為一種文學體

〔註34〕 〔南朝梁〕劉勰著;王利器校注:《文心雕龍校證》,(台北:明文書局出版社,1982年4月),頁102。

裁，其特徵是言辭通俗淺近，能使人發笑；「讔者，隱也；遯辭以隱意，譎譬以指事也。」〔註35〕則指「讔」之文體特徵措辭需曲折隱晦，譬喻詭譎巧妙，言在此而亦在彼，需仔細推敲後方能得其中意蘊。兩者相輔相成，形成特殊的文學審美效果。此種文體涵蓋文學範圍甚廣，民間文學的俗諺、笑話、謎語、歇後語；古典文學中的滑稽傳錄、諷刺小說、寓言文學等皆在其中。尤雅姿揭示：

> 劉勰所設立的「諧讔」體一詞，自然有它的概念範圍，不過，若放在今日討論，「諧讔」似可以「滑稽」來取代，因為「滑稽」已被認為是美學體系中的一個範疇，它的涵蓋面廣闊，既可以作為一種文學體裁，也可以是一種表現手法，或是一種審美心理感受。〔註36〕

正因諧讔涵蓋範圍之廣，它不只侷限於文體，更是種審美感受。在《甲乙剩言》中〈天上主司〉、〈趙相國〉、〈李長卿〉、〈胡孟弢〉、〈廁籌〉等篇章皆具滑稽諧謔的藝術手法。

〈天上主司〉為譏諷時病的嘲弄之作。記夢中與易水生相爭預言試紙，而易得之。現實中參加春試，預言得中，應答如流。然揭榜以湯賓尹第一。作者以「書法以水從易音陽，非易也。」嘲諷天上司主不識字，以致他人及第，藉此諷刺科舉不公及司法亂紀，令人莞爾。而〈趙相國〉：

> 趙相國以東事憂悴，時或兼旬不起。余姓訪之。適日者王生、醫者李生，兩人在坐。相國謂王曰：「我仇忌何日出宮。」謂李曰：「我何日膏肓去體。」余笑曰：「使石尚書出京，便是仇忌出宮；沈遊擊去頭，是膏肓去體。相國為之默然。」（《甲乙剩言》，頁5～6）

乍看之下不知所以，然查證明史，趙相國為趙志皋，為明代官至禮部尚書兼東閣大學士。石尚書指時兵部尚書石星；沈遊擊指時遊擊將軍沈惟敬。當時趙志皋贊同當時對日本封貢政策而遭彈劾，以致臥病在床。〔註37〕胡應麟正

〔註35〕〔南朝梁〕劉勰著；王利器校注：《文心雕龍校證》，頁102。

〔註36〕尤雅姿：〈從劉勰《文心雕龍・諧讔》探討傳統滑稽文學的生態結構及理論特點〉，《慶祝王更生教授七秩嵩壽紀念文集》，（台北：文史哲出版社，1997年7月），頁221。

〔註37〕《明史》於卷219記載趙志皋事蹟云：「日本封貢議起，石星力主之，志皋亦冀無事，相與應和。及封事敗，議者蜂起，凡劾星者必及志皋。志皋每被言，輒疏辨求退，帝悉勉留。先嘗譖言者以謝之，後言者益眾，則多寢不下，而留志皋益堅。迨封事大壞，星坐欺罔下獄論死，位亦以楊鎬故褫官，而志皋終不問。」又卷320載：「兵部尚書石星計無所出，議遣人偵探之，於是嘉興

逢此時走訪趙相國，以睿智俏皮的話語，指出趙相國之病源於心病，展現其機智，亦不失為嘲弄之作。又如〈李長卿〉：

> 李長卿嘗言：「自古大篇名什，銷沒沉湮，令人搜募不得。至於學究所攻，如千家詩及巷里村詞，如呂蒙正、蘇秦、劉知遠之類，雖窮邊瘴海，莫不誦讀唱演。我不知其和所感格一至於此。」余謂：「天下多凡眼俗耳，惟近於凡俗，則行之必遠，此亦勢也。故我輩捉筆，得與千家、蘇、劉、傳奇爭上下，便足千秋矣。」不覺相視大笑。(《甲乙剩言》，頁 11～12）

則見胡應麟以輕鬆幽默之語笑看人生，展現其豁達的人生哲學。〈胡孟弢〉面對友人講述與仙人對談的趣聞軼事，胡應麟笑答「此問答只成一部天上縉紳耳。何不問胡元瑞以上，應少微庶幾解俗乎。」以機智諧謔的應答，展現其不信鬼神的理性態度。

　　無論是有所託的諷諭諧謔，或展現人生態度的滑稽之言，胡應麟都能寓諧於莊的表述，使讀者在閱讀中享受輕鬆詼諧的審美樂趣。

三、多層敘事的言外寄寓

　　胡應麟常於文本中透顯隱含旨趣，或反映社會時態、諷刺朝政，或託寓心懷。故於其文本中，胡應麟同時擔任故事記錄者與評論者的雙重角色。最常出現的敘事手法為先敘後議，先以客觀角度對傳聞事件進行記錄，再提出自己的看法、證據加以議論。如〈賀啟露布〉：

> 有一近來聞人賀翰林某啟曰通藉玉堂，帝亦呼庶吉之士校書，天祿人皆稱劉更之。生此與昔人身坐銀交之椅，手持金骨之朵，可謂今古捧腹。又曾見寧夏露布，以祿山之亂對宋江之強，彼以山對江，自謂絕異，不知轉入惡道。是以王元美先生謂近來修史之難，政謂此耳。如此等一番大舉動，載此露布一通可乎？(《甲乙剩言》，頁 10）

文中傳主應為高啟，《明史》中載高啟曾奉召修《元史》，授翰林院國史編修官，復命教授諸王。三年秋，拔擢為戶部右侍郎，徽吏部郎中。然高啟自陳

人沈惟敬應募。惟敬者，市中無賴也。……而星頗惑於惟敬，乃題署遊擊。」詳見〔清〕張廷玉等撰：楊家駱主編：《新校本明史并附編六種》，（台北：鼎文書局，1991 年），頁 5776、8292。另於《甲乙剩言》中有〈沈惟敬〉紀錄其於幼為倭奴所掠，後參與石星應募，奉使日本說貢之事，與〈趙相國〉有互見筆法之用。且和正史相互應，有補史之缺的效能。

年少不敢當重任而求去。其後嘗作諷刺詩，得罪帝王；又後作〈上樑文〉使帝發怒，腰斬於市。〔註38〕前文主述高啓官場得意及其形象傳聞之事，然藉寧夏露布〔註39〕以文遭禍及王美元之口，道出修史不易之事，內容與《明史》所傳生平暗合。文末則現身以疑問句作一反諷，諷時政欲挑選人才修史，而又大興文字災禍的弊政。以問句加深讀者反思興味，達到客觀行文記事，與主觀介入評論的雙重表述。又如〈青鳳子〉：

> 新安楊不棄，精于鑒別法書名畫。吳用卿所刻新帖，皆其審定，鉤摸上石。不棄鄉人有得一石于水濱，狀如鷺子，而青瑩可愛。楊以千錢易之，恆以自隨作鎮紙。及楊來燕，有外國人數來看之，不忍釋手。楊詢之，其人曰：「此名青鳳子，即吾土價亦不貲。」于是聲價一旦貴踴。有一兩殿供事，許以千金易去。進內聞爲禁中寶。重夫此一石也，棄之水濱，與瓦礫無異；一遇知者，遂爲上方大寶物，物固有遭與不遭如此哉。（《甲乙剩言》，頁8）

此乃博物題材，前文胡應麟以客觀角度紀錄青鳳子外型、用途及價值之事，文末則提出己見，抒發物遭與不遭的知遇感慨，形成實錄層與議論層的雙層敘事框架。由是，表層文意在紀錄青鳳子事跡，深層文意則藉物的知遇託寓己仕途未遇知者的慨歎。既記錄當時奇珍異寶以廣時人見文，亦託寓心迹於其中。

　　胡應麟在文本中以不同角度對事件進行評議或補充，使敘事具有層次感。在故事中進行評論，提供讀者有別於鄉野傳聞中對奇聞軼事的傳述，使閱讀者展開多面向的閱讀角度，進而反思其中眞僞及意涵，產生多義性。在撰寫博物題材時，則於敘述奇珍異寶後加以補充故事，或進一步考證物品價值，或使其與人情世態結合，展現時下社會風貌，使事件內容更完備且具層次性。

本章小結

　　觀看胡應麟的敘事立場，除文學創作，胡應麟尚具考據學家身分，對圖

〔註38〕原文詳參〔清〕張廷玉等撰；楊家駱主編：《新校本明史并附編六種》，頁7328。
〔註39〕露布乃捷報文書，《封氏聞見記》云：「露布，捷書之別名也。諸軍破賊，則以帛書建諸竿上，兵部謂之露布。」詳見〔唐〕封演撰，趙貞信校證：《封氏聞見記校證附引得》卷四，（台北：成文出版社，1971年）頁15。

書目錄、版本等考據學有重大貢獻，因此反映在小說創作上有求真信實的特色。承載著「補史闕、資談諧、廣見聞」之旨的《甲乙剩言》，沒有史家的宏大敘事，卻秉持實錄原則將親身經歷、所見所聞以予忠實記錄。運用不同敘事視角展現事件的多重形貌；內容上繼承志人、志怪的題材，並將考證、博物知識納入小說敘事範圍，在在展現筆記體小說駁雜的特點。在敘事風格上，剪裁得宜的著述之筆、詼諧滑稽的審美效果、多層多義的敘述框架，使筆記體小說在簡短篇幅中呈現豐富的意涵，增強敘事及閱讀的有效性。以簡潔文字刻畫出鮮明的人物形象，文中蘊含言外之意，展現己價值觀與哲理，形成胡應麟特有的敘事風格與書寫範式。

第五章　胡應麟敘事理論與創作實踐之評隲

前二章分論胡應麟《少室山房筆叢》中的敘事理論；及其小說創作——《甲乙剩言》的敘事研究。本章以總論的角度，將其敘事理論與小說創作結合觀看，係對比分析其創作實踐與理論間的應和與乖違。並進一步說明胡應麟所提出的敘事理論在中國敘事學上的意義價值，及探討其敘事理論所透顯出的限制與不足。

第一節　胡應麟敘事理論與創作實踐的異同

涂昊揭櫫理論與實踐間的關係有三：一是理論滯後實踐；二是理論與實踐同步；三是理論超越實踐。理論與實踐相契合是兩者間的常態；然實踐是動態範疇，「隨時則事易，事易則備變」，故理論與實踐間常會發生滯後與超越的「脫節」狀態。〔註1〕以此三種理論與實踐的關係，考察胡應麟於《少室山房筆叢》中所提出的小說敘事理論及其《甲乙剩言》的小說創作的關係，發現兩者間有其應合處，即其小說分類觀使小說的敘事題材擴大，反應在《甲乙剩言》中可見多樣題材的創作及收納，並延續漢魏六朝筆記體小說的簡約敘事風格；然其理論與創作間亦存在乖違的地方，即胡應麟雖意識到幻想性敘事為小說的特點，於其創作中不乏「夢」、「奇聞軼事」等虛妄的內容，卻

〔註1〕 整理參考自涂昊：《二十世紀末中國小說創作理論和創作實踐關係研究》，（暨南大學博士學位論文，2006年），頁90。

多次以破除虛妄的態度對不實內容加以說明，表白紀實考證的態度，降低小說的趣味性。以下分別論述之：

一、小說分類觀與敘事題材的應合

胡應麟對中國古典小說的首要貢獻在於其注意到自漢代以來小說觀念的變化：

> 漢《藝文志》所謂小說，雖曰街談巷語，實與後世博物、志怪等書迥別。蓋亦雜家者流，稍錯以事耳。如所列《伊尹》二十七篇，《黃帝》四十篇，《成湯》三篇，立義命名動依聖哲，豈後世所謂小說乎？又《務成子》一篇，注稱堯問；《宋子》十八篇，注言黃老；臣饒二十五篇，注言心術，臣成一篇，注言養生，皆非後世所謂小說也。則今傳《鬻子》爲小說而非道家尚奚疑哉？（《九流緒論》，頁280）

《漢書・藝文志》將「街談巷語」視爲小說，胡應麟考察其中所收錄的內容，發現《伊尹》、《成湯》、《黃帝》以人物爲主，記帝王之事；與其它黃老、養生等內容，均爲以知識性爲主的短書。此些漢代所謂小說內容駁雜，且敘事性不強，故言「雜家者流」、「稍錯以事」。而小說發展至魏晉六朝，始有博物、志怪等變異之談的題材出現，小說的敘事性與虛構性都大大的增強。故胡應麟於前人基礎上，重新制定小說分類法則，其分類依序爲志怪、傳奇、雜錄、叢談、辨訂、箴規等六大類（引文詳參本論頁80～81）。其小說範圍以文言筆記體小說爲主，在明代蔚爲盛行的通俗白話章回小說並不在其羅列範圍。又依其示例可知就題材而論志怪類主要內容爲神鬼怪異；傳奇則傳述一事或一人之奇；雜錄記人物言行，反映社會面貌，爲後世所謂志人小說；叢談錄知識思想、史料見聞等匯集的博雜內容；辨訂以考據辨證爲主；箴規則載修身處世之道，各有其偏重的敘事內容。陳衛星揭櫫胡應麟此小說分類「以此先後排序表示了這種小說現狀和發展的趨勢和輕重之別」，認爲志怪、傳奇、雜錄的創作日趨繁盛，已然成爲小說發展主流；而叢談、辨訂、箴規之類的小說，則是《漢志》中所定義，以說理爲宗、以思想知識爲主之類的小說，是從學術發展之源流上對小說進行關注與分類〔註2〕。

〔註2〕 陳衛星明確指出胡應麟學術著作有其嚴謹性，因此對小說分類的六種類別，其先後順序有其深刻意義。整理參閱自陳衛星：《胡應麟與中國小說理論史》，（北京：中國社會科學出版社，2011年3月），頁183。

　　觀其分類，「傳奇」雖以記一事或一人之奇爲主要題材，然更重要的是其作者意識、創作形式、手法運用上不同，而將其獨立爲一類，因此在題材歸屬上較難運用。而「雜錄」雖以記人言行爲主，然分類所舉之例《北夢瑣言》及《因話錄》亦有史事的記載，因此在題材分類上，不如使用「志人」之名更能標示出題材的主要內容。「叢談」爲知識匯集之書，內容駁雜，在題材上的分類亦不好拿捏，因此在分類時將知識博物類都歸於此。是以本論附錄在對《甲乙剩言》進行題材分類時，以「志怪」、「志人」、「辨訂」、「叢談」四大類加以區分。又胡應麟認爲此六種分類只是初步概略的區分，就小說題材而言難以畫出明確界線：「叢談、雜錄二類最易相紊，又往往兼有四家」、「至於志怪、傳奇，尤易出入，或一書之中二事並載，一事之內兩端具存，姑舉其重而已。」(《九流緒論》，頁 282～283)胡應麟意識到小說題材分類的難處，小說在撰寫時可能融攝多樣題材，因而以「姑舉其重」爲分類方式。另胡應麟關注到小說豐富多樣的內涵，點出小說與經、史間密不可分的關係，認爲小說有「補史闕、資談諧、廣見聞」的功能，並含有記實、議論的成分。且胡應麟以內容及文體觀看孟棨《本事詩》及盧瓌《抒情集》，兩者均以筆記體寫成，且內容以唐代詩人、文人創作吟詠作品的事蹟本末爲主，記載文（詩）人之趣聞軼事，其中不免有附會失實之處，故事性與虛構性因而大大增加。是以其內容雖涉文評、詩話，胡應麟仍將其視爲小說者流。﹝註3﹞可見胡應麟對小說的內涵及判准有全面的認識與掌控。

　　此些小說觀反映於其《甲乙剩言》的小說創作，題材方面有志怪者如：〈天上主司〉記夢中應試得「晉元帝恭默思道」七字。夢醒後參加會考，中榜者名與夢中七字相合，以此諷官場黑暗。志人者如：〈李惟寅〉載李惟寅暮年衰老的言行片段，感嘆歲月如梭、時光不逮。〈薛校書〉刻畫薛素素動靜皆宜、姿度艷雅的卓越氣質才情。並記其獨傾袁六微之韻事。叢談博物者如：〈青鳳子〉記楊不棄鄉人得一石於水濱，狀如鵝子。楊氏以其爲鎮紙；外國人則命其爲青鳳子，且價格不斐。胡應麟由是感歎遭與不遭。〈卵燈〉錄以卵殼爲燈者，燈、蓋、帶、墜作工精細且金碧輝煌，脆薄巧絕，因而在

﹝註3﹞　原文詳見〔明〕胡應麟：《少室山房筆叢》，(上海：上海書店出版社，2009年4月)，頁 283。另《本事詩》與《抒情詩》內容整理參閱自陳衛星：〈胡應麟所論小說之提要〉，收錄於《胡應麟與中國小說理論史》附錄2，頁 292～293。

當時價格昂貴，被視爲稀珍之寶。辨訂者如：〈曹娥碑〉載吳闓韓太史所藏曹娥碑，胡應麟以「可恨華落」的「可」、「何」之文辭辨眞僞。〈友人〉記載友人以親身所見之景，證詩文中提及之景境。並評論「日落西山散馬群」的「落」、「轉」用字。

　　而題材相雜混，一事之中兩端具載者如：〈方子振〉記方子振精專棋奕海內無敵，乃其自幼多年苦練成果，非遇神奇智慧老人一蹴而成。破除方振子奇遇而得成就外，亦以此教誨人勤學之要，故志人外亦有箴規興味。〈酒肆主人〉則記胡應麟之偶遇，過淮陰市遇一酒肆主人。兩人對飲相談甚歡，有知遇之感。欲問其生平則不可得，惟知乃市隱江淮的奇俠。雖爲志人，但其情節頗似傳奇〈虯髯客傳〉中紅拂女和李靖二人於客棧相遇俠義心腸的虯髯客，三人相談甚歡之場景，酒肆主人的形象與虯髯客亦相似，故於志人中亦有傳奇趣味。而許多以人物爲篇名，實則爲叢談、辨訂的題材亦不在少數，如〈陳紀傳〉記陳氏欲與胡應麟辯范曄書陳元方傳與邯鄲淳碑辭。胡氏認爲傳刪董卓入洛陽、謀說呂布絕婚不傳等事，爲小人不成人之美。當從碑而傳不足據。〈李長卿〉李長卿感嘆大篇名什不傳；而巷里村詞家戶誦讀。胡應麟因而感發曰「近于凡俗則行之必遠，此亦勢也。」雖是志人物言行而有所感發，然內容仍以知識性的叢談爲主。〔註4〕

　　如是可知，胡應麟的小說分類與其小說創作題材是相互應合的。志人、志怪與傳奇因敘事性與虛構性增強而符合今日所謂小說；至於叢談、辨訂、箴規等短小篇幅的作品，在明代胡應麟的小說觀中亦被歸入其中，可見胡應麟是在前人的基礎上就其體制短小，且重小說知識性傳遞的功能將其歸入。這種小說分類法在當時是頗爲常見的，吾人應予與尊重。而叢談、辨訂、箴規三類雖與今日小說的定義不盡相符，且敘事性較薄弱，然於胡應麟《甲乙剩言》之創作中，辨訂類之小說有些則於辨訂中摻入社會情況的紀錄，如〈籌廁〉（詳見本論頁128）；叢談類之小說有些雜有身世感懷之際遇，形成多層敘事的言外寄寓，如〈青鳳子〉（詳見本論頁132），均增強此類以說理思想爲主之題材的敘事性。茲將上述六類小說進行文學性及敘事性之評述，表格如下：

〔註4〕　詳細《甲乙剩言》全篇內容提要及題材歸納一覽表詳見本論附錄一：甲乙剩言內容概要一覽表，頁165～169。

表 5－1：評述胡應麟小說分類一覽表

小說分類	主要內容	文學性	敘事性
志怪	神鬼怪異	文學性較高： 為明代小說創作之趨勢，亦較符合西方對小說之定義。	魏晉時期作者多以紀實態度創作志怪小說。越後期創作志怪者，會有意識地加入虛構成分以寄寓言外之意，使敘事性增加。
傳奇	傳述一事或一人之奇		創作者意識抬頭，於創作時有意虛構，且篇幅較大，人物個性鮮明、情節完整，敘事性大大增強。
雜錄	記人物言行，反映社會面貌，為後世所謂志人小說		上承史傳敘事的紀實筆法，以記人物言行呈現人物性格或事件。亦可運用虛構敘事以傳人物之神，因而與敘事緊密相關。
叢談	錄知識思想、史料見聞等匯集的博雜內容	文學性較低： 為《漢志》時以知識見聞及學術說理為主的小說定義。	若純紀載知識史料，敘事成分較低。若作者於紀錄中加以鋪展，有所構設，則會加強其敘事性。
辨訂	考據辨證為主		純對字義或字詞進行訓詁考辨者，敘事成分較低。若詩話、文論者，含作者軼事、詩文典故、詩文品評，則有敘事成份。
箴規	載修身處世之道		純粹說理、篇幅簡短者，敘事成分較低。然其中亦有創作意圖、敘事結構、敘事藝術等成分。且作為敘事題材，常出現於明清小說的敘事框架中，產生道德的制約〔註5〕。

　　總論上表，以文學性及敘事性的高低加以檢視，胡應麟的小說分類大致可分為兩區塊。志怪、傳奇、雜錄為小說創作日趨繁盛的類別，且作者有意構設，或紀實、或虛構，運用各種藝術手法形成人物形象，並運用巧思安排情節，使此類小說文學性較高，敘事性也較強。而叢談、辨訂、箴規以記錄知識、思想性之資訊為主，篇幅較短，故文字運用上較簡約樸實，因而文學性及敘事性較低。然若作者敘寫時不單純記錄知識，加入個人寄託，或對所錄內容加以鋪展，則文學性及敘事性都會相對提高。

〔註5〕　相關論述詳參賀根民：〈道德規箴與中國文學敘事的救贖情節〉，《北方論叢》2009 年第 6 期，頁 30。

二、史傳紀實凌駕與子部虛構的小說創作

在中國古代文學分類中，小說作爲一種文體，歷來有史部與子部的定位之爭。子部小說觀上溯自班固《漢書・藝文志》，以《七略》爲底本，分六藝、諸子、詩賦、兵書、數術、方技等六大類。而小說家置於諸子略末流，與儒家、道家、陰陽家、法家、名家、墨家、縱橫家、雜家、農家等九家並列，序言曰：「諸子十家，其可觀者九家而已。」可見小說在當時地位不高。又班固揭櫫其內涵（引文詳參本論頁 14）可分三層面說明，一是小說以街談巷語、道聽塗說爲主要內容，有可采之處方可收錄，因而以知識性傳遞及教育性爲主要採納標準。二爲小說來源爲地方官員從「閭里小知者」、「芻蕘狂夫」處所採集，可見所集內容必爲廣泛雜亂且零散瑣碎；又出自民間則言語俚鄙，缺乏文采。三爲小說家之所以可置於諸子，原因在於諸子十家均爲體制短小的筆記體，且小說價值在於藉由下層民眾的街談巷語，可作爲考察風俗民情及反映民間百姓生活思想的重要資料，如高正所述：「此類『君子勿爲』的『街談巷語』、『道聽塗說』、『芻蕘狂夫之議』，當直接反映了平民階級的思想。一些聰明才智之士，閱歷有所得，則發一番感慨議論。集千百『閭里小知者』之所爲，其中也一定有君子大人所未曾考慮過的東西。」〔註6〕給上層統治者體察民間社會的依據，而有關知識、教化亦可增廣見聞，於此顯現出小說與它類諸子的共同特色。

史部小說觀陳衛星指出其應源自於初唐史官李延壽在撰寫《南史》、《北史》時，多從小說中取材「王道得喪」、「至人高跡」、「敗俗巨蠹」等史料加以編撰。〔註7〕至唐代史學家劉知幾，將小說視爲史料觀看，言「知偏記小說，自成一家。而能與正史參行，其所由來尚矣。」〔註8〕並認爲子與史間沒有逾越不了的界線，「子之將史，本爲二說，然如《呂氏》、《淮南》、《玄晏》、《抱朴》，凡此諸子，多以敘事爲宗，舉而論之，抑亦史之雜也。」〔註9〕從敘事功能上肯定子、史間的相通處性，史部以記述歷史人物、事件爲主，故敘事性強；而諸子雖以議論爲主，然則常敘述動物故事或歷史故事以借事託寓，

〔註6〕 高正：《諸子百家研究》，（北京：中國社會科學出版社，1997 年），頁 114～115。

〔註7〕 陳衛星：《胡應麟與中國小說理論史》，頁 124～125。

〔註8〕 〔唐〕劉知幾撰：〔清〕浦起龍釋：《史通通釋》，（台北：里仁書局，1993 年6 月），頁 273。

〔註9〕 〔唐〕劉知幾撰：〔清〕浦起龍釋：《史通通釋》，頁 276～277。

達到言在此而意在彼的諷喻勸諫，形成寓言故事。因而子、史間皆可見敘事的使用。劉氏又言「歷觀自古，作者著述多矣。雖復門千戶萬，波委雲集。而言皆瑣碎，事必叢殘……然則蒭蕘之言，明王必擇；菲菲之體，詩人不棄。故學者有博聞舊事，多識其物，若不窺別錄，不討異書，專治周、孔之章句，直守遷、固之紀傳，亦何能自致於此乎？且夫子有云：『多聞，擇其善者而從之，』『知之次也。』苟如是，則書有非聖，言多不經，學者博聞，蓋在擇之而已。」〔註10〕從史家角度觀看小說，認為小說雖叢殘瑣碎，然有博聞多識的功能，可做史料觀看。而既然視小說為史料，對小說之內容必以求實的態度加以檢視，需對材料真偽家以辨別，擇善從之，否定小說的虛構性，如其言：

> 大抵偏紀小錄之書，皆記即日當時之事，求諸國史，最為實錄。然皆言多鄙樸，事罕圓備，終不能成其不刊，永播來葉，徒為後生作者削稿之資焉。逸事者，皆前史所遺，後人所記，求諸異說，為益實多。及妄者為之，則苟載傳聞，而無銓擇。由是真偽不別，是非相亂。如郭子橫之《洞冥》，王子年之《拾遺》，全構虛辭，用驚愚俗。此其為弊之甚者也。瑣言者，多載當時辨對，流俗嘲謔，俾夫樞機者藉為舌端，談話者將為口實。及蔽者為之，則有詆訐相戲，施諸祖宗，褻狎鄙言，出自牀第，莫不昇之紀錄，用為雅言，固以無益風規，有傷名教者矣……雜記者，若論神仙之道，則服食鍊氣，可以益壽延年；語魑魅之途，則福善禍淫，可以懲惡勸善，斯則可矣。及謬者為之，則苟談怪異，務述妖邪，求諸弘益，其義無取。
> 〔註11〕

指出偏記小說中荒謬怪異、褻狎鄙樸的材料缺失，此類作品的史料價值低落，需謹慎揀擇。

而胡應麟繼承班固的子部小說觀，闡明小說與經、史間的相似處，言小說「紀述見聞無所迴忌，覃研理道務極幽深，其善者足以備經解之異同、存史官之討覈。」（《九流緒論》，頁283）從同經典可廣見聞；同史實能補史闕的功能上確立小說價值。並進一步對小說幻想性敘事的虛構特點予與肯定，是為其對中國敘事學及中國古典小說最大的貢獻。在論述六朝志怪至唐傳奇

〔註10〕 〔唐〕劉知幾撰；〔清〕浦起龍釋：《史通通釋》，頁277。
〔註11〕 〔唐〕劉知幾撰；〔清〕浦起龍釋：《史通通釋》，頁275～276。

歷時的小說發展認為：「變異之談，盛於六朝，然多是傳錄舛訛，未必盡幻設語，至唐人乃作意好奇，假小說以寄筆端。」（《二酉綴遺》，頁 371）指出小說敘事的發展脈絡從六朝有信實成分的傳錄見聞，至唐傳奇作者有意識使用虛構進行小說創作。又言：

> 古今著述，小說家特盛；而古今書籍，小說家獨傳，何以故哉？怪、力、亂、神，俗流喜道，而亦博物所珍也；玄虛、廣莫，好事偏攻，而亦洽聞所眈也。談虎者矜誇以示劇而雕龍者閒掇之以為奇……夫好者彌多，傳者彌眾，傳者日眾則作者日繁，夫何怪焉？（《九流緒論》，頁 282）

將荒誕迂怪作為小說的審美標準，滿足時人好奇與幻想的心態，成為小說盛行流傳的主要原因，是一定程度上肯定小說荒誕虛構的敘事特徵。

於《甲乙剩言》的小說創作中，不乏「夢」、「奇聞軼事」等虛妄的內容，如〈天上主司〉記夢中應試與易水生逐「晉元帝恭默思道」七字，終為易水生所得。夢醒後參加會考，試題答案與夢中七字相合。而「易水」二字合而為湯，亦符合榜首湯賓尹。然胡應麟以文字訓詁的角度檢視，說明「書法以水從易音陽，非易也。」認為是天上主司不識字使榜首所位非人，藉此諷刺官場腐敗黑暗。可見此篇為胡應麟有意識的虛構創作，借夢境與現實的對照以暗諷朝政。又如〈吳少君〉錄吳少君以詩絕句及入夢提醒胡應麟應「謹避按劍人」。改日遇趙常吉使酒按劍欲甘心，死裡逃生，遂應少君詩及夢所提點之事。夢境與預言皆涉及虛幻的範疇，然又於現實中得證，故胡應麟亦覺奇怪，是以錄之。此中皆可見胡應麟的筆法既含六朝志怪的傳錄見聞，亦有唐人傳奇的作意好奇，是對小說虛構存在的肯定。

然胡應麟具有多重身分，既為文學家，亦為史學家及考據學家，因此即使對小說幻想性敘事有所認知，但創作時亦受史傳紀實的敘事原則所制約。胡應麟於劉知幾所提出「才、學、識」的史才上進一步提出「公心、直筆」，以此三長二善作為史傳敘事之原則，要求在史傳敘事時需求材料來源的信實與完善及捨去個人成見以秉筆直書以呈現史實，因此紀實為史傳敘事的首要要求。即使胡應麟意識到小說有虛構成分，然在其理論中多次以材料運用的真實與否批評小說內涵，如「唐人小說如柳毅傳書洞庭事，極鄙誕不根，文士亟當唾去，而詩人往往好用之。夫詩中用事本不論虛實，然此事特誕而不情，造言者至此亦橫議可誅者也。」（《二酉綴遺》，頁 370）、「唐人記返魂事

有絕相類者，如齊推女及鄭亞妻必有一譌，又《太平廣記》神仙類田先生即救齊女者，而所記又不同，大率皆烏有耳。」（《二酉綴遺》，頁 371）等，對小說過度虛構進行打壓，並仍在一定程度上以求實角度觀看小說內容。此種考據求實的敘事觀點，於其小說創作中亦可得見，《甲乙剩言》中有許多奇聞軼事的題材，胡應麟詳加記錄，卻多次以破除虛妄的態度對不實內容加以說明，表白紀實考證的態度，降低小說的趣味性。如〈前定命〉言都下有抄前定命者，鄉人皆狂駭而神之。胡應麟則指出其乃從京師購得資料，駭炫他人耳目，非真神人者，因而破除迷信。〈胡孟弢〉載胡孟弢遇一道人之奇事，言道人能憑空設宴、招白鶴，甚至可觀見他人身昔從來。後長別不知所之。胡應麟譏笑不信而錄之。可見胡應麟在其小說創作中，史部崇實的敘事法則仍凌駕於子部虛構的小說敘事，形成其虛中求實的敘事風格。

第二節　胡應麟的敘事理論在文學史上的意義與價值

胡應麟《少室山房筆叢》雖未對敘事設專篇論述，而是以筆記體的散論其對各類文學作品的心得，然其中對史傳、小說和戲曲等各種敘事文類予與全面性的關注，可見已有明確的敘事概念。且其敘事觀有繼承前人基礎並加以發微創新者；亦有發前人所未發者，不乏真知灼見，繼往開來，建立「中國文學史的敘事傳統」〔註 12〕，以下分別論述其敘事理論在文學史的意義與價值：

一、史傳敘事的繼承與開發

胡應麟的史學理論集中於《史書佔畢》，共分六卷，其並非一部敘事學專論，亦未從敘事觀點著眼，其內容論述尚書體、春秋體、左傳體、史記體、漢書體等各種古史體例；對《後漢書》、《三國志》、五代雜史、唐以後官修之史至《趙宋》、《遼》、《金》的夷人之史等歷代史書均有關注；亦對劉知幾的《史通》有所批評集論述，可見《史書佔畢》實為史學專論，「內以辨體、外

〔註12〕董乃斌揭櫫中國文學史上擁有眾多體類的敘事性作品，即使在以抒情主要屬性的文體（如詩詞曲）中，也含有份量不等的敘事成分。在林林總總、形形色色的文學敘事之中，存在著某些經常重複、頻繁呈現、甚至始終如此、代代傳承的表現特點，這些相對穩定的特徵貫穿於整個文學史，成為一個傳統。詳見董乃斌：《中國文學敘事傳統研究》，（北京：中華書局出版社，2012 年 3 月），頁 498。

以辨時、冗以辨誣、雜以辨惑」，是對明朝前整體史學史的梳理、批評與理論
建構。然其中所涉史書紀傳、編年、論贊、史注、用詞文采、內容繁簡等編
撰問題，文學敘事的觀點自然囊括其中。而胡應麟在其史傳理論中的許多觀
點，承繼於劉知幾的史觀，如在劉知幾才、學、識的史家三長上，加入公心、
直筆成爲史家撰述原則；針對敘事求眞及敘事繁簡等撰述問題均有進一步的
說明和創新。而胡應麟所論之史學觀對後世學者亦有啓迪作用，如清代章學
誠於其《文史通義》云：「劉氏之所謂才、學、識，猶未足以盡其理也。」、「能
具史識者，必知史德。德者何？謂著書者之心術也……蓋欲爲良史者，當愼
辨於天人之際，盡其天而不益以人也。盡其天而不益以人，雖未能至，苟允
知之，亦足以稱著述者之心術矣。」〔註 13〕，在劉知幾的史學三長上加入史
識，而其史識要義即爲胡應麟所謂公心、直筆，以史識辨別史料優劣，並進
行公允的批評，是對胡應麟的三長兩善之說加以融會內化而成。因此今之學
者對其史學地位多定調「是《史通》與《文史通義》之間的一重要環節」〔註
14〕，可見其在史學與文學批評史上具有繼往開來、舉足輕重的地位。

又劉知幾反對文人修史，言「文之與史，皎然異轍。故以張衡之文，而
不閑於史；以陳壽之史，而不習於文。」〔註 15〕已然注意到文與史間的不同
特質。胡應麟於此基礎上提出「史有別才」的觀念，將史體從文體中獨立，
標舉了歷史敘事的獨特性。言：

> 唐以前作史者專精於史，以文爲史之餘波；唐以後能文者泛濫於文，
> 以史爲文之一體……唐以前史之人一而其業精，故史無弗成而無弗
> 善；唐以後史之人二而其任重，故史有弗善而無弗成。唐之時史之

〔註13〕〔清〕章學誠著：葉瑛校注：《文史通義校注》，（北京：中華書局，1985 年），
頁 219～220。

〔註14〕引自代繼華〈試析《史書佔畢》的史學思想與歷史思想〉，而關於劉、胡、章
三人史學觀的繼承與發展、史著撰述主張異同比較等問題，於此著作中亦有
詳細論述，於此不加贅述。詳細參閱代繼華：〈試析《史書佔畢》的史學思想
與歷史思想〉，《重慶師院學報》1995 年第 2 期，頁 109～110。另向燕南、耿
杰等學者亦持相同觀點，如向氏言胡應麟的史學理論儘管有其缺陷，然仍可
看作是從唐代劉知幾的《史通》到清代張學誠的《文史通義》，中國古代史學
理論專門著作發展過程中值得一提的一環。詳見吳懷祺主編；向燕南著：《中
國史學思想通史・明代卷》，（合肥：黃山書社，2002 年 2 月），頁 370。耿杰：
《胡應麟《史書佔畢》析論》，（安徽大學歷史文獻學碩士論文，2012 年 5 月），
頁 38。

〔註15〕〔唐〕劉知幾撰；〔清〕浦起龍釋：《史通通釋》，頁 250。

人雜而其秩輕，其責小而其謗鉅，故作者不必成、成者不必善。(《史書佔畢》，頁 131～132)

認為史與文具有不同的書寫特質，史家須具備三長二善，以公心直筆實錄內容，因此史學是秉持實錄精神的紀實文學；文人則善於鋪採摛文、抒情言志，故文人之作往往詞藻華麗，潤飾太過而使內容失實。如其言：「以昌黎毛穎之筆而馳驟古人，奚患其不史也？而《順宗錄》有取舍之譏，曹王碑多軋茁之調。」(《史書佔畢》，頁 132) 即指如同韓愈雖為頗負盛名的文學家，然在撰史時仍不免遭人質疑敘事繁簡不當、題材取捨失宜〔註16〕，甚至用詞過於詰屈聱牙、晦澀難解等弊病。故其反對官方聚文人修史，推崇私家撰史，因史有別才，需專精撰史技巧者，方可傳良史。亦將史家和史書作連結，言「舉其人而史之得失、文之高下了然矣。」關注到敘事文本與敘事主體間的關係，認為敘事者的學識、品德對其敘事文本的內容品質有一定影響。如是，其以三長二善、崇真尚實、簡繁得宜等敘事要義作為史傳撰寫良史的規範。

　　而胡應麟將歷史敘事從其他文學中獨立而出，以紀實作為史傳敘事的史學鐵律，是以胡應麟對史書材料來源嚴格要求，即使肯定司馬遷《史記》在史傳敘事體例上的創發，然對其敘事材料真實性的掌握不足仍加以批判，言：

三代而上，史氏之說之不足憑也。司馬遷列傳七十而首伯夷，而其傳伯夷也，始之以逃堯之文，卒之以伐紂之諫，蓋歷數百千年未有核其實者也。夫逃堯之謬，有識概能辨之，獨伐紂之諫其所關涉甚鉅，宜其所紀載特詳，乃遷所取證茫亡一焉，而世之儒者萬喙一詞，即博涉自信如宋羅泌之流，亦僅啟其端而其說迄靡竟也。(《史書佔畢》，頁 153)

指出《史記·伯夷列傳》中所記載的事蹟以傳說為由來，未有其他文獻可查驗事實真偽，對伯夷曾對武王叩馬而諫勿伐紂王的真實性加以質疑。胡應麟認為「聖賢大節，未有不具載於六經而互見於子史者」，然其合以六經、諸子、諸史加以考證，而無一證也〔註17〕。又如其言：

汲冢書目云：《瑣語》十一篇，諸國夢卜妖怪相書也。則《瑣語》之

〔註16〕《舊唐書·韓愈傳》中亦有對韓愈史筆及其敘事上實錄的要求給予嚴屬批評，云：「時謂愈有史筆，及撰《順宗實錄》，繁簡不當，敘事拙於取捨，頗為當代所非。」詳見〔五代〕劉昫著；楊家駱主編：《新校本舊唐書附索引·五》，（台北：鼎文書局，1992 年），頁 4204。

〔註17〕原文詳見胡應麟：《少室山房筆叢》，頁 153。

書，大抵如後世夷堅、齊諧之類，非雜記商、周逸事者也。其書自
隋、唐《志》外，諸家書目咸所不載，蓋自汲冢既出之後旋就湮沒
可知……考劉《史通》前後議論，務以春秋亂臣賊子臆度前聖，故
妄意文王得位亦如商臣許止之爲，而不詳考本書，恣其臆喙，眞所
謂言奸而辯、記醜而博者，其能免仲尼之誅乎？夫即劉引《紀年》
鹵莽不稽若此，則所謂《瑣語》云云者，其足信哉？（《史書佔畢》，
頁 160）

明白意識到小說虛構與史傳求眞敘事上的不同。就汲冢目錄所錄《瑣語》爲
紀錄諸國夢卜妖怪等軼聞瑣事的相術之書，涉及虛幻不實的敘事內容，胡應
麟因而將其而歸類爲《夷堅》、《齊諧》等志怪內容之書，並不將其視爲歷史
敘事的書目看待。進一步指責劉知幾在論述史事時，未對史實本事加以考證，
而引《瑣語》爲證的不妥。如同廖群考證《瑣語》以敘事爲體，所述範圍包
括王公貴族諸侯大夫如：大舜、伊尹、周宣王、周幽王等眞實歷史人物；然
其所述內容多爲不入正史的奇聞軼事、宮廷諱密，且雜以卜夢占筮、神靈怪
異，語怪色彩濃厚。〔註 18〕可見胡應麟獨立將史傳從文獨立而出，標舉其紀
實的敘事特徵，並掌握到雜史雜傳類的軼事小說具有虛妄的特質，不宜納入正
史中討論，可謂對史部文學有全面性的理解與認識，並將中國文學史中從史傳
崇眞尚實的紀實性敘事到小說荒誕怪迂的虛構性敘事的敘事脈絡勾勒而出。

二、小說敘事的突破與貢獻

胡應麟的小說敘事理論蘊藏於其小說史的建構與批評中。小說的形成與
發展在中國文學史經歷漫長歷史過程並占據重要地位，黃霖闡述流變與小說
批評的生發言：

它經由先秦兩漢的神話傳說、寓言故事、史傳野乘，以及魏晉南北
朝的志怪雜錄、唐代傳奇、宋元話本等不同歷史階段，逐漸成熟繁
榮。因此，「小說」的概念實際上是一個歷史的概念，在各個歷史階
段包含著不同的內涵。隨之而來的小說理論批評，也在各個不同歷
史階段的小說創作的基礎上逐漸產生和發展〔註 19〕

〔註 18〕 整理參閱自廖群：〈《汲冢瑣語》與先秦「說體」考察〉，《理論學刊》2012 年
04 期，頁 113～117。
〔註 19〕 黃霖著；王運熙、顧易生主編：《中國文學批評史・中冊》，（上海：上海古籍
出版社，2006 年 2 月），頁 205。

小說由先秦兩漢的神話傳說，乘著文言短篇的筆記體小說體制不斷發展，至唐人小說開始有內容篇幅、創作態度及手法上的新變，使小說注入新的風貌。宋元話本後，小說篇幅逐漸擴大；加之商業繁榮、瓦舍勾欄的興起，人民逐漸重視娛樂，小說廣泛流傳於市井間，通俗白話的章回小說遂應運而生，開啓古典小說的新風貌。胡應麟即發現到小說發展的日益興盛，如其言：「凡經籍緣起皆至簡也，而其卒歸於至繁……小說肪自《燕丹》，東方朔、郭憲浸盛，至洪邁《夷堅志》四百二十多卷極矣。」（《經籍會通》，頁 22）又如：

> 古今書籍盛衰絕不侔，班氏所錄九流曰儒、曰道、曰墨、曰名、曰法、曰雜、曰農、曰陰陽、曰縱橫、曰小說，而道家外別出神仙、房中……蓋漢時數家極盛致然，實則一也。後世雜家及神仙、小說日繁，故神仙自與釋典并列，小說、雜家幾半九流。（《經籍會通》，頁 23）

其正視小說由簡至繁的日益興盛，對小說研究將史、論結合進行作全面性的觀照，除對自漢代以來的小說理論加以梳理，點明古今小說觀念及定義上的差異，亦歸結歷代小說在不同歷史階段所呈現出的各自風貌及內涵，建構小說發展歷史及歷時的概論。其小說敘事理論即從中析論而出，使中國古典小說在敘事題材、手法上的演變能更鮮明。

首先，胡應麟溯源小說理論及其演變，言「劉向《七略》敘諸子凡十家，班氏取其有補世道者九而詘其一小說家，九流之名所自肪也。」班固取劉向的諸子分類，刪其要而創「九流十家」，並將小說家置於末流，先發小說來源自「街談巷語，道聽塗說」的民間叢殘瑣語。並承襲孔子觀點，指出小說「或一言可采」的價值，體現漢代普遍的小說觀點。胡應麟意識到古今小說觀的不同，正視並提高小說地位價值，更訂九流爲「一曰儒、二曰雜、總名、法諸家爲一，故曰雜，古雜家亦附焉。三曰兵、四曰農、五曰術、六曰藝、七曰說、八曰道、九曰釋」（《九流緒論》，頁 261）將小說排序至第七位，並言「說主風刺箴規而浮誕怪迂之錄附之」、「說出稗官，其言淫詭而失實，至時用以洽見聞，有足采也。」（《九流緒論》，頁 261）強調小說增廣見聞、勸諫諷諭的功用，並注意到小說浮誕怪迂的內在新變。而此前的小說常受史學家崇實觀念影響而對虛構進行排斥，如司馬遷《史記·大宛列傳》言：「《禹本紀》、《山海經》所有怪物，余不敢言」〔註20〕；《世說新語·輕詆篇》劉孝標註引檀道

〔註20〕　〔漢〕司馬遷著；楊家駱主編：《新校本史記三家注并附編二種·四》，（台北：

鸞《續晉陽秋》曰:「晉隆和中,河東裴啓撰漢、魏以來迄于今時言語應對之可稱者,謂之《語林》。時人多好其事,文遂流行。後說太傅事不實,而有人於謝坐敘其黃公酒壚,司徒王珣爲之賦,謝公加以與王不平,乃云:『君遂復作裴郎學。』自是眾咸鄙其事矣。」〔註21〕等評論,反應時人強調實錄,並對虛妄怪誕的小說內容持貶抑不認可的態度。而胡應麟對小說實錄的敘事觀念進行突破,肯定小說幻想性敘事的存在,如「《世說》以玄韻爲宗,非紀事比,劉知幾謂非實錄,不足病也。唐人修《晉書》,凡《世說》語盡采之,則似失詳愼云。」(《九流緒論》,頁285)將小說與史書對舉,指出兩者不同的敘事方法,以《世說》爲例,承認小說虛構內容的存在,故不需以實錄角度強加檢視;而史傳敘事以實錄爲主,故不宜盡采小說爲史料。故胡應麟的小說觀體現「對小說文學價值與社會作用的清楚認識,突破封建正統文人鄙視小說的傳統觀念」〔註22〕,對中國小說批評史有推進的作用。

其次,胡應麟建構「一代有一代之小說」的小說發展史爲其小說史研究重要影響和價值。陳衛星揭示此一代有一代之文學的文學史觀,是把文學的文本、創作、批評等看作一個系統工程進行考察,並從社會歷史環境等多角度研究小說的發展,拓寬小說史研究視野,爲研究小說的發展與嬗變提供新的思路與方法。〔註23〕胡應麟意識到小說在各朝代發展的不同面貌,進而梳理出小說嬗變軌跡;且將小說創作與作者背景、社會歷史、思想文化等條件作聯結考察。其中國小說發展的脈絡如下:漢代小說在「周室既衰,橫義塞路,春秋、戰國諸子各負雋才,過絕於人而弗獲自試,於是紛紛著書,人以其言顯暴於世」的背景下生發,以「街談巷語」爲主要內容,屬性踳駁,爲「雜家者流,稍錯以事耳。」其後「魏、晉好長生,故多靈變之說;齊、梁弘釋典,故多因果之談。」魏晉南北朝時人好鬼怪神仙之事且信其實有,是以志怪小說出現;而佛教自西漢末年傳入中國,至魏晉南北朝大盛,因而成爲志怪小說的重要題材。又指出唐前小說多出自「文人才士之手」因而「紀述多虛而藻繪可觀」;宋後小說因出自下層百姓「率俚儒野老之談」,故「論

鼎文書局,1980年),頁3179。
〔註21〕〔南朝宋〕劉義慶撰:〔梁〕劉孝標注:楊勇校箋:《世說新語校箋修訂本》,(北京:中華書局,2006年6月),頁754。
〔註22〕詳見黃霖著;王運熙、顧易生主編:《中國文學批評史·中冊》,頁230。
〔註23〕整理參閱自陳衛星:《胡應麟與中國小說理論史》,(北京:中國社會科學出版社,2011年3月),頁213~220。

次多實而彩艷殊乏」。是以其總論歷代小說的敘事特徵，言：

> 凡變異之談，盛於六朝，然多是傳錄舛訛，未必盡幻設語。至唐人乃作意好奇，假小說以寄筆端，如《毛穎》、《南柯》之類尚可，若《東陽夜怪錄》稱成自虛、《玄怪錄》元無有，皆但可付之一笑，其文氣亦卑下亡足論。宋人所記乃多有近實者，而文彩無足觀。本朝新、餘等話本出名流，以皆幻設而時益以俚俗，又在前數家下。（《二酉綴遺》，頁371）

從六朝對神鬼怪異事蹟的實錄敘事態度，到唐人有意識的對小說進行虛構創作；其後宋代小說又回到近實錄的傳統敘事手法，文采亦多質樸無華，至明朝小說多出於風流名士之手，故內容俚俗且幻設。下表爲胡應麟所建構小說史內涵意蘊對照一覽表〔註24〕：

表5－2：胡應麟論歷代小說內涵意蘊對照一覽表

朝代	小說特點	內容／敘事虛實	作者背景、社會歷史、思想文化	示例
漢	街談巷語；雜家者流，稍錯以事耳	虛實雜有：有紀事類如《青史子》；亦有迂誕依託者如《黃帝》	周室既衰，橫義塞路，春秋、戰國諸子各負雋才，過絕於人而弗獲自試，於是紛紛著書，人以其言顯暴於世	《伊尹》、《黃帝》、《成湯》、《務成子》、《宋子》
魏晉南北朝	多靈變之說、因果之談	信實：傳錄舛訛，未必盡幻設語	魏、晉好長生；齊、梁弘釋典	《搜神記》、《述異記》《宣室記》、《酉陽雜俎》
唐	紀述多虛而藻繪可觀	虛構：作意好奇，假小說以寄筆端	出文人才士之手	《毛穎傳》、《南柯太守傳》、《東陽夜怪錄》、《玄怪錄》
宋	論次多實而彩艷殊乏	近實：所記乃多有近實者	率俚儒野老之談	未列
明	以皆幻設而時益以俚俗	虛構幻設	本出名流	《剪燈新話》、《剪燈餘話》

另外，胡應麟的小說研究對後世有啟發借鏡的作用，可從兩方面分析。

〔註24〕引用參考自陳衛星：《胡應麟與中國小說理論史》，頁220。

其一爲胡應麟中國文言小說的小說理論與史學建構，對魯迅《中國小說史略》產生極大影響。郭豫適爲《中國小說史略》作序時，指出魯迅小說史的三個成就與貢獻，分別爲：建立中國小說史的體系；體現唯物精神與進步史觀及包含許多精當卓越、言簡意賅的評論〔註25〕，實則此三特點皆汲取胡應麟而來。魯迅與胡應麟皆從「漢志所謂小說作爲小說論述的起點，並以時代爲序建構小說史」〔註26〕，惟魯迅時代較後，因而下開明代以後的小說史建構，並於胡應麟的歷代小說理論基礎上加以分類析論。又在兩人的進步史觀下，均將小說創作與歷史時代、社會背景相互聯繫關注，且魯迅多承襲胡應麟的小說觀點。如論及魏晉六朝志怪小說時言：

> 中國本信巫，秦漢以來，神仙之說盛行，漢末又大暢巫風，而鬼道愈熾，會小乘佛教亦入中土，漸見流傳。凡此，皆張皇鬼神，稱道靈異，故自晉訖隋，特多鬼神志怪之書。其書有出於文人者，有出於教徒者。文人之作，雖非如釋道二家，意在自神其教，然亦非有意爲小說，蓋當時以爲幽明雖殊途，而人鬼乃皆實有，故其敘述異事，與記載人間常事，自視固無誠妄之別矣。〔註27〕

即在胡應麟提出「魏、晉好長生，故多靈變之說；齊、梁弘釋典，故多因果之談。」之說，對志怪小說生發背景、佛教傳入中國至其大盛的歷史發展及創作主體意識態度加以解釋。又如其揭櫫六朝小說至唐代傳奇小說演變軌跡的著名評述：

> 小說亦如詩，至唐代而一變，雖尚不離於搜奇記逸，然敘述宛轉，文辭華艷，與六朝之粗陳梗概者較，演進之迹甚明，而尤顯者乃在是時則始有意爲小說。〔註28〕

從六朝小說粗陳梗概，至唐代一變而文采華美、有意爲之的小說內部敘事變化，無非傳承胡應麟的小說觀，可謂胡應麟小說觀的卓越見識造就魯迅精審要妙的小說批評成就。其二，胡應麟對明代大爲流行的白話通俗小說亦有所關注與研究，雖研究範圍不廣且篇幅不多，集中在《莊嶽委譚》下卷；然其對《水滸傳》的小說批評從外圍問題的作者、版本考證、流傳情形及本事研

〔註25〕 詳見魯迅：《中國小說史略》導讀，（上海：上海古籍出版社，2001 年 7 月），頁 11～17。

〔註26〕 整理參考自陳衛星：：《胡應麟與中國小說理論史》，頁 227。

〔註27〕 魯迅：《中國小說史略》，頁 24。

〔註28〕 魯迅：《中國小說史略》，頁 44。

究；到文本內部的結構布局、人物塑造、語言藝術等敘事手法的運用，作全面性的評述。如：《水滸傳》作者眾說紛紜，胡應麟將小說創作風格與作家背景、社會歷史環境加以聯繫，以其敘事內容虛多實少，且多述官場之事，並實際反映民間百姓生活；流傳於民間故語言通俗等方面判定作者應為施耐庵，且與《宣和遺事》有一定關聯。此實事求是的考證精神對《水滸傳》的成書年代及作者斷定有重要作用。又如胡應麟是對《水滸傳》中人物形象塑造較早評論者，並成為當時代表性見解，言：「其排比一百八人，分量重輕纖毫不爽，而中間抑揚映帶、回護咏嘆之工，真有超出語言之外者。」（《莊嶽委譚》，頁 437）指出施耐庵在《水滸傳》中敘事剪裁及情節調度上亦掌握得宜，使人物主次分明，並成功塑造一百八十個個性鮮明的人物形象。其後對《水滸傳》的敘事人物批評，多依循此人物個性化的論點加以評述，如金聖嘆於《第五才子書施耐庵水滸傳・序三》言：「《水滸》所敘，敘一百八人，人有其性情，人有其氣質，人有其形狀，人有其聲口。夫以一手而畫數面，則將有兄弟之形；一口而吹數聲，斯不免再也。施耐庵以一心所運，而一百八人各自入妙。」〔註 29〕即是在胡應麟的批評基礎上，對《水滸傳》成功塑造獨特而繁複的人物形象加以深化論述。

總上所述，胡應麟小說研究對小說給予全面性的關照與探討，並在其小說觀中呈現出文學原理、文學史建構、文學批評、文學作法、文學鑑賞等論述，給予後人無限啟發，可謂予文學史「前所未有的貢獻」〔註 30〕。

三、戲曲敘事的前瞻與影響

中國古典戲劇理論批評史普遍主張明代嘉靖、隆慶為戲劇理論批評的鼎盛時期。〔註 31〕譚帆揭示嘉靖、隆慶間，對傳統的反叛和所謂異端思想的湧

〔註29〕〔元〕施耐庵著，陳曦鐘、侯忠義、魯玉川輯校：《水滸傳會評本》，（北京：北京大學出版社，1998 年），頁 9。

〔註30〕黃霖著；王運熙、顧易生主編：《中國文學批評史・中冊》，頁 229～230。

〔註31〕袁震宇指出嘉靖、隆慶時期，戲曲創作出現新局面，繼承南戲傳統的傳奇作品大量湧現，取代元末明初以來雜劇的領先地位。戲曲創作的活躍，推動戲曲批評的發展。且此時思想領域的泰州學派與程朱理學發生尖銳衝突，文壇上對於前後七子復古模擬文藝思潮的揭露批判，對戲曲批評產生深刻影響。詳見：袁震宇著；王運熙、顧易生主編：《中國文學批評史・中冊》，頁 332。另譚帆亦主張從明代中葉到清初，中國古代戲劇理論批評進入鼎盛時期。詳見譚帆、陸煒：《中國古典戲劇理論史》，（北京中國社會科學出版社，1993 年），頁 6。

現，反映在戲劇領域，表現為對戲劇地位的高揚和對戲劇價值功能的重視。
而一些當時著名的文學家和學者躋身於戲劇理論研究行列，提高戲劇理論研
究的品味。此時戲劇理論批評中出現的論爭，則表現人們對戲劇藝術審美理
想和戲劇典範性作品的尋求，是自身強烈介入戲劇藝術發展進程的自覺性，
與戲劇理論成熟的重要跡象。〔註32〕胡應麟的戲曲理論與批評在此繁盛時期
生發，集中在《少室山房筆叢》的《莊嶽委譚》中，零散理論卻蘊含大量訊
息，故其戲劇理論的重要性常為世人所忽略，卻是中國戲劇理論批評發展歷
程中，不可或缺的一環。

又譚帆指出，元代到明中葉，中國古代戲劇雖然已經形成北雜劇和南曲
傳奇兩種頗為完善的戲劇體式，在劇本創作和舞台表演方面也都取得較高成
就。但戲劇觀念得以發展和確立，尚需解決兩問題：一為揭示戲劇作為敘事
藝術與詩相區別的性質；二是正確體認戲劇的表演藝術性。〔註33〕胡應麟與
此兩點都有所闡發。首先，胡應麟建構出戲劇的發展歷程，從舞台表演的特
性著眼，將戲劇起源溯自優孟對孫叔敖的模仿表演，言：

> 優伶戲文，自優孟抵掌孫叔實始濫觴，漢宦者傅脂粉侍中亦後世裝
> 旦之漸也。魏陳思傅粉墨，椎髻胡舞，誦俳優小說，雖假以逞其豪
> 俊爽邁之氣，然當時優家者流粧束因可概見，而後世所為副、淨等
> 色有自來矣。唐制如《霓裳》等舞度數至多，而名號粧束不可深考，
> 《樂府雜錄》開元中黃幡綽、張野狐善弄參軍，參軍即後世副、淨
> 也見《輟耕錄》；范傅康、上官唐卿、呂敬遷三人弄假婦人，假婦人
> 即後世裝旦也。至後唐莊宗自傅粉墨，稱李天下，大率與近世同，
> 特所搬演多是雜劇短套，非必如近日戲文也。（《莊嶽委譚》，頁425）

優孟扮演孫叔敖之事蹟載於司馬遷《史記‧滑稽列傳》中，言春秋時期優孟
與楚國故相孫叔敖交情良好，於其死後穿戴孫之衣冠，並模仿其言語動作、
神態樣貌，作歌舞諷諫楚王。〔註34〕胡應麟指出此優伶表演中的歌舞、裝束
對後代戲劇表演有深遠影響，表格如下：

〔註32〕參閱整理自譚帆、陸煒：《中國古典戲劇理論史》，頁6。
〔註33〕參閱整理自譚帆、陸煒：《中國古典戲劇理論史》，頁51～52。
〔註34〕原文詳見〔漢〕司馬遷著；楊家駱主編：《新校本史記三家注并附編二種‧四》，
頁3201。

表5－3：胡應麟戲曲裝束形制與演變歷程

時代歷程	形製	影響
春秋時期	優孟對孫叔敖的模仿	爲優伶戲文濫觴
漢代	宦官面敷脂粉	爲男子裝扮的旦角雛形
魏	曹植敷粉墨、椎髻胡舞	可見當時優家裝束。亦是後世副、淨腳色的雛形
唐代	樂舞的名號、裝束不可考	可知戲劇表演持續發展
	參軍戲中參軍、弄假婦人	後世男子裝扮旦角的腳色確立
	唐莊宗施粉墨，搬演雜劇短套	戲劇的裝扮、腳色與後代相同

戲劇表演在優伶戲文的發展中不斷醞釀，至唐代發展爲雜劇：

今世俗搬演戲文，蓋元人雜劇之變，而元人雜劇之類戲文者，又金人詞說之變也。雜劇自唐、宋、金、元迄明皆有之，獨戲文《西廂》作祖，《西廂》出金董解元，然實絃唱、小戲之類，至元王、關所撰乃可登場搬演。高氏一變而爲南曲，承平日久，作者迭興，古昔所謂雜劇院本幾於盡廢，僅教坊中存什二三耳。（《莊嶽委譚》，頁424～425）

唐世所謂優伶雜劇，妝服、節套大略可見，宋之雜劇蓋亦若斯。元院本但有詞無曲，故詞第屬之歌人，此類以供戲弄而已。至元人曲調大興，凡諸雜劇皆名曲寓焉，而教坊名妓亦多習之，清歌妙舞悉隸是中，唐、宋諸詞殆於盡廢。又一變而贍縟，遂爲南之戲文，而唐、宋所謂雜劇至元而流爲院本，今教坊尚遺習，僅足一笑云。（《莊嶽委譚》，頁427）

可知雜劇自唐代對優伶表演汲取養分逐漸發展，至宋代雜劇表演模式承襲唐代，服裝節套等形制大致相同。其後金代發展爲弦索彈唱的小戲，元代則演變爲可登台搬演的雜劇；明代後因由於南戲、傳奇的盛行，使得元末明初以來雜劇的轉衰。然明代雜劇對元雜劇進行截長補短，在結構體製、思想內涵上均有所變化，形成明代傳奇戲曲。其所建構戲曲起源及流變過程如下：

古優 ⇨ 參軍戲 ⇨ 唐末雜劇 ⇨ 金代弦索彈唱小戲 ⇨ 元代搬演雜劇 ⇨ 明代傳奇戲文

　　而於上述的引述資料，胡應麟除建構了戲曲發展的嬗變歷程，亦明確戲劇內涵由歌曲、搬演及故事等三大要素所構成。以優伶扮演作為戲劇搬演的濫觴，並以是否登場搬演作為區隔金院本與元雜劇的依據；且強調歌舞之於戲劇的重要，「元代雜劇曲調大興，教習傳唱一時盛況空前」〔註35〕，因此歌曲遂為戲劇的不可或缺的要素之一。

　　又胡應麟認識到戲劇的故事性，聯繫傳奇與戲曲的關係，言：

> 傳奇之名不知起自何代，陶宗儀謂唐為傳奇，宋為戲諢，元為雜劇，非也。唐所謂「傳奇」自是小說書名，裴鉶所撰，中如藍橋等記詩詞家至今用之，然什九妖妄寓言也。裴晚唐人，高駢幕客，以駢好神仙，故撰此以惑之。其書頗事藻繪而體氣俳弱，蓋晚唐文類爾，然中絕無歌曲、樂府若今所謂戲劇者，何得以傳奇為唐名？或以中事跡相類，後人取為戲劇張本，因展轉為此稱不可知。范文正記岳陽樓，宋人譏曰傳奇體，則固以為文也。（《莊嶽委譚》，頁 424）

指出傳奇之名源自唐代小說書名，與今有歌曲樂府的戲劇是不同體制。而宋代後的戲劇之所以亦稱傳奇，是因為唐人傳奇小說與後代戲劇在內容上事跡相類。由此可知，戲劇中亦含有故事成分，是以唐代傳奇小說及其後戲劇為具有敘事成分，且兩者在敘事特徵及性質上有相通之處。故胡應麟提出戲曲虛構論進一步分析，言：

> 凡傳奇以戲文為稱也，亡往而非戲也，故其事欲謬悠而亡根也，其名欲顛倒而亡實也，反是而求其當焉，非戲也。故曲欲熟而命以生也，婦宜夜而命以旦也，開場始事而命以末也，塗污不潔而命以淨也，凡此咸以顛倒其名也；中郎之耳順而壻卓也，相國之絕交而娶崔也，《荊釵》之詭而夫也，《香囊》之幻而弟也，凡此咸以謬悠其事也。繇勝國而迄國初一轍。近為傳奇者若良史焉，古意微矣。（《莊嶽委譚》，頁 425～426）

中國古典小說發展自唐人，始有意識地進行虛構創作。而戲劇稱為傳奇，正因其內容亦含有虛幻的成分。胡應麟「借用生、旦、淨、末本字的反義，說明傳奇腳色所扮演的人物都是顛倒無實的」〔註36〕；所舉的戲曲事例，其搬

〔註35〕陳麗媛：《胡應麟文藝思想研究》，（福建師範大學中國古代文學系博士論文），頁 166。

〔註36〕李惠綿：〈明清戲劇批評中的虛實論〉，《台大中文學報》第 9 期，1997 年 6

演內容亦和史實上的記載大相逕庭，是有所據的虛構，然不必以正史實錄的態度要求。胡應麟以正面態度將歷史眞實與戲劇中的故事內容加以區分，肯定戲劇中謬悠無根的敘事手法。此虛構論的提出對後人虛構理論有一定影響，如謝肇淛〈五雜組〉評論胡應麟虛構論的說法，認爲「此語可謂先得我心矣」〔註37〕，並進一步就戲曲中的虛實運用深入分析，言：

> 凡爲小說及雜劇、戲文須是虛實相半，方爲游戲三昧之筆；亦要情景造極而止，不必問其有無也。古今小說家，如《西京雜記》、《飛燕外傳》、《天寶遺事》諸書；《虯髯》、《紅線》、《隱孃》、《白猿》諸傳；雜劇家如《琵琶》、《西廂》、《荊釵》、《蒙正》等詞，豈必眞有是事哉？近來作小說，稍涉怪誕，人便笑其不經而新出。雜劇若《浣紗》、《青衫》、《義乳》、《孤兒》等作，必事事考之正史，年月不合，姓字不同，不敢作也。如此則看史傳足矣，何名爲戲？〔註38〕

指出虛構怪誕的內容能使人發笑，是以小說、雜劇、戲文等虛實相半的文體具娛樂遊戲功能，正是其可異於實錄性質的史傳，而保有其虛構敘事的正當性。其後王驥德「出之貴實，而用之貴虛」〔註39〕、李漁「實則實到底，虛則虛到底」〔註40〕等虛實論均承此脈絡發展，完善戲曲的虛實理論。〔註41〕

　　另，陳麗媛指出胡應麟的戲曲理論對王國維曲論研究有所啓發與借鑒之用〔註42〕，如王氏於《古劇腳色考》回顧明清戲曲學家對於戲曲腳色來源及定義淨偶時，引胡應麟「凡傳奇以戲文爲稱也，亡往而非戲也。故其事欲謬悠而無根也，其名欲顛倒而亡實也，反是而欲求其當焉，非戲也。……塗汙不潔而命以淨也：凡此，咸以顛倒其名也。」的說法，認爲「胡氏顛倒之說，

　　　　　月，頁152。

〔註37〕　〔清〕謝肇淛：《五雜組》，（台北：新興書局，1971年），頁1290。

〔註38〕　〔清〕謝肇淛：《五雜組》，頁1287～1288。

〔註39〕　〔清〕王驥德：《曲律‧二》卷3，（台北：藝文印書館，1967年），頁32。

〔註40〕　李漁：《閒情偶寄》，〈詞曲部‧結構第一‧審虛實〉，詳見〔清〕李漁著；馬漢茂輯：《李漁全集‧五》，（台北：成文出版社，1970年），頁1965、1966。另曾永義曾就戲曲中的虛實運用提出「以實作實」、「以實作虛」、「以虛作實」、「以虛作虛」等四種方法。詳見曾永義：《中國古典戲劇的認識與欣賞》，（台北：正中書局出版社，1991年），頁309～311。

〔註41〕　戲曲虛實論的詳盡發展與論析可參閱李惠綿：〈明清戲劇批評中的虛實論〉，頁145～186。

〔註42〕　陳麗媛：《胡應麟文藝思想研究》，頁175。

似最可通。然此說可以釋明腳色,而不足以釋宋元之腳色」〔註43〕可見其於考證時引用胡氏觀點作爲論述依據,又對胡應麟論點錯漏之處加以批評指正。又如王氏言:「語取易解,不以鄙俗爲嫌;事貴翻空,不以謬悠爲諱。」〔註44〕指出戲劇語言通俗及敘事謬悠的特點等皆可看出胡應麟戲曲理論的痕跡。以上均可見胡應麟在中國戲劇批評史上的重要地位及影響。

第三節　胡應麟敘事理論的限制與不足

　　在胡應麟敘事理論及文學史的建構中,雖其開啓對通俗文學及敘事虛構的關注與討論,然從中亦顯現出其知識背景對其理論的制約。以下分別論述之:

一、復古文學的詩文理論對敘事視野的制約

　　明代初期體現上層官僚文學,爲封建統治利益服務,並以「道德說教、歌功頌德、粉飾太平」的臺閣體風行一時。〔註45〕復古派作爲對「內容空虛,冗長蕪蔓」〔註46〕的臺閣體進行反動,對宋代文學提出強烈否定,反對將文學作爲載道與政教的工具。且前後七子提倡「文必秦漢,詩必盛唐」的文學觀,並論文學之「變」,作爲他們宣揚文學倒退的理論根據,復古派提出「宋無詩」、「唐無賦」、「漢無騷」、「究心賦、騷於唐、漢之上」〔註47〕等口號,期望「通過接續古代文學傳統的軌道,尋回被僵死的八股文章所破壞的生活情趣和豐富的精神活動」〔註48〕。胡應麟與王世貞交好,且被王氏譽爲末五

〔註43〕王國維《古劇腳色考》,收錄王國維:《宋元戲曲考等八種》,(台南:僴勉出版社,1975年9月),頁229。

〔註44〕王國維:《曲錄・自序》,(台北:藝文印書館,1957年),頁2。

〔註45〕臺閣體以應制唱和的詩文作品爲主,反映上層官僚的生活內容。並密切結合作爲官方意識形態的程朱理學,表現雅正平和的思想情感,散發濃厚道學氣;與政治平靜、人事結構穩定的狀況及陶然悠然的滿足心態相對應。因此在內容上要歌頌聖德,並要求文章起到「施政教,適性情」的功能。欠缺個人真實情感的抒發及對社會生活的關懷,使內容流於貧乏。引用及整理參閱自章培恒、駱玉明主編:《中國文學史・下》,(上海:復旦大學出版社,2003年5月),頁215、225～226。

〔註46〕孟瑤:《中國文學史》,(台北:大中國圖書公司,1974年),頁556。

〔註47〕〔明〕李夢陽:〈潛虬山人記〉,《空同先生集(四)》,(台北:偉文圖書出版社,1976年),頁1371。

〔註48〕引用及整理參閱自章培恒、駱玉明主編:《中國文學史・下》,頁234。

子〔註49〕，其文學觀自然受復古派所影響，產生「體以代變」的文學發展觀。此觀念首要體現在其詩學理論中，《詩藪》云：「四言變而《離騷》，《離騷》變而五言，五言變而七言，七言變而律詩，律詩變而絕句，詩之體以代變也。」並從中得出「格以代降」的結論，所謂「《三百篇》降而《騷》，《騷》降而漢，漢降而魏，魏降而六朝，六朝降而三唐，詩之格以代降也。」〔註50〕認為時代越近，詩格調越顯卑下。

　　胡應麟對文學「體以代變」的發展有敏銳深刻的觀察，如論戲曲時，言「今世俗搬演戲文，蓋元人雜劇之變，而元人雜劇之類戲文者，又金人詞說之變也。」（《莊嶽委譚》，頁 424）建構出戲曲由金代絃索彈唱小詞一變為元代可登場搬演之雜劇，再變為明代南戲的發展歷程。又如論小說時注意到小說古今觀念的變化，言「漢《藝文志》所謂小說，雖曰街談巷語，實與後世博物、志怪等書迥別。蓋亦雜家者流，稍錯以事耳。」（《九流緒論》，頁280）指出漢代小說觀乃將駁雜瑣碎的言論視為小說；後世小說觀無論在小說的敘事性與虛構性的要求都有所增強，與今之小說觀念較為接近，明確指出古今小說內涵的不同。且其重視到文體內在變因並指出小說發展，將作品與作者聯繫，言「小說，唐人以前紀述多虛而藻繪可觀，宋人以後論次多實而彩艷殊乏。蓋唐以前出文人才士之手，而宋以後率俚儒野老之談故也。」（《九流緒論》，頁 283）從論述中可見胡應麟關注小說的文采性及虛構性，就此兩者品評唐傳奇與宋小說，唐傳奇似略勝一籌。然胡應麟聯繫作者影響作品優劣的事實，認為唐傳奇自文人手中發展，由於文學素養豐厚的知識背景使然，加之作意好奇，文采自然藻艷可觀且紀述多虛；宋代小說傳自鄉野俚俗的下層社會，文字淺近通俗亦無可厚非。評通俗小說《水滸傳》，則將作品與讀者聯繫，言「此書所載四六語甚厭觀，蓋主為俗人說，不得不爾」（《莊嶽委譚》，頁 437），注意到通俗小說主要在民間流傳，以娛樂為主，且為底層社會民眾所服務，故其語言較之俚俗。不過，儘管胡應麟在論及文體代變時，對文之高下注重內部變因，然亦不免受復古派「格以代降」的觀念影響。如：肯定

〔註49〕後七子以李攀龍、王世貞為首，而王世貞〈末五子篇〉列趙用賢、李維楨、屠隆、魏允中、胡應麟五人，為後世所謂明代復古學派之後七子。詳見王世貞：《弇州續稿》卷三，（欽定四庫全書‧集部），頁 11～13。又依廖可斌所言，末五子為王世貞眼中復古派的繼承者。詳見廖可斌：《明代文學復古運動研究》，（上海市：上海古籍出版社，1994年），頁 233。

〔註50〕〔明〕胡應麟：《詩藪》，（上海：上海古籍出版社，1979 年 11 月），頁 1。

小說虛構敘事的發展，從魏晉六朝的實錄到唐人小說有意爲之「凡變異之談，盛於六朝，然多是傳錄舛訛，未必盡幻設語。至唐人乃作意好奇，假小說以寄筆端，如《毛穎》、《南柯》之類」；然品評唐代小說《東陽夜怪錄》言其「文氣卑下亡足論」、稱宋代小說則「文彩無足觀」，至明朝話本雖出名流文士之手，然用語俚俗，成就又在前數種之下，足見其對文氣及文采的要求，仍秉持復古學派崇尙風雅的思想〔註51〕。此文體「格以代降」觀在《少室山房筆叢》中層出不窮。如論史書優劣，言「《左傳》、《史記》、《漢書》、《後漢》、《三國》，其文之以代降也，若歷階而下也。」（《史書佔畢》，頁 127）；又如明朝一代有一代之文學觀念盛行，胡應麟於其論述中亦有體悟，指出各朝代的代表文學及文體代降的現象，云「漢文、唐詩、宋詞、元曲，雖愈趨愈下，要爲各極其工。」其觀念雖受復古崇雅的觀念所限制，然其中仍有客觀分析，言：

> 然勝國詩文絕不足言，而虞、楊、范、揭輩皆烜赫史書，至樂府絕出古今，如王、關諸子，亡論生平履歷，即字里若存若亡，故知詞曲游藝之末途，非不朽之前著也。……高則誠在勝國詞人中似能以詩文見者，徒以傳奇故并沒之，同時盧摯處道亦東甌人，樂府聲價政與高埒而製作弗傳，世遂以盧爲文士而高爲詞人，信有幸有不幸也。（《莊嶽委譚》，頁 430）

認爲元代詩文絕無可觀者，然元詩四大家之虞集、楊載、范梈、揭傒斯，均有史書著作，且以此名聲威盛；反觀王實甫、關漢卿純以詞曲盛名一時者，生平履歷則記載不詳。以詩文流傳情況與作者於歷史上的資料記載之客觀事實，指出詞曲與詩文相比，詩文的價值與流傳度仍在詞曲之上，因而稱詞曲爲「游藝之末途」。又其言高則誠詩文雖有佳作，然其傳奇創作廣爲世人所知，故其詩文價值因而在文學史上被忽略埋沒；而盧摯卻因爲戲曲不傳，世人則以其爲文士而傳。反映出當時文學流傳的情況，與時人的文學價值觀。總體而言，時人認爲文學的價值仍高過詞曲、傳奇等通俗文學，因而戲曲創作的流傳影響作家評價及文壇命運。

　　總上所論，胡應麟的文學史觀受復古學派的影響，敏銳體察文學「體以代變」的文學現象；雖不免受復古派「格代以降」的文學觀念限制，然其對文學內在的變因予以更多考察及關注，因而可更具公正客觀的提出文學優劣

〔註51〕原文詳見胡應麟：《少室山房筆叢》，頁 371。

及文體尊卑的事實評論。且雖小說與戲曲等通俗文學不受當時文壇所重視，然《九流緒論》、《四部正譌》、《二酉綴遺》、《莊嶽委譚》等篇章爲對小說、戲曲的論述，可見胡應麟不拘泥正統的文學觀，對雅俗文學採取並重態度。不過在文采的要求上，仍傾向風古典雅之風格，如評戲曲風格，論董解元《西廂記諸宮調》言「精工巧麗，備極才情，而字字本色，言言古意，當是古今傳奇鼻祖」（《莊嶽委譚》，頁 428）、言關漢卿「雖字字本色，藻麗神俊大不及王」（《莊嶽委譚》，頁 430）等可見其重戲曲文采，要求本色與才情兼備；評小說敘事用語，言：

> 楊用修謂唐小說不如漢，而舉伶玄《趙飛燕傳》中一二語爲證。戊辰之歲，余偶過燕中書肆……閱之乃知即《說郛》中陶氏刪本，其文頗類東京，而末載梁武答昭儀化黿事，蓋六朝人作而宋秦醇子復補綴以傳者也。第端臨《通考》、漁仲《通志》並無此目，而文非宋所能，其間敘才數事多俊語，出伶玄右而淳質古健弗如。（《九流緒論》，頁 284～285）

對楊愼唐不如漢的小說文學觀加以論述。從其所得文本的敘事用語，考證作者時代。而從其言「文非宋所能」，得知胡應麟對宋代文學的貶抑態度，認爲純質古健、敘事及文采具備的作品惟有漢魏六朝的文人士才士才能創作。由以上釋例，足見胡應麟復古意識下對辭采典麗、篇翰華美的文學審美偏好。

二、浙東學派考證求實對敘事虛構的限制

陳衛星揭櫫明代科舉考試內容日趨空疏；且萬曆以來心學橫流，學術以頓悟爲要途，最終流於虛空，致使儒風大壞。〔註 52〕胡應麟對時下「束書不觀，游談無根」（《經籍會通》，頁 51）的治學風氣有所感受，主張「精」、「博」的治學態度力抗之，言：

> 凡著述貴博而尤貴精，淺聞眇見，曷免空疏；誇多炫靡，類失鹵莽。博也而精，精矣而博，世難其人……夫博而不精，以駮膚立可耳，稍近當行，訛漏百出，得不愼與。〔註53〕

提倡廣博精道的深層閱讀及思考，以此治學之道厚積學問，不停流於空疏浮泛的淺薄知識，講求學問之「精實」。耿杰進一步指出胡應麟這種治學態度的

〔註 52〕整理參閱自陳衛星：《胡應麟與中國小說理論史》，頁 54～56。
〔註 53〕胡應麟：《詩藪》，（上海：上海古籍出版社，1979 年），頁 163～164。

提出，是受到浙東學術極深的影響，因而體現廣博、求實經世、經史并治及創新的思想特點〔註54〕，故胡應麟指出正確地爲學態度，言：

> 讀書大患在好詆訶昔人，夫智者千慮必有一失，昔人所見豈必皆長？第文字烟埃，紀籍淵藪，引用出處時或參商，意義重輕各有權度，加以魯魚亥豕，譌謬萬端，凡遇此類，當博稽典故，細繹旨歸，統會殊文，釐正脫簡，務成裒美，毋薄前修，力求弗合，各申己見可也。（《華陽博議》，頁 409）

說明讀書的弊病在於對前人研究成果的詆毀指謫。胡應麟對前人智慧給予尊重，認爲即使是賢者的言論見解，不免有錯誤之處，無需因此全盤否定前賢智慧價值；從自身學問出發，對文章內容、典故出處加以查核，確保知識題材引用的正確性；對文字章法則校正訛誤，深入體會前人的說法，並在前人基礎上提出己見。是以胡應麟在考據、辨僞、目錄等文獻學方面之研究有卓越的成就與貢獻，此可謂胡應麟學術上的特點，然亦造成其對小說、戲曲研究的侷限。

胡應麟以考據作爲學術研究的重要方法，因此其學術理論多據實可信。又其對學問進行廣博精深的研究，時常闡發精闢獨到的見解，如對小說與戲曲在虛構手法上的運用，發現小說有「浮誕怪迂」、「淫詭失實」的虛構內容：

> 子之浮誇而難究者莫大於眾說……《齊諧》、《夷堅》博於怪，《虞初》、《瑣語》博於妖，令昇、元亮博於神，之推、成式博於鬼，曼倩、茂先博於物，湘東、魯望博於名，義慶、孝標博於言，夢得、務觀博於事，李昉、曾慥、禹錫、宗儀之屬又皆博於眾說者也。總之，肸談隱迹，巨細兼該，廣見洽聞，驚心奪目，而淫俳間出，詭誕錯陳。張、劉諸子世推博極，此僅一斑，至郭憲、王嘉全摛虛詞，亡微實學，斯班氏所以致譏、子玄因之絕倒者也。（《華陽博議》，頁 384）

指出統整歷代子部小說，並指出其中怪者、妖者、神者、鬼者、物者、名者、言者、事者等題材都涉及虛構荒誕的內容，承認小說幻想性敘事的特色；戲曲方面，言戲曲敘事體系中虛構與眞實，言「凡傳奇以戲文爲稱也，亡往而非戲也，故其事欲謬悠而亡根也。」（《莊嶽委譚》，頁 425）認爲戲曲之所以爲戲曲，即在於其敘事上悠謬無根的特質，能帶給觀者娛樂效果，因此不必

〔註54〕引用參閱自耿杰：《胡應麟《史書佔畢》析論》，頁 44～46。

與史實完全吻合，否則樂趣盡失。開啓謝肇淛、王驥德等後人對小說、戲曲虛實運用的探討。可見胡應麟對小說、戲曲中的虛構手法有所認識，然其時常以各種角度對小說、戲曲的進行考證，如《四部正譌》以辨別僞書的角度對多部小說進行考證；《三墳補遺》對《竹書紀年》、《逸周書》、《穆天子傳》三種篇目、內容進行考證，以補三墳資料上的缺漏；《二酉綴遺》考文言筆記體小說中荒誕怪謬之內容；《莊嶽委譚》則對小說、戲曲一類的通俗文學進行作者、版本、內容等考訂。雖提供小說研究新的觀看角度，卻不免與其主張小說、戲曲的虛構性存在的說法相互牴觸。是以謝肇淛同意胡應麟的文學虛構觀點，謂胡應麟的看法「可謂深得吾心」，同時亦指出其研究盲點，言「元瑞既知爲戲一語道盡，而於《琵琶》、《西廂》、《董永》、《關雲長》等事，又娓娓引證，辯論不休，豈胸中技癢耶？」〔註55〕其自身亦承認此缺失，言「余酷有考訂之癖」（《華陽博議》，頁409），故其雖肯定並正視小說、戲曲敘事上的虛構性，卻因其考證上的癖好而對其虛構理論有所限制，提倡有所據的虛構。

　　紀實爲史傳敘事的特徵，因而胡應麟對史傳敘事要求在材料取捨及內文記敘上都嚴格要求以信實爲原則。然其因受求實考證的治學方法所限制，小說、戲曲的虛構觀因而受到侷限，認爲好的虛構是在有所據的史實上進行虛構創作，如評述《三國志》，言：

> 古今傳聞譌謬，率不足欺有識，惟關壯繆明燭一端則大可笑，乃讀
> 書之士亦什九信之，何也？蓋緣勝國末村學究編魏、吳、蜀演義，
> 因傳有羽守邳見執曹氏之文，撰爲斯說，而俚儒潘氏又不考而贊其
> 大節，遂致談者紛紛。案《三國志》羽傳及裴松之注，及《通鑑》、
> 《綱目》，并無其文，演義何所據哉？（《莊嶽委譚》，頁432）

小說借用歷史人物作爲題材，本會對眞實歷史事件有所渲染，敷衍情節；或於眞實之外加以想像，因而產生虛構的敘事成分。是以演義「多半得之於稗史傳說，混入正史不易分解」〔註56〕胡應麟指出傳聞訛謬而文士無法對內容辨別眞僞的事實，並考證演義中「羽守邳見執曹氏」之事，在《三國志》的關羽傳及裴松之注，以及《通鑑》、《綱目》等書，均不見任何相關記載，足

〔註55〕謝肇淛：《五雜組》，頁1290。
〔註56〕楊昌年：《古典小說名著析評》，（台北：五南圖書出版有限公司，2005年3月）頁44～45。

見此事乃憑空杜撰，故其對無所依憑的演義情節採鄙視態度。可見其考證的治學態度，在一定程度上限制了通俗文學虛構敘事論的發展。

本章小結

　　就胡應麟《少室山房筆叢》中所提及的敘事理論加以檢視《甲乙剩言》的敘事創作，發現在小說敘事中，胡應麟將小說分爲志怪、傳奇、雜錄、叢談、辨訂、箴規等六大類擴大小說的敘事題材。若以西方概念的小說觀之，叢談、辨訂、箴規不應歸爲小說類。然究其《甲乙剩言》的小說創作，確實將叢談、辨訂等其小說題材納入敘事範圍，可見其理論與實踐間的相互應合。然亦有實踐滯後的情形出現，胡應麟雖已意識到小說虛構性敘事的存在，然在其創作中，雖對奇聞軼事的題材詳加記錄，在一定程度上肯定虛幻敘事及題材，卻以史傳紀實凌駕子部虛構敘事方式進行小說創作，以破除虛妄、紀實考證的態度加以說明，降低小說閱讀的趣味性。

　　而觀胡應麟的敘事理論，可見其對史傳、小說、戲曲的敘事觀點都有所繼承與創發，著重文學的發展，敏銳體察「體以代變」的文學現象，建構出文學「史」的流變。雖受復古派「格代以降」的文學觀限制，然對文學與時代、作者等內在變因深入考察，對文體優劣尊卑能有較公允的評價。浙東學派考證求實的治學方式，則限制其觀看敘事學的虛構視野，成爲其敘事理論美中不足之處。

第六章　結　論

　　「敘事」不論是作爲一種文類、創作手法，又或形式載體，皆充斥於中國文化與文學作品中。回顧中國敘事理論的發展，從《文心雕龍》對敘事文體與觀念的觸及；到劉知幾《史通》特設敘事專篇論史傳敘事，宋代眞德秀《文章正宗》把敘事視爲文章一類，中國敘事思想及理論始不斷的發展。至明清，「小說評點、古文評點、《史記》評點形成了中國敘事理論的框架及主體，成爲中國古代敘事思想的興盛時期」〔註1〕。而胡應麟的敘事理論正處於敘事理論的發展階段與評點成熟前的交界，既給予史傳文學、小說、戲曲等各種敘事文體全面性關照，亦提供後代評點文學精闢獨到的批評概念，可謂古代中國敘事理論研究的傑出者。

　　本論前五章，就筆記體進行定義的釐清，針對《少室山房筆叢》與《甲乙剩言》進行敘事學研究，考察胡應麟筆記體文學的敘事特徵。又梳理胡應麟散落於《少室山房筆叢》中的敘事論述，依文學發展脈絡分史傳、小說與戲曲三大文體，建立胡應麟中國敘事學史論；並以胡應麟《甲乙剩言》爲小說創作文本，進行敘事理論與實踐的互證與批評。總結本論對胡應麟敘事理論的研究成果，獲得以下幾點結論：

一、胡應麟對中國敘事理論的建構，呈現出知識背景的影響與對史學意識的觀照

　　如前文所述，胡應麟自幼便受家學淵源影響，對詩文、小說等各樣書籍

〔註1〕 劉寧：〈中國敘事理論的發展及研究評價〉，《西安文理學院學報》（社會科學版）第 8 卷第 4 期，2005 年 8 月，頁 19。

耳濡目染，幼年便展現文學天賦，可作詩賦文，且以讀書、藏書、著書爲平生喜好與志趣；並以提倡浙東學派精博求實、經史並治的治學態度，故而其閱歷豐富，對史傳、小說、戲曲等敘事作品有廣泛的觸及與閱讀，因此能產生宏觀精闢的見解。

又胡應麟史學涵養頗豐，在其敘事理論經常流露出其對史學意識的關照。首先，展現在其敘事理論中，以公心直筆作爲史傳敘事原則，以此要求敘事內容及材料的客觀與真實。且儘管意識到小說、戲曲有敘事上的虛構性，仍以考據辨僞對兩者的敘事題材加以檢視，以有所據的虛構爲小說、戲曲幻想性敘事的最高指導原則。其次，展現在其《甲乙剩言》的小說創作，從史官立場進行敘事，重視小說「補史闕」的功能，以實錄爲敘事原則，將其親身經歷、所得見聞詳以理性態度詳加記述考據，或實證查核，或糾舉錯誤；對於鄉野傳聞等不能實證的訊息，則持保留疑問態度，以增補史闕的史料價值。再者，其於《少室山房筆叢》對經典、史學、目錄學、小說、戲曲等文學進行流變的梳理與建構，針對各種文學發展情況說明與批評，給予後世豐富的文學史料資源。

二、胡應麟《少室山房筆叢》與《甲乙剩言》體現筆記體內容駁雜與結構鬆散的敘事特徵

筆記體作爲一種文類具有無所不包的駁雜內容、紀實傳信的實錄精神、質樸簡約的藝術風格及表現在篇幅短小及結構靈活的敘事形態等敘事特徵。以此檢視胡應麟《少室山房筆叢》與《甲乙剩言》，可發現兩者均呈現內容駁雜與結構鬆散的敘事特色。

《少室山房筆叢》內容由《經籍會通》、《丹鉛新錄》、《史書佔畢》、《藝林學山》、《九流緒論》、《四部正譌》、《三墳補逸》、《二酉綴遺》、《華陽博議》、《莊嶽委譚》、《玉壺遐覽》、《雙樹幻鈔》等十二種論學雜著所彙集而成，是爲胡應麟文學批評之作。其中經、史、子、集各有涉獵，論述範圍廣泛；且每部各自獨立，內容無連貫性，故展現在外部目錄編排上無體例可循。內部編排雖有以類相從的行文方式；然多數採隨興而錄的彙編方式將資料呈現，以進行批評論說。且其評議方式有「案」字的使用、隨文注釋的小字說明以及退格論述等三種方式。

《甲乙剩言》則由 29 篇短小篇幅的小說所構成，爲其文學創作。其順序

編排不依據創作順序、亦不造題材歸類,無體例可循。所述內容有記社會情態、趣聞軼事及博物考辨等親歷見聞,將志人志怪、考據博物等題材帶入。是以兩者均可見作為筆記文體的結構鬆散、內容駁雜的敘事特徵。

三、胡應麟的中國敘事理論呈現出通古變今、貫串文史、雅俗並重的特色

綴輯胡應麟散落在各篇的敘事理論,並分為史傳、小說、戲曲三大類加以論述,可發現其敘事理論中通古變今、貫串文史、雅俗並重的三大特色:

其一為通古變今的敘事觀。在史傳敘事方面,胡應麟繼承劉知幾的史傳理論並加以興發,如在劉知幾提出才、學、識的史家三長基礎上,加入公心、直筆成為史家撰述原則;在劉知幾所提出反對修飾史實、力求從實而書的的敘事方法上,進一步要求史料的真實信與運用的恰當性,完善崇真尚實的敘事方法。而在小說敘事方面,融會劉向、班固、劉知幾等人對小說的觀念及分類,體察到小說由簡至繁的日益興盛及古今小說觀念內涵的差異,始更定九流,提高小說價值與地位外,將小說與史部分離,從而肯定小說幻想性敘事的存在;並分小說為六類,擴大小說小說敘事題材。可見其文學理論乃繼承前人文學觀,加以吸收與創發,使敘事理論開創出新的局面。

其二為貫串文史的文學史流變建構。胡應麟敏銳體察到文學中「體以代變」的現象,針對「一代有一代之文學」特有論述。在小說敘事方面,意識到小說在各朝代發展的不同面貌,梳理出小說嬗變的軌跡,從漢代小說以街談巷語、雜家為主要敘事內容;到漢魏六朝好鬼怪神仙的題材,以實錄的敘事態度記述小說;再到唐人作意好奇,有意識地對小說進行創作,對小說題材與敘事虛實的手法有歷時的關注。戲曲敘事,則從歌舞、搬演與故事等方面,對戲曲起源及流變進行梳理。將戲曲上溯自唐代伶優表演,到宋代汲取前人服裝節套等形式,發展為雜劇表演。其後戲曲在金代以弦索彈唱的講唱文學方式呈現,元代則演變為登台搬演之雜劇。至明代受南戲、傳奇盛行影響,雜劇再變形成明代傳奇戲曲。此些文學史建構均流露出胡應麟文史結合的治學特色。

其三為雅俗並重的文學態度與敘事審美觀。在胡應麟以前,古人研究中國敘事大多只關注史傳文學的敘事方法。而胡應麟不拘於正統文學觀,除關注史傳文學外,對小說、戲曲等通俗文學多有關注。對小說的重視尤須一提,

小說一直以來被視爲價值不高的叢殘小語，胡應麟更定九流後提高小說地位，側重文言小說的研究，亦對章回白話小說有所注意。如對《水滸傳》成書年代、版本作者、人物塑造、結構布局等問題進行考證評述，對後代通俗小說研究影響深遠，是小說評點借鏡的對象。文學審美上則傾向風古典雅的敘事風格，意識到戲曲本色的敘事風格，然認爲本色與才情兼具方爲戲曲上乘之作。由此可見其雅俗共賞的文學觀。

四、胡應麟敘事理論與文本創作互證的理論實踐與滯後

胡應麟將小說分爲志怪、傳奇、雜錄、叢談、辨訂、箴規六大類，擴大小說的敘事題材。若以西方概念的小說觀之，辨訂、箴規不應歸爲小說類。然究其《甲乙剩言》的小說創作，有志怪者如〈胡孟弢〉載胡孟弢遇一道人，能憑空設宴、招白鶴，甚至可觀見他人身昔從來。後長別不知所之。胡應麟譏笑不信而錄之；雜錄者如〈趙相國〉以詼諧幽默之筆，錄趙相國臥病在床乃因其心病；叢談者如〈合巹杯〉記合巹杯奇特形製，兩杯對峙，中通一道。高不過三寸，其玉溫潤而多古色；辨訂者如〈陳紀傳〉欲辯范曄書陳元方傳與邯鄲淳碑辭，見其小說分類觀與小說創作的敘事題材相互應合。實踐滯後則出現在胡應麟小說敘事理論中雖已意識到小說虛構性敘事的存在，並予以肯定。然在其創作或論述中，仍時常以史傳紀實的敘事手法敘寫；雖對奇聞軼事的題材詳加記錄，在一定程度上肯定虛幻敘事及題材，卻以破除虛妄、紀實考證的態度加以說明，降低小說閱讀的趣味性。足見在小說創作中，仍以崇實尚眞的史傳敘事手法爲主要敘事手段。

總結上述，透過對胡應麟與《少室山房筆叢》的探析，發現其中既蘊含大量敘事理論；其本身亦爲敘事文類之作品，並充分體現筆記體文類的敘事特徵。經過本論對其中敘事論述的爬梳、集結與歸納，胡應麟敘事理論得以初步建構。然囿於時間之不足與能力尙所不能及，未能逐一檢視胡應麟全部著作，而將其散落於其他著作中的敘事觀點收攝進本論，完善史傳、小說及戲曲等敘事理論的論述；亦未能將其《詩藪》中的詩歌敘事理論納入討論範疇並進行其詩歌敘事理論及詩歌創作的互證檢視，此皆有待後續研究，方能使胡應麟中國敘事理論臻於完備，並對於中國敘事理論的建構與發展有更全面的認識。

參考書目

一、胡應麟著作（依作品出版先後順序排序）

1. 〔明〕胡應麟：《甲乙剩言》，台北：藝文印書館，1965 年，百部叢書集成據明萬曆繡水沈氏尚白齋刻寶顏堂秘笈本影印。

2. 〔明〕胡應麟撰；顧頡剛點校：《四部正譌》，台北：華聯出版社，1968 年。

3. 〔明〕胡應麟：《詩藪》，上海：上海古籍出版社，1979 年 11 月。

4. 〔明〕胡應麟：《少室山房筆叢》，上海：上海書店出版社，2009 年 4 月。

5. 〔明〕胡應麟：《少室山房集》，收入王雲五主編：《四庫全書珍本十二集》，台北：台灣商務出版社，出版年不詳。

二、古籍（依作者時代先後順序排序）

1. 〔先秦〕左丘明著；李宗侗註譯；王雲五主編：《春秋左傳今註今譯》，台北：台灣商務印書館，1986 年 4 月。

2. 〔先秦〕莊子著；〔晉〕郭象注；〔清〕郭慶藩：《莊子集釋》，台北：河洛圖書出版社，1974 年 3 月。

3. 〔先秦〕莊子著；張默生釋：《莊子新釋》，台北：明文書局股份有限公司，1994 年 1 月。

4. 〔漢〕司馬遷著；楊家駱主編：《新校本史記三家注并附編二種》，台北：鼎文書局，1980 年。

5. 〔漢〕劉歆撰；〔西晉〕葛洪輯：《西京雜記》，上海：上海商務印書館，1965 年。

6. 〔漢〕王充著；韓復智註譯：《論衡今註今譯》，台北：國立編譯館，2005 年 4 月。

7. 〔漢〕班固撰；楊家駱主編：《新校本漢書并附編二種》，台北：鼎文書局，1995 年。

8. 〔漢〕許慎撰、〔清〕段玉裁注：《新添古音說文解字注》，台北：洪葉文化，1999 年 11 月。

9. 〔南朝宋〕劉義慶撰；〔梁〕劉孝標注；楊勇校箋：《世說新語校箋》，北京：中華書局，2009 年 1 月。

10. 〔南朝梁〕劉勰著；王利器校注：《文心雕龍校證》，台北：明文書局出版社，1982 年 4 月。

11. 〔南朝梁〕蕭子顯：《南齊書》，台北：漢聲出版社，1973 年。

12. 〔南朝梁〕蕭統編；〔唐〕李善注：《昭明文選》，鄭州：中州古籍出版社，1990 年 10 月，據一九三五年國學整理社影印本影印。

13. 〔唐〕歐陽詢撰；汪紹楹校：《藝文類聚》，上海：上海古籍出版社，2007 年 8 月。

14. 〔唐〕房玄齡；楊家駱主編：《新校本晉書並附編六種》，台北：鼎文書局，1990 年。

15. 〔唐〕魏徵等撰；楊家駱主編：《新校本隋書附索引》，台北：鼎文書局，1957 年。

16. 〔唐〕李延壽：《南史》卷 33，台灣：中華書局，1966 年，據武英殿本校刊。

17. 〔唐〕劉知幾撰；〔清〕浦起龍釋：《史通通釋》，台北：里仁書局，1993 年 6 月，據清乾隆求放心齋初刊本排印。

18. 〔唐〕封演撰，趙貞信校證：《封氏聞見記校證附引得》，台北：成文出版社，1971 年。

19. 〔五代〕劉昫著；楊家駱主編：《新校本舊唐書附索引》，台北：鼎文書局，1992 年。

20. 〔宋〕歐陽修：《新唐書》，北京：中華書局，1975 年。

21. 〔宋〕晁公武撰；孫猛校正：《郡齋讀書志校證》，上海：上海古籍出版社，2005 年。

22. 〔宋〕洪邁撰；王雲五主編：《容齋隨筆》，台北：台灣商務印書館，1968 年。

23. 〔宋〕周輝撰：《清波雜誌》，收錄於王五雲主編：《叢書集成簡編 716～719》，台北：台灣商務印書館，1966 年。

24. 〔宋〕朱熹著：《四書章句集注》，台北：大安出版社，1999 年 12 月。

25. 〔宋〕趙彥衛：《雲麓漫鈔》，北京：中華書局，1985 年，據涉聞梓舊叢書本影印。

26. 〔宋〕眞德秀：《文章正宗》，《欽定四庫全書》，影印古籍《欽定四庫全書》集部八總集類。

27. 〔宋〕王應麟：《辭學指南》，《玉海》，台北：華文書局，1964 年。

28. 〔元〕脫脫著；楊家駱主編：《新校本宋史并附編三種》，台北：鼎文書局，1991 年。

29. 〔元末明初〕施耐庵著，陳曦鐘、侯忠義、魯玉川輯校：《水滸傳會評本》，北京：北京大學出版社，1998 年。

30. 〔元末明初〕羅貫中撰；毛宗崗批；饒彬校訂：《三國演義》，台北：三民書局，1978 年 3 月。

31. 〔明〕李夢陽：《空同先生集》，台北：偉文圖書出版社，1976 年。

32. 〔明〕徐渭：《徐渭集》，北京市：中華書局，1983 年。

33. 〔明〕謝肇淛：《五雜組》，台北：新興書局，1971 年。

34. 〔明〕張溥：《漢魏六朝百三家集題辭注》，台北：河洛圖書出版社，1975 年 5 月。

35. 〔明〕蘭陵笑笑生著，〔清〕張竹坡評點：《第一奇書竹波本金瓶梅》，台北：里仁書局，1981 年，據康熙乙亥年張竹坡評在茲堂本《金瓶梅》初刻原版本影印。

36. 〔清〕王驥德：《曲律》，台北：藝文印書館，1967 年。

37. 〔清〕李漁著；馬漢茂輯：《李漁全集》，台北：成文出版社，1970 年。

38. 〔清〕孔尚任：《桃花扇》，台北：學海出版社，1980 年 4 月。

39. 〔清〕張廷玉等撰；楊家駱主編：《新校本明史并附編六種》，台北：鼎文書局，1991 年。

40. 〔清〕章學誠：《章氏遺書》，臺北：漢聲出版社，1973 年 1 月，影印民國十一年吳興嘉業堂劉承幹輯刻本。

41. 〔清〕紀昀、永瑢等著：《欽定四庫全書總目》，台北：台灣商務印書館，1983 年。

42. 〔清〕紀昀著，夏風揚校點：《全本閱微草堂筆記》，成都：巴蜀書社出版，1995 年。

43. 〔清〕章學誠著；葉瑛校注：《文史通義校注》，北京：中華書局，1985 年。

44. 〔清〕李慈銘：《越縵堂讀書記》，台北：世界書局，1961 年。

三、文學理論與專書（以下依作者姓氏筆畫排序）

1. 丁錫根：《中國歷代小說序跋集》，北京：人民出版社，1996 年 7 月。

2. 王枝忠：《漢魏六朝小說史》，杭州：浙江古籍出版社，1997 年。

3. 王進祥編：《中國美學史資料選編》（上卷），台北：漢京文化出版社，1983。

4. 中國古籍善本書目編輯委員會：《中國古籍善本書目》，上海：上海古籍出版社，1990 年。

5. 王國維：《曲錄》，台北：藝文印書館，1957 年。

6. 王國維：《人間詞話》，臺北：河洛出版社，1975。

7. 王國維：《宋元戲曲考等八種》，台南：僶勉出版社，1975 年 9 月。

8. 王國維著；老根編：《宋元戲曲考》，北京：中國戲劇出版社，1997 年 7 月。

9. 中國戲曲研究院輯校：《中國古典戲曲論著集成》，北京：中國戲劇出版社，1959 年 7 月。

10. 王嘉川：《布衣與學術——胡應麟與中國學術史研究》，北京：商務印書館，2005 年 4 月。

11. 申丹：《敘事學理論探頤》，台北：威秀資訊，2014 年 9 月。

12. 石建初：《中國古代序跋史論》，長沙：湖南人民出版社，2008 年 10 月。

13. 朱一玄、劉毓忱編：《三國演義資料匯編》，天津：南開大學出版社，2005 年 2 月。

14. 江守義：《唐傳奇敘事》，安徽：安徽人民出版社，2006 年。

15. 朱易安、傅璇琮主編：《全宋筆記》（第一編），鄭州：大象出版社，2003 年 10 月。

16. 吳士余：《中國古典小說的文學敘事》，上海：上海古籍出版社，2007 年。

17. 李宗爲：《唐人傳奇》，北京：中華書局，1985 年 11 月。

18. 李昌集：《中國古代曲學史》，上海：華東師範大學出版社，1997 年。

19. 李富軒、李燕：《中國古代寓言史》，台北：志一出版社，2001 年。

20. 汪曾祺：《汪曾祺文集》（文論卷），江蘇：江蘇文藝出版社，1993 年 1 月。

21. 吳禮權：《中國筆記小說史》，台灣商務印書館，1993 年 8 月。

22. 吳懷祺主編；向燕南著：《中國史學思想通史》，合肥：黃山書社，2002 年 2 月。

23. 孟瑤：《中國文學史》，台北：大中國圖書公司，1974 年。

24. 周光培編：《歷代筆記小說集成・漢魏筆記小說》，石家莊：河北教育出版社，1994 年。

25. 胡亞敏：《敘事學》，武漢：華中師範大學出版社，2004 年 12 月。

26. 苗壯：《筆記小說史》，杭州：浙江古籍出版社，1998 年 12 月。

27. 姜亮夫：《姜亮夫全集》（二十一），昆明：雲南人民出版社，2002 年 10 月。

28. 陳文新：《中國筆記小說史》，台北：志一出版社，1995 年 3 月。

29. 高正：《諸子百家研究》，北京：中國社會科學出版社，1997 年。

30. 陳平原：《中國小說敘事模式的轉變》，上海：人民出版社，1988 年 3 月。

31. 陳幼璞：《古今名人筆記選》，台北：台灣商務印書館，1971 年 9 月。

32. 陳世驤著；楊銘塗譯，《陳世驤文存》，台北：志文出版社，1972 年。

33. 陶東風：《文體演變及文化意味》，昆明：雲南人民出版社，1997 年 7 月。

34. 郭沫若：《卜辭通纂考釋》（《郭沫若全集》考古編第二卷），北京：科學出版社，1983 年。

35. 陳國球：《胡應麟詩學研究》，香港：華風書局，1986 年。

36. 陳國球主編：《香港地區中國文學批評研究》，臺北：學生書局，1991 年。

37. 孫順霖、陳協琹：《中國筆記小說縱覽》，上海：華東師范大學出版社，2013 年。

38. 陳夢家：《殷墟卜辭綜述》，北京：中華書局，1988 年 1 月。

39. 郭箴一：《中國小說史》，台北：台灣商務印書館，1999 年 4 月。

40. 陳衛星：《胡應麟與中國小說理論史》，北京：中國社會科學出版社，2011 年 3 月。

41. 許冠三：《劉知幾的實錄史學》，香港：香港中文大學出版社，1983 年。

42. 章培恒、駱玉明主編：《中國文學史》，上海：復旦大學出版社，2003 年 5 月。

43. 張廷琛編：《接受理論》，四川文藝出版社，1989 年。

44. 張舜徽：《廣校讎略‧漢書藝文志通釋》，武漢：華中師範大學出版社，2004 年。

45. 張錦瑤：《關、王、馬三家雜劇特色及其在戲曲史上的意義》，台北：威秀資訊出版社，2007 年 5 月。

46. 曾永義：《中國古典戲劇的認識與欣賞》，台北：正中書局出版社，1991 年。

47. 曾守仁：《金聖嘆評點活動研究——擬結構主義的重構與解構》，新北市：花木蘭文化出版社，2014 年。

48. 黃霖著；王運熙、顧易生主編：《中國文學批評史》，上海：上海古籍出版社，2006 年 2 月。

49. 董乃斌：《中國文學敘事傳統研究》，北京：中華書局出版社，2012 年 3 月。

50. 楊昌年：《古典小說名著析評》，台北：五南圖書出版有限公司，2005 年 3 月。

51. 葉長海：《中國戲劇學史稿》，北京：中國戲劇出版社，2003 年 10 月。

52. 楊義：《中國敘事學》，北京：人民出版社，1997 年 12 月。

53. 葉慶炳：《中國文學史》，台北：台灣學生書局，1990 年 8 月。

54. 新興書局編：《筆記小說大觀・三十八編》，台北：新興書局，1984 年。

55. 廖可斌：《明代文學復古運動研究》，上海市：上海古籍出版社，1994 年。

56. 廖忠俊：《史記漢書概說》，台北：文史哲出版社，2015 年 1 月。

57. 熊鈍生主編：《辭海》，台北：台灣中華書局，1994 年。

58. 齊裕焜：《中國古代小說演變史》（收錄於福建師範大學文學院百年學術論叢・第一輯），台北：萬卷樓，2015 年 1 月。

59. 臺靜農：《中國文學史》，台北：台大出版中心，2009 年 12 月。

60. 魯迅：《中國小說史略》，上海：上海古籍出版社，2001 年 7 月。

61. 劉咸炘：《推十書》，成都：成都古籍書店，1996 年。

62. 謝國楨：《明清筆記談叢》，上海：上海書店出版社，2004 年 1 月。

63. 劉葉秋：《歷代筆記概述》，北京：北京出版社，2003 年 1 月。

64. 劉楚荊：《長日將落的綺霞——蔡邕辭賦研究》，台北：威秀資訊科技，2010 年 6 月。

65. 劉寧：《史記敘事學研究》，北京：中國社會科學出版社，2008 年 11 月。

66. 譚帆、陸煒：《中國古典戲劇理論史》，北京：中國社會科學出版社，1993 年。

67. 譚帆：《中國小說評點研究》，上海：華東大學出版社，2001 年。

68. 羅根澤：《中國文學批評史》，上海：上海書店出版社，2003 年 1 月。

69. 羅寧：《漢唐小說觀念論稿》，成都：巴蜀書社，2008 年 6 月。

四、外文著作

1. 〔美〕Andrew H. Plaks 浦安迪教授演講：《中國敘事學》，北京：北京大學出版社，1995 年 11 月。

2. 〔英〕Joseph Needham 李約瑟著；王鈴協助；袁翰青等人譯：《中國科學技術史》（*Science and Civilisation in China*）（第一卷・導論），科學出版社、上海古籍出版社，1990 年 7 月。

3. 〔英〕Arnold J. Toynbee 阿諾爾得・約瑟・湯恩比；陳曉林譯：《歷史研究》（*A Study of History*），台北：遠流出版社，1993 年。

4. 〔荷〕Bal, Mieke 米克・巴爾著；譚君強譯：《敘述學：敘事理論導論》（*Narratology: Introduction to the Theory of Narrative*），北京：中國社會科學，1995 年 11 月。

5. 〔法〕Barthes，R 羅蘭・巴特：*The semiotic challenge*，New York：Hill & wang，1988 年。

6. 〔美〕David Herman 戴衛・赫爾曼主編：馬海良譯：《新敘事學》（*Narratologies*），北京：北京大學出版社，2004 年。

7. 〔英〕Forster, Edward Morgan 福斯特著；朱乃長譯：《小說面面觀》（*Aspects of the Novel*），（北京：中國對外翻譯出版公司，2002 年 9 月）。

8. 〔瑞士〕Ferdinand de Saussure 索緒爾著；高名凱譯：《普通語言學教程》（*Cours de linguistique generale*），北京：商務印書館，1999 年 5 月。

9. 〔法〕Gérard Genette 熱奈特著；王文融譯：《敘事話語・新敘事話語》（*Narrative Discourse, Narrative Discourse Revisited*），北京：中國社會科學出版社，1990 年 11 月。

10. 〔美〕Gerald Prince 傑拉德・普林斯著；徐強譯：《敘事學：敘事的形式與功能》（*Narratology the Form and Functioning of Narrative*），北京：中國人民大學出版社，2013 年 6 月。

11. 〔法〕Tzvetan Todorov 茨維坦・托多洛夫著，《詩學》，收於波利亞科夫編，佟景韓譯：《結構——符號學文藝學——方法論體系和論爭》，北京：文化藝術出版社，1994 年 7 月。

12. 〔德〕Wolfgang Iser 沃爾夫岡・伊瑟爾：*The Act of Reading: A Theory of Aesthetic Response*，Baltimore：Johns Hopkins University Press, 1978。

五、期刊論文暨專書論文集

1. 于新潔：〈淺析董解元《西廂記》諸宮調及其藝術特色〉，《藝術教育》2008 年 03 期，頁 88。

2. 王先霈：〈胡應麟的小說理論〉，《華中師院學報》1981 年第 3 期，頁 14～19。

3. 尤雅姿：〈從劉勰《文心雕龍・諧讔》探討傳統滑稽文學的生態結構及理論特點〉，《慶祝王更生教授七秩嵩壽紀念文集》，台北：文史哲出版社，1997 年 7 月，頁 220～221。

4. 王慶華：〈古代文類體系中「筆記」之內涵指稱——兼論近現代「筆記小說」概念的起源及推演〉，《華東師範大學學報》哲學社會科學版，2010 年第 5 期，頁 99～104。

5. 代繼華：〈試析《史書佔畢》的史學思想與歷史思想〉，《重慶師院學報》1995 年第 2 期，頁 105～111。

6. 江守義：〈敘事批評的發生與發展〉，《安徽師範大學學報》人文社會科學版第 38 卷第 2 期，2010 年 3 月，頁 171～176。

7. 李玉珍：〈意在筆先——一個詩論的探索與範例〉，《中華技術學院學報》

第 29 期，2003 年 12 月，頁 299～306。

8. 何世劍、喻琴：〈元明清時期古典美學「麗」范疇論〉，《天府新論》2006 年 03 期，頁 146～150。

9. 吳孟昌：〈《文心雕龍》敘事觀點探析〉，《東海大學圖書館館訊》第 99 期，2009 年 12 月，頁 28～37。

10. 李思涯：〈從《琵琶》、《西廂》之比較看胡應麟論曲〉，《逢甲人文社會學報》第 18 期，2009 年 6 月，頁 67～81。

11. 吳海中：〈簡析《西廂記》的劇情體制和藝術風格〉，《北方文學》（下半月）2010 年 02 期，頁 31～32。

12. 吳晗：〈胡應麟年譜〉，《清華學報》第 9 卷第 1 期，1934 年 1 月，頁 183～252。

13. 李惠綿：〈明清戲劇批評中的虛實論〉，《台大中文學報》第 9 期，1997 年 6 月，頁 145～186。

14. 周云青：〈孫方友新筆記小說研究綜述〉，《文學教育》（上）2014 年 04 期，頁 54～55。

15. 紀永貴：〈董永遇仙傳說戲曲作品考述〉，《戲曲研究》第 66 輯，2004 年 3 月，頁 90～106。

16. 南炳文：〈胡應麟的目錄學成就〉，《第六屆明史國際學術研討會論文集》，1995 年。

17. 陳文新：〈論漢魏六朝筆記小說的敘事風範〉，《社會科學研究》2009 年 03 期，頁 180～184。

18. 陶敏、劉在華：〈筆記小說與筆記研究〉，《文學遺產》2003 年第 2 期，頁 107～116。

19. 陳國球：〈悟與法——胡應麟的詩學實踐論〉，《故宮學術季刊》1983 年第 2 期，頁 41～70。

20. 陳國球：〈變中求不變：論胡應麟對詩史的詮釋〉，《中外文學》1984 年第 1 期，頁 146～180。

21. 陳磊：〈略談《史記》在中國小說史上的地位〉，《廣西民族大學學報：哲學社會科學版》1983 年 04 期，頁 99～106。

22. 袁曉斌：〈新筆記小說概念的界定〉，《青年文學家》2010 年 20 期，頁 176。

23. 馬駿《〈史通〉敘事理論對中國古代敘事文學影響初探》，《工會論壇》第 15 卷第 5 期，2009 年 9 月，頁 141～142。

24. 陳麗媛：〈論胡應麟的通俗小說研究〉，《福建師範大學學報：哲學社會科學版》，2010 年第 5 期，頁 126～131。

25. 張奎志：〈文本·作者·讀者——文學批評在三者間的合理游走〉，《學習

與探索》2008 年第 4 期，頁 188～191。

26. 張健：〈胡應麟的詩學〉，《中央日報》1983 年 4 月 9 日。

27. 梅新林、俞樟華：〈中國學術史研究的主要體式與成果〉，《浙江師範大學學報》。

28. 社會科學版 2009 年第 1 期第 34 卷，頁 1～22。

29. 許彰明：〈胡應麟《甲乙剩言》論略——兼論胡應麟的小說史料價值觀〉，《學術論壇》2011 年第 4 期，頁 74～79。

30. 曾名郁：〈《資治通鑑》編年體例研究〉，《中正歷史學刊》2008 年第 12 期，頁 139～156。

31. 賀根民：〈道德規箴與中國文學敘事的救贖情節〉，《北方論叢》2009 年第 6 期，頁 29～32。

32. 程毅中：〈略談筆記小說的含義及範圍〉，《古籍整理研究學刊》1991 年第 2 期，頁 21～22。

33. 程毅中：〈唐人小說中的「詩筆」與「詩文小說」的興衰〉，《文學遺產》2007 年第 6 期，頁 61～66。

34. 董乃斌：〈《文心雕龍》與中國文學敘事傳統〉，《陝西師範大學學報》社會科學版第 40 卷第 3 期，2011 年 5 月，頁 83～96。

35. 趙梅春：〈劉知幾論敘事與信史〉，《鄭州大學學報：哲學社會科學版》2014 年 4 期，頁 160～164。

36. 趙毅衡編選：《符號學文學論文集》，天津：百花文藝出版社，2004 年。

37. 廖群：〈《汲冢瑣語》與先秦「說體」考察〉，《理論學刊》2012 年 04 期，頁 113～117。

38. 鄭騫：〈董西廂與詞及南北曲的關係〉，《文史哲學報》第 2 期，1951 年 2 月，頁 113～137。

39. 劉寧：〈中國敘事理論的發展及研究評價〉，《西安文理學院學報》（社會科學版）第 8 卷第 4 期，2005 年 8 月，頁 17～20。

40. 劉曉峰：〈在新舊小說觀念之間——胡應麟小說研究述評〉，《清華大學學報》1988 年第 3 期。

41. 駱正：〈關漢卿的寓意與侯少魁的表演——《單刀會》的心理分析〉，《戲劇》（中央戲曲劇院學報），1996 年 01 期，頁 37～38。

42. 謝興鸞：〈胡應麟《少室山房筆叢》版本略述〉，《東海大學圖書館館訊》66 期，2007 年 3 月，頁 11～27。

43. 簡錦松：〈胡應麟《詩藪》的辨體論〉，《古典學報》1979 年第 12 期。

44. 羅寧、王德娟：〈舊題秦氏或秦觀《勸善錄》考論〉，《西南交通大學學報》（社會科學版）第 12 卷第 6 期，2011 年 11 月，頁 30～34。

45. 羅寧：〈古小說之名義、界限及其文類特徵——兼談中國古代小說研究中存在的問題〉，《社會科學研究》2012 年第 1 期，頁 170～181。

六、學位論文

1. 邱昌員：《詩與唐代文言小說研究》，上海師範大學中國古代文學系博士論文，2004 年。

2. 周征：《劉知幾《史通》敘事理論研究》，山東大學文藝學碩士學位論文，2006 年。

3. 金鐘吾：《胡應麟的詩史觀與詩論研究》，台中：東海大學中國文學研究所碩士學位論文，1991 年。

4. 祝一勇：《論新筆記小說的藝術特徵》，華中師範大學中國現當代文學碩士論文，2006 年。

5. 涂昊：《二十世紀末中國小說創作理論和創作實踐關係研究》，暨南大學博士學位論文，2006 年。

6. 耿杰：《胡應麟《史書佔畢》析論》，安徽大學歷史文獻學碩士論文，2012 年 5 月。

7. 陳秉貞：《三蘇史論研究》，台北：國立台灣師範大學國文系博士論文，2006 年。

8. 陳麗媛：《胡應麟文藝思想研究》，福建師範大學中國古代文學系博士論文，2007 年。

9. 鄭亞薇：《胡應麟《詩藪》研究》，台北：政治大學中國文學研究所碩士學位論文，1977 年。

10. 盧勁波：《胡應麟的小說與戲曲思想》，南京師範大學中國古代文學系碩士論文，2006 年。

11. 謝鶯興：《胡應麟及其圖書目錄學研究》，台中：東海大學中國文學研究所碩士論文，1991 年。

七、網路資訊

1. 日本所藏中文古籍數據庫：http://kanji.zinbun.kyoto-u.ac.jp/kanseki。

2. 中國古籍書目資料庫網址：http://ppt.cc/D3-W。

3. 魏繼新：〈關於新筆記小說〉：http://blog.sina.com.cn/s/blog_5845648f0100hyq2.html。

附錄一：《甲乙剩言》內容概要與評述一覽表

篇名	題材分類	內容大意	敘事評述
〈蜀僧〉	志怪兼志人	鄔佐卿遇一蜀僧，贈奇藥使銚化銀，解用度之急。	敘事成分濃厚： 以第一人稱紀錄他人奇遇，其中含事件、時空、人物、對話等敘事要素。
〈方子振〉	志人兼志怪	記方子振精專棋奕海內無敵，乃其自幼多年苦練成果，非遇神奇智慧老人一蹴而成。	敘事成分濃厚： 以流動視角撰寫，記人物言行外。並以多層敘事寄託言外寄寓。
〈酒肆主人〉	志人兼具傳奇興味：頗似〈虯髯客〉	胡應麟記偶遇，過淮陰市遇一酒肆主人。兩人對飲相談甚歡，有知遇之感。欲問其生平則不可得，惟知乃市隱江淮的奇俠。	敘事成分濃厚： 以第一人稱限制視角記錄個人趣聞。以對話鋪陳敘情節，並塑造酒肆主人的俠客形象。
〈天上主司〉	志怪	〈天上主司〉記夢中應試與易水生逐「晉元帝恭默思道」七字，終爲易水生所得。夢醒後參加會考，試題答案與夢中七字相合。而「易水」二字合而爲湯，亦符合榜首湯賓尹。然胡應麟以文字訓詁的角度檢視，說明「書法以水從易音陽，非易也。」認爲是天上主司不識字使榜首所位非人，藉此諷刺官場腐敗黑暗。	敘事成分濃厚： 以第一人稱限制視角撰寫己身趣聞異事。以諷刺筆調及多層敘事寄託言外寄寓。

〈李惟寅〉	志人	載李惟寅暮年衰老的言行片段，感嘆歲月如梭、時光不逮。	敘事成分濃厚：以全知視角紀錄人物言行，塑造人物形象並有人生苦短的人生哲理闡發。
〈趙相國〉	志人	以詼諧幽默之筆，錄趙相國臥病在床乃因其心病。	敘事成分濃厚：使用滑稽諧謔的敘事筆調，以限知視角記人言行。
〈劉玄子〉	志人兼辨訂	劉玄子從朝鮮還，有許多藏書與善本，惜毀於倭奴。並感嘆僞書之盛行。	敘事成分濃厚：以第一人稱限制視角撰寫劉氏言行，同時於文末加以評論己見。
〈王長卿〉	志人	王長卿能詩；其妻善繡，可比針王。第性嚴妒長卿，遂告其妻有外私，妻受邪淫戒而去。	敘事成分濃厚：以簡約筆調，用第一人稱限制視角撰寫王氏及其家室之軼事。
〈王太僕〉	叢談：記自然奇觀，博物，廣知識	天台王太僕推崇天台山，風光絕頂。胡應麟曾宿頂光寺，自見日出景致美艷，方信其言。	敘事成分濃厚：以第一人稱限制視角撰寫，敘己觀日出的經歷，對自然景致描摹細緻生動，呈現動態景象。
〈青鳳子〉	叢談：博物知識	楊不棄鄉人得一石於水濱，狀如鵝子。楊以其爲鎮紙；外國人則命其爲青鳳子，且價格不斐。胡由是感歎遭與不遭。	敘事成分濃厚：以第三人稱全知視角撰寫紀錄青鳳子遭遇。文末作者現身評論，呈現多層敘事的言外寄寓。
〈博古圖〉	叢談兼考辨：博物知識，亦有考辨意趣	記載博古圖內容有翻摹古文、雲雷饕餮犧獸等圖，卷少易藏。並評論第一序，胡應麟言其爲閩粵田農卷舌，作燕趙語耳。	含敘事成分：記敘博古圖內容、卷帙情況及作用與己評。
〈曹娥碑〉	辨訂	載吳閶韓太史所藏曹娥碑，胡應麟以「可悵華落」的「可」、「何」之文辭辨眞僞。	敘事成分淡薄：主要考辨曹娥碑內容，並示意考辨方式以文辭辨眞僞。以知識爲主，較少敘事成分。
〈沈惟敬〉	志人	沈惟敬落魄寓燕中，寓旁住沈嘉旺，兩人得空談夷中情況，是以詳知夷情。後經人推薦會石大司馬，奏受遊擊將軍奉使日本。又記其妻與石暗通款曲之事。	敘事成分濃厚：以全知視角記錄沈氏遭遇。於文末批評諷刺。

〈賀啓露布〉	志人	記賀啓露布被眾人神話且自謂絕異之事，諷朝政亂象造成修史之難。	敘事成分濃厚：以全知視角紀錄賀氏際遇，並藉此諷刺朝政，形成多層敘事的言外寄寓。
〈卵燈〉	叢談：博物知識	錄以卵殼爲燈者，燈、蓋、帶、墜作工精細且金碧輝煌，脆薄巧絕，價高。	含敘事成分：以簡約筆調紀錄卵燈外型，同時也記錄宮中尚奇巧的現象。
〈陳紀傳〉	辨訂	欲辨范曄書陳元方傳與邯鄲淳碑辭。以記董卓入洛陽、不書謀說呂布絕婚等事，爲小人不成人之美。當從碑而傳不足據。	含敘事成分：雖以人爲題名，然主要內容在考辨范曄書陳元方傳與邯鄲淳碑辭之用辭。其中含詩文軼事，故仍有敘事成分。
〈李長卿〉	志人兼叢談：記人物言行，然內文以傳遞知識爲主	李長卿感大篇名什不傳；而巷里村詞家戶誦讀。胡應麟感發曰「近于凡俗則行之必遠，此亦勢也。」	敘事成分濃厚：記李氏人物言行，並以滑稽諧謔的筆調敘事。
〈魏總制〉	志人	魏總制與沈中丞不協，於軍事上多有陷害不合之事，欺誤朝廷。既言人心胸狹窄，亦諷官場惡鬥。	敘事成分濃厚：以全知視角紀錄魏總制言行。同時暗諷朝政情形，形成多層敘事的言外寄寓。
〈合巹杯〉	叢談：博物知識	記合巹杯奇特形製，兩杯對峙，中通一道。高不過三寸，其玉溫潤而多古色。	含有敘事成分：對合巹杯的外型進行細緻描繪。
〈薛校書〉	志人	刻畫薛素素動靜皆宜、姿度艷雅的卓越氣質才情。並記其獨傾袁六微之韻事。	敘事成分濃厚：以全知視角進行撰寫，以簡潔筆法敘事，側寫人物形象。
〈吳少君〉	志人兼志怪	錄吳少君以絕句及入夢提醒「謹避按劍人」。改日遇趙常吉使酒按劍欲甘心，死裡逃生。於是少君詩及夢遂應之事。	敘事成分濃厚：以第一人稱限知視角紀錄己身奇遇。有夢境跟現實的空間轉換與事前事後的預言應證。
〈友人〉	辨訂：詩境與詩話	記載友人以親身所見之景，證詩文中提及之景境。並評論「日落西山散馬群」的「落」、「轉」用字。	含敘事成分：雖內容以品評詩句爲主，然亦記載友人軼事，將實際經歷與詩句景致相輝映。
〈前定命〉	辨訂：	言都下有抄前定命者，鄉人皆狂駭而神之。胡應麟指出其乃從京師購得資料，駭炫他人耳目，非真神人者，因而破除迷信。	敘事成分濃厚：以第一人稱限制視角紀錄民間軼事及諷刺社會算命風氣。破除迷信，同時反應社會面貌。

〈邊道詩〉	叢談：評騭詩話	記邊道除夕詩俚鄙卻爲民所絕倒，感嘆詩風日下，爲詩道惡劫。	含敘事成分：雖爲品評詩話，但其中含有詩文軼事。
〈都下詩〉	叢談：評騭詩話	評定當時詩作惟吳允兆、汪明生翼翼可誦；其他如柳陳父、楊不棄等俚俗鄙陋，是詩道不振。	敘事成分淡薄：作者簡單評議都下詩優劣，感嘆詩風日下。未有特別鋪敘。
〈胡孟弢〉	志怪	載胡孟弢遇一道人，能憑空設宴、招白鶴，甚至可觀見他人身昔從來。後長別不知所之。胡應麟譏笑不信而錄之。	敘事成分濃厚：以第三人稱限制視角及滑稽諧謔的敘事筆調撰寫胡孟弢奇遇。
〈黃白仲〉	志人	記黃白仲寓居武林卻懼內姬之韻事。	敘事成分濃厚：以第一人稱限知視角紀錄黃白仲趣聞軼事。
〈知巳傳〉	叢談兼辨訂	與姚叔祥論干寶搜神記、夷堅志等書。後得隋盧思道知巳傳兩卷，言其記載時間及內容。	敘事成分淡薄：雖紀錄與姚叔祥評論四部書之事件，然內容多爲考辨知識，敘事成分較低。
〈廁籌〉	辨訂	記廁籌之事，古今尊卑均用瓦礫代紙如廁。詼諧風趣，引經據典。	含有敘事成分：以滑稽諧謔的敘事筆調記錄對話，鋪展考辨過程。易呈現出社會情形。

附錄二：胡應麟評議小說分類歸納內容一覽表

小說類別	書名	作者／卷數〔註1〕	內容	胡應麟《少室山房筆叢》中之相關評論
志怪	《搜神記》	〔晉〕干寶撰，後有胡應麟輯本 20 卷。	「撰集古今神祇靈異人物變化。」〔註2〕	1.「晉干寶《搜神記》，時人稱之曰：『卿可謂鬼之董狐。』」（《史書佔畢》，頁 173） 2.「《搜神》，《玄怪》之先也。」（《九流緒論》，頁 283）
	《述異記》	1.〔南朝齊〕祖沖之，10 卷，原書已佚。 2.〔南朝梁〕任昉撰，2 卷。	多記鬼怪異事、異聞瑣事。	
	《宣室志》	〔唐〕張讀，凡 10 卷，另有《補遺》1 卷。	書名「宣室」取自漢文帝曾於宣室召問賈誼鬼神事之典〔註3〕。《宣室志》多錄仙佛鬼怪、報應靈異等奇事。	

〔註1〕 作者與卷數版本眾多者，參考孫順霖、陳協琹：《中國筆記小說縱覽》，（上海：華東師范大學出版社，2013 年）、丁錫根：《中國歷代小說序跋集》，（北京：人民出版社，1996 年 7 月）等書，將結果羅列如表格中。

〔註2〕 引自〔唐〕房玄齡；楊家駱主編：〈干寶傳〉，《新校本晉書並附編六種‧三》，（台北：鼎文書局，1990 年），頁 2150。

〔註3〕 〈屈原賈生列傳〉：「孝文帝方受釐，坐宣室。上因感鬼神事，而問鬼神之本。賈生因具道所以然之狀。至夜半，文帝前席。」引自〔漢〕司馬遷著；楊家

| | 《酉陽雜俎》〔註4〕 | 〔唐〕段成式，凡30卷。 | 卷帙繁多，涵蓋天文地理、昆蟲草木、神鬼逸事、文藝考據、衣食娛樂等「無所不有，無所不異」〔註5〕的駁雜內容。 | 1.「段成式《酉陽雜俎》有《玉格》一卷，所記鬼神祥異而類之譜錄中。」（《經籍會通》，頁24）
2.「《雜俎》雖唐人采摭，然所記大率本諸前代遺書，如任昉《述異記》二卷，皆雜錄古書奇事，非作者自撰也。」（《藝林學山》，頁244）
3.「秦、漢以還，家相沿襲，荒唐悠謬，此類實繁，《神異》、《洞冥》、《拾遺》、《雜俎》之屬率假託名流，恣言六合，要之《莊》、《列》、《山海》實始厲階，浸淫大洞，竺乾諸部極矣。」（《華陽博議》，頁382）
4.《酉陽雜俎》最為迥出，其事實譎宕亡根，馳騁于六合九幽之外，文亦健急瑰邁稱之，其視諸志怪小說，允謂奇之又奇者也。胡應麟：〈增校酉陽雜俎序〉，《少室山房類稿》卷83，續金華叢書本。 |
| 傳奇 | 《趙飛燕外傳》 | 1.〔漢〕伶玄（伶元）撰，僅1卷，後世疑為偽書。又稱《趙后外傳》、《飛燕外傳》。 | 帝王愛戀：
記漢成帝與趙飛燕、趙合德兩姐妹穢亂宮闈的故事。 | 1.「飛燕，傳奇之首也。」（《九流緒論》，頁283）
2.「其間敘才數事多俊語，出伶玄右而淳質古健弗如，惜全帙不可見 |

駱主編：《新校本史記三家注并附編二種‧三》，（台北：鼎文書局，1980年），頁2502～2503。

〔註4〕 胡應麟言：「一曰藏書之所，有大酉、小酉二山在楚、蜀間，今宣撫之所由名，而段成式之著書謂之《酉陽雜俎》者也。」（《經籍會通》，頁26）

〔註5〕 〔明〕李云鵠，〈刻酉陽雜俎序〉，收於丁錫根：《中國歷代小說序跋集》，頁304。

		2.〔宋〕秦醇撰，又稱《趙飛燕別傳》〔註6〕。		也。」、「右敘昭儀浴事入畫，『蘭湯灩灩』三語，百世下讀之猶勃然興，矧親炙耶？」（《九流緒論》，頁 284～285）
	《楊太眞外傳》	〔宋〕樂史撰，分上、下兩卷。	帝王愛戀：寫楊貴妃與唐玄宗生死愛戀的情感故事。	
	《崔鶯鶯》《鶯鶯傳》，又名《會眞記》	〔唐〕元積著。	才子佳人：劇情乃張生與崔鶯鶯相遇、戀愛到遺棄的負心故事。	
	《霍小玉傳》	〔唐〕蔣防著。	才子佳人：隴西書生李益與霍小玉愛恨交織的情感故事。	
雜錄	《世說新語》	〔南朝·宋〕劉義慶編撰： 1.《隋書·經籍志》作《世說》，錄爲 8 卷。 2.《宋史·藝文志》則記爲 3 卷，與今本同。	志人小說：主述漢末魏晉士人的言行思想和生活情態，反映時人及社會的時尚風氣與審美標準。	1.「裴松之之注《三國》也，劉孝標之注《世說》也，偏記雜談旁收博采，迨今藉以傳焉，非直有功二氏，亦大有造諸家乎？若其綜核精嚴，繳駁平允，允哉史之忠臣、古之益友也。」、「《世說》之名起於劉向，義慶書出，向已弗傳，然皆劉氏也。孝標之注、會孟之評，劉氏三絕乎？」（《史書佔畢》，頁133） 2.「讀其語言，晉人面目氣韻恍忽生動，而簡約玄澹，眞致不窮，古今絕唱也」、「《世說》以玄韻爲宗，非紀事比，劉知幾謂非實錄，不足病也。唐人修《晉書》，

〔註6〕 胡應麟言：「戊辰之歲，余偶燕中書肆，得殘刻十數紙，題《趙飛燕別集》，閱之乃知即《說郛》中陶氏刪本，其文頗類束京，而末載梁武答昭儀化鼈事，蓋六朝人作而宋秦醇子復補綴以傳者也。」（《九流緒論》，頁 284）

				凡《世說》語盡采之，則似失詳慎云。」（《九流緒論》，頁285）
	《語林》	〔東晉〕裴啟撰，10卷，原書亡佚。	志人小說：著錄對東晉人物的軼事品評，為志人小說的始祖。	
		〔明〕何良俊編撰。《何氏語林》，簡稱《語林》，共30卷。	記兩漢至元朝人物的遺文軼事。體例上承繼《世說新語》之編寫方式，並加以創新。	
	《北夢瑣言》	〔五代〕孫光憲撰，有12、20、30卷之說。	可補正史〔註7〕：記載晚唐五代賢達人士的言行及奇聞逸事，因作者徵實的寫作態度及欲勸誡的創作目的，使內容詳實。	
	《因話錄》	〔唐〕趙璘所著，共6卷。	可補正史〔註8〕：載唐玄宗至宣宗的人物事跡、文藝典故、趣聞雜事。	
叢談	《容齋隨筆》	〔南宋〕洪邁著，5集47卷。	筆記雜錄：以記錄及考據詞章典故、典章制度見長〔註9〕。涵蓋文史評議、藝文考據、哲思辯證、軼聞瑣事、地理風俗等豐富內容。	「第洪所著《隨筆》事實矛舛處亦復不希，古人所以嘆目睫也。」（《華陽博議》，頁404）

〔註7〕 〔清〕盧見曹〈北瑣夢言序〉云：「唐自廣明以後，文獻莫徵，五代之際，記載多缺，得此書猶可考證。」可見此書有史料價值，能補正史之闕。引文詳參丁錫根：《中國歷代小說序跋集》，頁343。

〔註8〕 《四庫全書總目》云：「《東觀奏記》載唐宣宗索科名記，鄭顥令璘採訪諸家科目記，撰成十三卷上進，是亦嫺於舊事之明徵。故其書雖體近小說，而往往足與史傳相參。」引自〔清〕永瑢等著：《欽定四庫全書總目》，（台北：台灣商務印書館，1983年），頁3-944。

〔註9〕 〔宋〕何異作〈容齋隨筆總序〉評此書「可以稽典故，可以廣聞見，可以證訛謬，可以膏筆端。」可見洪邁徵實嚴謹所撰述的考證評議內容，可供大眾深厚知識見聞。引自〔南宋〕洪邁撰：王雲五主編：《容齋隨筆》，（台北：台灣商務印書館，1968年），總序。

	《夢溪筆談》	〔北宋〕沈括撰，26卷。	筆記雜錄： 以記錄科學工藝、天文自然等知識見長。分故事、辯證、樂律、象數、人事、官政、權智、藝文、書畫、技藝、器用、神奇、異事、謬誤、譏謔、雜誌、藥議等17目。	「沈存中《筆談》持論精確，然往往有輕發者，正坐不檢出處故也。」、「存中此辯甚精，蓋記事者不能無溢詞耳。」（《華陽博議》，頁404、407）
	《東谷隨筆》，又稱《東谷所見》	〔宋〕李之彥，凡1卷，30篇。	以道德教訓、社會法規等規訓雜記爲主：有物價、教導、名利、理學、獄訟、科舉等條目。	
	《道山清話》	〔宋〕無名氏〔註10〕，1卷。	載北宋徽宗前詩文、政治逸事。	
辨訂	《鼠璞》	〔宋〕戴埴，分上、下2卷	「考證經史疑義及名物典故之異同。」〔註11〕	
	《雞肋編》	〔宋〕莊綽，3卷300則。	對軼聞舊事、地理風俗、動物草本、環境生態有詳實的記錄與肯證，極具史料價值〔註12〕。	
	《資暇集》	〔唐〕李匡義，3卷。	以史事舊文、事物源流之考據辨證爲主。	
	《辨疑志》	〔唐〕陸長源，3卷。	以實證考據的精神，破除神鬼迷信。	
箴規	《顏氏家訓》	〔北齊〕顏之推，7卷20篇。	以修身養心、治家處世等規訓爲主，「又兼論字畫音訓，並考定典故，品弟文藝。」〔註13〕	

〔註10〕道山公子見於周輝《清波雜誌》載成都富春坊火詩，「乃伊洛名德之後，號道山公子者所作」，其中未言其真實姓氏。詳參〔宋〕周輝撰：《清波雜誌》卷八，收錄於王五雲主編：《叢書集成簡編716～719》，（台北：台灣商務印書館，1966年），頁71。

〔註11〕引自〔清〕永瑢等著：《欽定四庫全書總目》，頁3-577。

〔註12〕《四庫全書總目提要》云此書「可與後來周密《齊東野語》相埒，非《輟耕錄》諸書所及也。」詳參〔清〕永瑢等著：《欽定四庫全書總目》，頁3-978。

〔註13〕詳參〔清〕永瑢等著：《欽定四庫全書總目》，頁3-550。

《袁氏世範》	〔宋〕袁采，共3卷。	分《睦親》、《處己》、《治家》三卷，說明持家興業、待人處世之道。	
《勸善錄》	〔宋〕周明寂，6卷。	記佛道神鬼、吉凶禍福之事以誡世〔註14〕。	
	〔宋〕王各，6卷〔註15〕。	內容以立身處世之道爲主，然原書已佚，實際內容不詳。	
	淮海秦氏，1卷〔註16〕。	記因緣果報、善惡懲勸之事。	
《省心錄》	〔宋〕林逋，1卷。	紀錄有關爲人處事、心性修養的儒思警句。	

〔註14〕 《郡齋讀書志》小説類著錄此書，云：「右皇朝周明寂元豐中纂道釋、神奇、禍福之效前人爲傳紀者，成一編，以誡世。」引自〔宋〕晁公武撰；孫猛校正：《郡齋讀書志校證·上》，（上海：上海古籍出版社，2005年），頁593。

〔註15〕 《宋史·藝文志》著錄「王敏中《勸善錄》六卷。」引自〔元〕脱脱著；楊家駱主編：《新校本宋史并附編三種·六》，（台北：鼎文書局，1991年），頁5187。

〔註16〕 《勸善錄》的作者眾説紛紜，而其中淮海秦氏一説，前人有詳細考訂，兹不贅述。詳參羅寧、王德娟：〈舊題秦氏或秦觀《勸善錄》考論〉，《西南交通大學學報》（社會科學版）第12卷第6期，2011年11月，頁30～34。